RÉPERTOIRE

DU

THÉATRE FRANÇOIS.

TRAGÉDIES.

TOME TROISIEME.

Pour prévenir les abus de la presse, tous les exemplaires seront signés de l'Editeur.

Foucault

DE L'IMPRIMERIE D'A. EGRON.

RÉPERTOIRE DU THÉATRE FRANÇOIS,

OU

RECUEIL

DES TRAGÉDIES ET COMÉDIES

RESTÉES AU THÉATRE DEPUIS ROTROU,

POUR FAIRE SUITE AUX ÉDITIONS IN-OCTAVO DE CORNEILLE, MOLIERE, RACINE, REGNARD, CRÉBILLON, ET AU THÉATRE DE VOLTAIRE;

AVEC DES NOTICES SUR CHAQUE AUTEUR, ET L'EXAMEN DE CHAQUE PIECE,

PAR M. PETITOT.

NOUVELLE ÉDITION,

REVUE AVEC SOIN, ET AUGMENTÉE DES CHEFS-D'ŒUVRE DE BEAUMARCHAIS, COLLIN D'HARLEVILLE, DUCIS ET LE FEVRE.

TOME TROISIEME.

PARIS,

FOUCAULT, LIBRAIRE, RUE DES NOYERS, N° 37.

1817.

DIDON,

TRAGÉDIE

DE LE FRANC DE POMPIGNAN,

Représentée, pour la premiere fois, le 21 juin 1734.

NOTICE

SUR

LE FRANC DE POMPIGNAN.

Jean-Jacques Le Franc, marquis de Pompignan, naquit à Montauban le 10 août 1709. Destiné aux premieres places de la magistrature, l'amour des lettres ne lui fit pas négliger des études plus sérieuses. Doué d'un esprit sage et d'une grande aptitude au travail, il sut concilier avec les occupations de son état celles qui devoient le conduire à une connoissance approfondie de la littérature ancienne. Loin d'imiter la plus grande partie des poëtes de son temps, qui méprisoient les ressources de l'érudition, et qui, dans leurs productions prématurées, n'annonçoient trop souvent que la plus ridicule ignorance, M. Le Franc sentit, comme les grands poëtes du siecle de Louis XIV, qu'il est nécessaire, avant d'exercer son talent, d'avoir acquis un fonds riche et bien choisi de connoissances variées.

En 1734, il vint à Paris pour faire représenter sa tragédie de Didon. Cette piece eut un grand succès. L'auteur, qui n'avoit que vingt-cinq ans, donnoit les plus belles espérances; une versification douce et élégante, quelques idées très dramatiques, annonçoient un poëte tragique qui pourroit balancer dans la suite les triomphes qu'obtenoit alors M. de Voltaire. Personne ne parut s'élever contre le jugement du public. L'auteur, que les suffrages de la capitale auroient pu enivrer, ne se laissa point éblouir par les louanges qui lui furent prodiguées; il revint dans sa patrie pour remplir les devoirs de sa place. Il paroît que les philosophes, qui à cette époque cherchoient à entraîner dans leur parti tous les hommes qui avoient un talent distingué, firent des efforts pour associer à leur secte le jeune magistrat; c'est du moins à ce motif que l'on peut attribuer les témoignages d'amitié que lui donna M. de Voltaire : « Avec quel homme de lettres, lui écrivoit-il en 1738, « aurois-je donc voulu être uni, sinon avec vous, « monsieur, qui joignez un goût si pur à un talent « si marqué? Je sais que vous êtes non seulement « homme de lettres, mais un excellent citoyen, un « ami tendre : il manque à mon bonheur d'être aimé « d'un homme comme vous. »

Pouvoit-on présumer qu'après une telle lettre M. de Voltaire se livreroit, contre l'auteur de Didon, à toute la rage de la haine et du dénigrement? Il paroît que la premiere cause de leur refroidissement fut un sujet de tragédie, que l'un et l'autre avoient traité. M. de Voltaire n'eut pas de peine à l'emporter au tribunal des comédiens sur un rival moins actif que lui : M. Le Franc retira sa piece, et renonça pour toujours au théâtre.

Les divisions qui régnoient entre les cours souveraines et le ministere inspirerent à M. Le Franc du dégoût pour son état. Il venoit d'épouser une femme très-riche; le desir de l'indépendance, celui de cultiver la société des gens de lettres, le porterent à se fixer à Paris, où il pouvoit vivre avec un certain éclat. Il étoit loin de prévoir les orages qui l'attendoient, et qui devoient lui être suscités par ces mêmes hommes dont il vouloit se rapprocher. M. Le Franc n'éprouva d'abord aucun désagrément : comme il avoit abandonné la carriere dramatique pour ne se livrer qu'à des traductions et à des recherches littéraires, il excita peu d'envie; les philosophes cependant ne lui pardonnerent pas de les avoir dédaignés. A cette époque la philosophie moderne exerçoit, plus que jamais, sa dangereuse influence; l'autorité, qu'elle devoit bientôt détruire, sembloit la protéger; et le crédit des novateurs, tant à la cour que dans les grandes sociétés de Paris, étoit devenu tout puissant. Après avoir prêché la tolérance tant que le ministere les avoit réprimés, ils devinrent persécuteurs aussitôt qu'ils eurent le pouvoir; ils disposoient de tous les moyens de dénigrer, de déshonorer, et de perdre leurs ennemis. L'affiliation à leur secte de plusieurs hommes en place les rendoit maîtres d'un grand nombre d'emplois, et quelquefois même des dignités; ils pouvoient aussi se servir contre leurs adversaires des coups d'autorité, contre lesquels cependant ils ne cessoient de s'élever dans leurs ouvrages.

Diderot avoit publié ses violentes diatribes contre toutes les idées reçues, soit en politique, soit en philosophie, soit en littérature. Quoique ses ouvrages fussent obscurs, incohérens, et n'offrissent que quelques étincelles d'imagination, ils avoient trouvé beaucoup de lecteurs, par le goût que le public témoigne ordinairement pour des sophismes nouveaux. La doctrine de Rousseau sur la souveraineté du peuple, ses idées républicaines, ses erreurs politiques et morales, étoient généralement admirées. M. de Voltaire multiplioit à l'infini les pamphlets satiriques dans lesquels il couvroit de ridicule ce que les hommes ont de plus sacré. Helvétius venoit de faire paroître le livre de l'Esprit, monument des idées morales de ce temps, où l'égoïsme, l'insensibilité, et le matérialisme sont érigés en système. Les adversaires de ces nouvelles doctrines paroissoient accablés sous le poids de l'opinion publique entièrement corrompue par les sophistes : des exemples récens prouvoient combien il étoit dangereux de heurter une secte aussi puissante. Ce fut alors que M. Le Franc fut reçu membre de l'académie françoise, pour remplacer Maupertuis.

Il conçut le projet aussi hardi que périlleux d'attaquer la philosophie moderne dans le lieu même où étoit le centre de sa puissance. Son discours de réception se fit attendre six mois : il vouloit mettre tout le soin possible à un ouvrage qui devoit, ou produire un grand bien, ou perdre infailliblement son auteur. Enfin M. Le Franc parut à l'académie françoise : il soutint avec autant de force que de modération son opinion sur la philosophie moderne ; il prouva que la corruption des mœurs, la foiblesse de l'administration, l'inquiétude vague qui commençoit à se faire remarquer parmi les peuples, avoient pour causes les doctrines nouvelles et les attaques portées au christianisme. Il sembloit prévoir les grands bouleversemens qui devoient être bientôt produits par ces théories dangereuses. Dans cet ouvrage dirigé contre des hommes qui ne gardoient aucune mesure, il eut la sagesse de n'employer que le langage de la raison ; il ne se livra à aucun emportement contre ses adversaires ; il poussa même la réserve jusqu'à ne désigner aucun des hommes dont il vouloit réfuter les principes.

Ce discours, qui produisit un grand effet, excita la fureur de tout le parti opposé; il n'y eut pas de persécutions que l'on ne préparât à celui qui avoit osé attaquer la philosophie moderne en pleine académie. M. de Voltaire fit paroître sur-le-champ un écrit anonyme, où les outrages les plus sanglans, les injures les plus grossieres, furent prodigués au nouvel académicien. On pourra juger de ce libelle par le passage suivant, qui prouve que M. Le Franc n'avoit que trop bien jugé l'influence des nouveaux systêmes :

« Quand on prononce devant une académie un « de ces discours dont on parle un jour ou deux, et « que même quelquefois on porte aux pieds du trô- « ne, c'est être coupable envers ses concitoyens que « d'oser dire, dans ce discours, que la philosophie de « nos jours sape les fondemens du trône et de l'au- « tel ; c'est jouer le rôle d'un délateur d'oser avancer « que la haine de l'autorité est le caractere domi- « nant de nos productions; et c'est être délateur « avec une imposture bien odieuse, puisque non « seulement les gens de lettres sont les sujets les plus « soumis, mais qu'ils n'ont même aucun privilege, « aucune prérogative qui puissent leur donner le

« moindre prétexte de n'être pas soumis. Rien n'est « plus criminel que de vouloir donner aux princes « et aux ministres des idées si injustes sur des su-« jets fideles, dont les études font honneur à la na-« tion ; mais heureusement les princes et les minis-« tres ne lisent point ces discours, et ceux qui les « ont lus une fois ne les lisent plus. » Les évène-mens qui se sont passés sous nos yeux ont suffisamment prouvé si la philosophie moderne étoit ou n'étoit pas ennemie de l'autorité. Au reste on voit que M. de Voltaire ne ménageoit pas ses adversaires : il reproche à M. Le Franc d'avoir fait le personnage d'un vil délateur, et il dit sérieusement qu'on est *criminel* quand on parle aux princes et aux ministres le langage de la vérité. J'ai choisi un des passages les plus modérés de ce libelle; on peut juger du reste. Le prétexte le plus spécieux de la secte philosophique, pour attaquer M. Le Franc, portoit sur ce qu'à l'académie on ne doit point parler de religion. L'auteur de Didon répondit d'une maniere aussi mesurée que satisfaisante à tous ces griefs. « C'est mon discours à l'académie françoise, dit « M. Le Franc, qui m'a valu ce tissu de calomnies « et ce débordement d'injures. On me fait un crime « d'avoir élevé ma voix pour la religion dans une

« compagnie littéraire ; où l'anonyme a-t-il appris « qu'il soit défendu de parler de religion dans l'aca- « démie françoise? Il n'est pas permis sans doute « et il ne seroit pas convenable d'y discuter des ma- « tieres théologiques ; les matieres d'état n'y doi- « vent pas être traitées non plus : s'ensuit-il de là « que, dans l'éloge d'un ministre, ou d'un négocia- « teur, ce fût manquer au gouvernement que de « louer et de circonstancier des opérations déja finies, « des traités exécutés et publiés? Enfin où l'anonyme « a-t-il trouvé que venger la religion contre les es- « prits forts ce fût traiter des matieres de religion? « Cette derniere expression signifie les discussions « dogmatiques, les disputes de l'école, les contro- « verses entre les théologiens de même communion « ou de communion différente; et j'avoue que rien « de tout cela ne peut être, dans quelque occasion « que ce soit, du ressort d'un discours académique : « aussi ne suis-je pas tombé dans cet inconvénient. « Du reste je n'ai point déféré au trône ni à l'acadé- « mie les incrédules et les esprits forts : je ne suis « l'ennemi de personne ; je ferois du bien à ceux- « mêmes qui m'ont fait du mal, et je hais autant la « persécution et le trouble, que j'aime la soumission « et la paix. » On voit avec quelle noblesse M. Le

Franc sait se défendre; il ne se permet aucune injure contre ceux qui le calomnient et qui l'outragent.

M. Le Franc, dégoûté de Paris dont ses ennemis lui avoient rendu le séjour insupportable, se retira dans le château de Pompignan : l'étude approfondie des auteurs grecs et latins, la composition de plusieurs ouvrages utiles et agréables, la traduction des plus beaux morceaux des prophetes, toutes ces occupations qui avoient fait les délices de sa jeunesse, le dédommagerent des disgraces qu'il avoit éprouvées, et confirmerent l'idée que l'on s'étoit formée de ses talens poétiques et de sa vaste littérature. Le talent le moins contesté à M. Le Franc fut celui de la poésie lyrique; ses plus grands ennemis ne purent révoquer en doute qu'il ne dût être placé immédiatement après J. B. Rousseau. Tout le monde connoît sa fameuse strophe sur la mort de ce poëte célebre, et le moyen qu'employa M. de La Harpe pour la faire juger impartialement par M. de Voltaire, qui, ne sachant pas que M. Le Franc en étoit l'auteur, s'écria : *Ah! mon Dieu, que cela est beau!* On n'a pas cité aussi souvent la premiere strophe de cette ode, qui est aussi riche de mouvement et d'expressions :

Quand le premier chantre du monde
Expira sur les bords glacés
Où l'Ebre, effrayé dans son onde,
Reçut ses membres dispersés,
Le Thrace, errant sur les montagnes,
Remplit les bois et les campagnes
Du cri perçant de ses douleurs;
Les champs de l'air en retentirent;
Et, dans les antres qui gémirent,
Le lion répandit des pleurs.

Cette strophe réunit tous les charmes de l'harmonie à la variété et à la beauté des images.

Les Poésies Sacrées de M. Le Franc sont celui de ses ouvrages que M. de Voltaire a le plus couvert de ridicule. Pour donner une idée de ce jugement, presque confirmé par un public habitué à croire M. de Voltaire sur parole, et qui n'eut pas même la curiosité de vérifier, en lisant l'ouvrage, si la critique étoit fondée, je citerai deux fragmens du psaume de la création, l'un dans le genre lyrique, l'autre dans le genre descriptif. Le poëte parle de Dieu :

Fait-il entendre sa parole?
Les cieux croulent, la mer gémit,
La foudre part, l'aquilon vole,

La terre en silence frémit.
Du seuil des portes éternelles
Des légions d'esprits fideles
A sa voix s'élancent dans l'air :
Un zele dévorant les guide,
Et leur essor est plus rapide
Que le feu brûlant de l'éclair.

Le morceau descriptif est presque aussi beau que celui que l'on vient de lire ; on y remarquera surtout le mérite de la difficulté vaincue :

Le Souverain de la nature
A prévenu tous nos besoins,
Et la plus foible créature
Est l'objet de ses tendres soins.
Il verse également la seve
Et dans le chêne qui s'éleve
Et dans les humbles arbrisseaux;
Du cedre, voisin de la nue,
La cime orgueilleuse et touffue
Sert de base aux nids des oiseaux;
Le daim léger, le cerf, et le chevreuil agile
S'ouvrent sur les rochers une route facile :
Pour eux seuls de ces bois Dieu forma l'épaisseur,
Et les trous tortueux de ce gravier aride
Pour l'animal timide
Qui nourrit le chasseur.

On doit à M. Le Franc une traduction des tragédies d'Eschyle : les tableaux énergiques de ce pere de la tragédie grecque y sont rendus avec force : le seul reproche que l'on puisse faire au traducteur est d'avoir quelquefois altéré son original en voulant adoucir quelques peintures un peu prononcées. La version de M. Dutheil, qui a paru depuis, est plus fidele et moins élégante. On doit remarquer le discours qui précede la traduction de M. Le Franc : c'est une dissertation lumineuse sur les mœurs dramatiques des anciens.

Le Voyage du Languedoc, par M. Le Franc, est dans le goût du voyage de Chapelle et Bachaumont : on y trouve moins de négligence, mais il n'offre point autant de grace et d'abandon. Les connoisseurs ont remarqué dans cet ouvrage un tableau des spectacles des anciens, où les combats des gladiateurs sont peints avec beaucoup d'énergie; ce morceau est sur le ton de la haute poésie :

Là nos yeux étonnés promenent leurs regards
Sur les restes pompeux du faste des Césars :
Nous contemplons l'enceinte où l'arene, souillée
Par tant de sang humain dont elle fut mouillée,
Vit tant de fois le peuple ordonner le trépas
Du combattant vaincu qui lui tendoit les bras.
Quoi! dis-je, c'est ici, sur cette même pierre,
Qu'ont épargné les ans, la vengeance et la guerre,

Que ce sexe si cher au reste des mortels,
Ornement adoré de ces jeux criminels,
Venoit d'un front serein, et de meurtres avide,
Savourer à loisir un spectacle homicide;
C'est dans ce triste lieu qu'une jeune beauté,
Ne respirant ailleurs qu'amour et volupté,
Par le geste fatal de sa main renversée
Déclaroit sans pitié sa barbare pensée,
Et conduisoit de l'œil le poignard suspendu
Dans le flanc d'un captif à ses pieds étendu!

Tous ces travaux d'un genre différent, où l'on remarque un talent distingué, obtinrent à peine à M. Le Franc une estime qui lui étoit disputée par des ennemis implacables. Cependant les connoisseurs l'admiroient en silence, et attendoient, pour déclarer hautement leurs sentimens, l'instant fatal où la mort de cet homme célebre auroit désarmé l'envie. M. l'abbé Maury, depuis cardinal, s'exprima ainsi sur M. Le Franc dans cette même académie dont un zele trop ardent lui avoit attiré la haine : « M. Le Franc, dont le principal mérite étoit pen-« dant sa vie une espece de secret pour une partie « de la nation, a fondé sa réputation sur des titres « aussi variés que durables. En effet, avoir possédé « une littérature vaste et féconde, et réuni à une con-« noissance approfondie de l'hébreu, du grec, du

« latin, de l'espagnol, de l'italien, de l'anglois, le « talent d'écrire en vers et en prose dans sa propre « langue, la plus difficile de toutes; avoir allié une « érudition immense aux dons de l'imagination, et « mérité des succès au théâtre, dans les tribunaux, « dans les académies; avoir su passer des plus hau- « tes conceptions de la poésie aux recherches de « l'histoire, aux méditations de la morale, aux cal- « culs de la géométrie, aux défrichemens même de « la science numismatique; avoir parcouru tous les « domaines de la littérature, et s'être mesuré tour- « à-tour, par des tentatives plus d'une fois heureu- « ses, avec Virgile et Racine, Pindare et Rousseau, « Boileau et Horace, Anacréon et les commenta- « teurs de la langue des Grecs; avoir ajouté à cette « variété de connoissances et de talens les lumieres « d'un jurisconsulte, souvent même les vues d'un « homme d'état; enfin avoir couronné par de bon- « nes actions une carriere si honorable, et consacré « les travaux d'un homme de lettres et les vertus « d'un citoyen par les principes et les motifs de la « religion : tel est le tableau que présente la vie de « cet écrivain justement célebre. »

M. Le Franc, retiré dans une campagne charmante, partageoit ses soins entre l'étude et la bienfaisance: loin du bruit et des intrigues de la capitale, il oublioit qu'il avoit des ennemis; une piété sincere, une libéralité éclairée, firent la consolation de ses derniers jours. Il appela dans sa terre des religieuses de la charité, et il leur donna la direction d'un hospice qu'il avoit fondé et doté richement. Il visitoit souvent les pauvres auxquels il avoit offert si généreusement un asyle, et son plus doux plaisir, en quittant ses travaux, étoit de les consoler et de les secourir.

Tant que M. Le Franc fut magistrat, il mérita l'estime de sa province par son aptitude au travail et par son intégrité : dans la retraite il se concilia, par des vertus plus rares, quoique moins brillantes, l'affection de tous ceux qui l'approchoient. Malgré les efforts de la haine et de la mauvaise foi, sa réputation littéraire a conservé jusqu'à nos jours un grand éclat; et la tragédie de Didon, restée au théâtre, lui a donné le rang d'un des premiers poëtes tragiques du second ordre. Il mourut dans sa terre de Pompignan, le 1er novembre 1784.

PRÉFACE *.

On a toujours regardé les amours de Didon et d'Énée comme une des plus belles inventions de Virgile. Le premier et peut-être l'unique objet de ce poëte étoit de flatter l'amour-propre de ses concitoyens, et sur-tout de l'empereur ; ainsi son héros ne descend aux enfers que pour apprendre les noms et les exploits des fameux Romains qui doivent naître un jour sur la terre ; Vénus ne lui donne un bouclier fait par Vulcain, que pour y tracer à ses yeux la naissance et l'éducation miraculeuse de Romulus et de Remus, la gloire de leurs descendans, leurs conquêtes, leurs divisions, leurs guerres civiles, la défaite d'Antoine, et ce magnifique triomphe d'Auguste, qui dura trois jours. Enfin, pour ne pas m'écarter de l'épisode qui fait le sujet de cette tragédie, quoi de plus ingénieux que de conduire le fondateur de la nation romaine chez la reine de Carthage, d'inspirer à Didon un amour violent pour Énée, d'arracher celui-ci aux charmes d'une passion incompatible avec sa gloire et contraire aux ordres du destin, d'é-

* Cette préface étoit écrite avant la mort de M. le président Bouhier : le lecteur s'en apercevra dans l'endroit où l'on répond à ce savant académicien. (*Note de l'auteur.*)

tablir par cette fatale séparation la haine et la rivalité des deux peuples, et d'annoncer en même temps la supériorité des Romains sur les Carthaginois?

Si cette partie de l'Énéïde a dû être intéressante pour les compatriotes de Virgile, elle ne l'est guere moins pour ses lecteurs : c'est un prince échappé de l'incendie de Troie, un héros que les Grecs poursuivent avec fureur, à qui les nations étrangeres refusent même l'hospitalité, qu'une tempête affreuse a jeté sur les côtes d'Afrique, et qui se trouve lui-même réduit à la derniere extrémité lorsque Vénus l'envoie chez Didon. Cette princesse, aussi malheureuse que lui, persécutée par son frere et tyrannisée par les rois ses voisins, sacrifie ses propres intérêts à son amour pour Enée; elle lui offre sa main avec sa couronne, et comble de bienfaits les Troyens. Cependant les dieux lui enlevent ce qu'elle a de plus cher; son amant la quitte; et cette reine infortunée aime mieux mourir que de survivre à la perte qu'elle vient de faire.

« En effet, dit Racine, * nous n'avons rien de plus « touchant dans tous les poëtes, que la séparation de « Didon et d'Enée dans Virgile. Eh! qui doute que « ce qui a pu fournir assez de matiere pour tout un « chant d'un poëme héroïque, où l'action dure plu- « sieurs jours, ne puisse suffire pour le sujet d'une

* Préface de la tragédie de Bérénice.

« tragédie, dont la durée ne doit être que de quel-
« ques heures? »

J'ai souvent été surpris que Racine ait donné la préférence à Bérénice sur Didon. Ce dernier sujet, bien plus théâtral que l'autre, auroit produit entre les mains de ce grand homme une tragédie égale à ses meilleurs poëmes. Il ne seroit point tombé dans les fautes que j'ai faites, et auroit enchéri sur le peu de beautés qu'on a daigné remarquer dans ma piece.

Après avoir présenté le sujet de Didon par le beau côté, en voici le vice et les inconvéniens. Didon, dans l'Enéïde, se livre trop légèrement à son goût pour un étranger, qui n'est, à le suivre de près, qu'un amant sans foi, qu'un prince foible, qu'un dévot scrupuleux. J'ai dû nécessairement abandonner Virgile dans le caractere de mon héros; j'ai même osé donner des bornes à l'excessive piété d'Enée; je l'ai fait parler contre l'abus des oracles et l'impression dangereuse qu'ils font souvent sur l'esprit des peuples. J'ai voulu qu'il fût religieux sans superstition, qu'il agît toujours de bonne foi, soit avec les Troyens quand il veut demeurer à Carthage, soit avec Didon quand il se dispose à la quitter; en un mot, qu'il fût prince et honnête homme.

J'écrivis en 1734 que Virgile *étoit un mauvais modele* pour les caracteres. L'expression est dure, et ne convenoit point à mon âge ni à mon peu d'expérience : je la rétracte aujourd'hui, par respect pour Virgile, en pensant toujours de même, par respect pour la vérité.

Un écrivain illustre, et que j'honore à tous égards, a pris vivement contre moi le parti du prince des poëtes latins : il m'a fait l'honneur d'employer à me réfuter une partie de la préface qu'il a mise à la tête d'un de ses ouvrages *. J'attendois pour lui répondre une occasion de le faire à propos. Elle se présente aujourd'hui naturellement; il ne trouvera pas mauvais que je la saisisse. D'ailleurs je fais gloire de penser comme lui sur les anciens en général, et sur Virgile en particulier. C'étoit un poëte incomparable, et qui avoit reçu de la nature un privilege exclusif pour l'art des vers; car, dans quelque langue que ce soit, il n'est point de versification qui approche de la sienne. Mais ce poëte incomparable, ce versificateur unique avoit aussi des défauts, et sa partie foible étoit l'art des caracteres. M. le président Bouhier n'en convient pas : ce que j'ose reprendre dans Virgile, il le trouve admirable; et je sais que son sentiment est d'un très grand poids.

Si Pergama dextrâ
Defendi possent, etiam hâc defensa fuissent.

---

* La traduction de quelques morceaux de Pétrone, d'Ovide et de Virgile, par le président Bouhier.

« Comment a-t-on pu, dit-il, traiter de prince « foible un héros aussi vaillant, aussi intrépide « qu'Enée est représenté dans l'Enéïde? En quelle « occasion a-t-il montré quelque foiblesse indigne « de son caractere? Sera-ce parce que Virgile l'a « dépeint quelquefois versant des larmes? Mais « Achille, l'indomptable Achille n'en verse-t-il pas « dans Homere quand on lui enleve Briséïs? Ne « pleure-t-il pas amèrement en apprenant la mort « de son cher Patrocle? Le terrible Ajax n'en fait-« il pas de même en d'autres occasions? »

Ces citations sont exactes; l'application ne l'est pas. Les guerriers de l'Iliade pleurent quelquefois, je l'avoue; mais de quelle maniere et dans quelles circonstances? Ce n'est point à tout propos comme Enée, qui pleure plus souvent et plus abondamment lui seul que tous les guerriers d'Homere ensemble.

Diomede, l'un des combattans aux jeux funebres de Patrocle, dans la course des chars, pleure de rage quand Apollon lui fait tomber le fouet de la main. Agamemnon pleure de dépit et de douleur dans le conseil de guerre qu'il tient pendant la nuit, pour annoncer aux chefs de l'armée, battus et poursuivis par Hector jusque dans leurs retranchemens, qu'il faut promptement lever le siege et reprendre le chemin de la Grece. Achille pleura quand Eurybate et Talthybius, hérauts d'Agamemnon, eurent emmené Briséïs.

Qui ne voit d'abord que ce ne sont point là des pleurs de foiblesse ni de pusillanimité? Ces attendrissemens continuels ne supposent pas une grande fermeté d'ame. On voit des personnes qui expriment tous leurs sentimens par des larmes; le plaisir, la douleur, la joie, l'admiration, les font pleurer : ce sont de fort honnêtes gens dans la société civile; mais ce seroient de médiocres personnages dans un poëme épique. Le don des larmes sied mal à un héros.

Madame Dacier prétend que Virgile a puisé dans Homere jusqu'à l'idée même du sien. Enée dit à Pandare : « Fils de Lycaon, que la colere des dieux est terrible! » C'est d'après ce mot qu'a été formé le principal caractere de l'Enéïde. Cette remarque de madame Dacier n'est point frivole, et renferme beaucoup de sens en peu de mots. Enée joue dans l'Iliade un rôle assez subalterne, quoiqu'il y ait pourtant ses traits distinctifs comme les autres; car, en fait de personnages, tout est peint, tout est vivant dans Homere. Mais, en qualité de poëte grec, il a cru devoir par-tout déprimer les Troyens; Enée, près de combattre contre Diomede, se croit déja vaincu, et n'a d'espérance qu'en la vîtesse de ses chevaux; Diomede, au contraire, compte si audacieusement sur la victoire, qu'il ordonne d'avance à Sthénélus de courir aux chevaux de son ennemi, et de les mener au camp : l'opposition de ces deux caracteres est frappante. De pareils coups de pinceau ne sont pas communs chez Virgile. Ne pourroit-on pas dire qu'il n'a pas assez perdu de vue dans son poëme la médiocrité d'Enée dans l'Iliade? Souvent on est foible avec beaucoup de valeur; et tel est, si je ne me trompe, le héros de l'Enéïde.

Le reproche d'amant sans foi ne paroît pas plus solide à M. le président Bouhier que celui de prince foible : il faudroit, selon lui, qu'Enée *se fût lié à Didon par quelque engagement solennel; mais on n'en trouve*, ajoute-t-il, *aucun vestige dans toute la narration de Virgile.* Je lis, ou j'entends bien différemment le quatrieme livre de son poëme; j'y aperçois non seulement des vestiges, mais des preuves plus claires que le jour de tous les faux sermens qu'Enée a faits à Didon.

Etablissons en premier lieu si c'est ici un prince ferme et raisonnable, un pere de famille qui doit de bons exemples à son fils, un chef de nation, et le fondateur désigné du plus grand empire de la terre; ou bien un aventurier, un séducteur de princesses. Dans ce dernier cas, il a pu croire que les bontés de la reine et les sermens dont on est prodigue en pareille occasion, et qu'il ne lui avoit pas refusés, au moins dans la grotte, ne l'engageoient que médiocrement avec elle; mais on jugera autrement si l'on ne considere en lui, suivant le dessein de Virgile, qu'un personnage grave, qu'un prince toujours occupé de ses infortunes passées, de son état présent, et de l'oracle des dieux; qu'un pere soigneux de l'éducation de son fils, et qui lui enseigne de bonne heure à supporter courageusement les revers et les travaux :

> Disce, puer, virtutem ex me, verumque laborem,
> Fortunam ex aliis.

Il semble qu'un homme de ce caractere ne doive point abuser de la foiblesse d'une femme, d'une reine, de sa bienfaitrice. Pourquoi flatter sa passion? Pourquoi souffrir qu'elle parle publiquement de mariage consommé ?

> Nec jam furtivum Dido meditatur amorem:
> Conjugium vocat.

Il y a plus; on ne peut douter qu'il n'ait promis à cette princesse de régner avec elle à Carthage : Jupiter en est alarmé; il envoie Mercure qui trouve Enée au milieu des architectes et des ouvriers, donnant des ordres pour le plan des fortifications et la disposition des édifices, et ne pensant en aucune façon aux préparatifs de son départ : ce qui lui attire des reproches très vifs de la part du messager des dieux.

Je finis cette discussion, déja beaucoup trop longue, en me couvrant du bouclier de l'académie *della*

Crusca, l'une des plus respectables compagnies littéraires de l'Europe. Voici comme elle s'explique sur le caractere d'Enée, dans son apologie du Roland furieux de l'Arioste, contre le dialogue de Camillo Pellegrini sur la poésie épique :

« Quel personnage pour Enée, qui étoit d'un âge « mûr, et qui avoit un fils déja grand, auquel il de- « voit donner de bons exemples, de courir les aven- « tures galantes, et de faire l'amour, comme un jeune « homme, dans le temps qu'il étoit chargé des en- « treprises les plus importantes, et que les dieux « lui avoient révélé qu'ils le destinoient à fonder « l'empire romain ! Quelle trahison d'abandonner « indignement une reine qui, après l'avoir tiré de « la misere, l'avoit reçu dans ses bras et comblé de « mille biens ! Vit-on jamais de plus noire perfidie? « et c'est une raison puérile (*è scusa da bambini*), « et contre toute vraisemblance, de prétexter les or- « dres de Jupiter, etc... » Les expressions de l'original sont moins mesurées que celles de la traduction.

Le fameux Rousseau a peint Enée d'après nature, ou, pour mieux dire, d'après Virgile, dans une ode que tout le monde connoît :

Pouvoit-elle mieux attendre
De ce pieux voyageur
Qui, fuyant sa ville en cendre
Et le fer du Grec vengeur,

Chargé des dieux de Pergame,
Ravit son pere à la flamme,
Tenant son fils par la main,
Sans prendre garde à sa femme,
Qui se perdit en chemin ?

Je m'appuierai encore des réflexions de M. l'abbé Desfontaines ; il me permettra bien de rapporter ici ce qu'il m'écrivoit en 1740, dans le temps qu'il travailloit à sa belle traduction de Virgile : « Je vous « avoue que le caractere misérable d'Enée me dé« goûte bien : un auteur qui donneroit aujourd'hui « un pareil caractere à son héros, soit dans un poë« me, soit dans un roman, seroit sifflé. Enée est un « homme foible et un dévot insipide. » Tant d'autorités prouvent au moins que mon sentiment dans cette dispute littéraire n'est ni absurde ni singulier.

Il ne seroit pas aussi facile de justifier les défauts de ma tragédie, sur lesquels le succès qu'elle eut dans sa nouveauté ne m'a jamais ébloui : c'est le coup d'essai d'un âge sans expérience ; une piece composée sans le secours d'amis connoisseurs, et dans le fond d'une province. J'aurois peut-être mieux fait de ne la point livrer au public; mais je ferois plus mal encore de la lui laisser avec toutes ses imperfections : on n'est pas forcé de s'ériger en écrivain, mais on est obligé de corriger ses écrits.

D'ailleurs on ne risque rien à s'enrichir des beautés de Virgile. Je n'avois point profité de toutes celles qui pouvoient embellir ma piece ; j'avoue que je sentis bien, en composant cet ouvrage, que je ne saisissois pas tout ce qu'il y a de plus fort et de plus théâtral dans le quatrieme livre de l'Enéïde : les avant-coureurs du trépas de Didon forment un tableau effrayant, auquel je n'avois substitué que de la tendresse et de la douleur; en un mot la prochaine mort de Didon, le *pallida morte futurâ* ne régnoit point assez dans le cinquieme acte, qui avoit besoin en cela d'être remanié.

On a pu remarquer aussi que Madherbal promet à Iarbe, dans la premiere scene du premier acte, de représenter fortement à la reine qu'il est de son intérêt de préférer ce jeune prince à tout autre : ce qui sembloit annoncer une scene entre Didon et ce ministre; cependant il n'en est plus parlé, car je compte pour rien ces deux vers du troisieme acte (scene quatrieme) :

J'ai cru devoir vous dire, en ministre fidele,
Tout ce que m'inspiroit votre gloire et mon zele.

Il faut quelque chose de plus pour la justesse et la netteté de la conduite théâtrale : j'y ai remédié par une scene entiere que j'ai ajoutée au premier acte. On en trouvera aussi une nouvelle au commencement du quatrieme, entre Achate et Madherbal. A cela près les autres corrections portent sur le dialogue en général, sur des vers foibles, des expressions négligées, des mots parasites, et des rimes peu exactes.

On m'objectera peut-être que j'ai mis le récit d'une apparition au cinquieme acte, contre l'usage constamment observé de ne placer ces sortes de morceaux que dans le premier acte, ou dans le second tout au plus. Je répondrois, si je n'avois pas d'autre excuse, que l'on peut quelquefois s'écarter des routes frayées, pourvu que l'on arrive à son but aussi vîte et sans s'égarer; mais Virgile vient ici à mon secours. Dans son poëme, comme dans ma tragédie, les circonstances que j'ai décrites sont essentiellement liées avec le dénouement de l'action; Didon ne voit des spectres que quand elle a des remords, et les remords ne viennent que quand Enée s'en va : tout cela est dans la nature; et les véritables regles sont de peindre les passions au naturel.

Un étranger illustre*, mais que ses liens académiques, si j'ose m'exprimer ainsi, ont naturalisé parmi nous, et qui joint à beaucoup de génie l'érudition la plus agréable et la plus variée, avoit tra-

* M. l'abbé Venuti, l'un des fondateurs de l'académie de Crotone, correspondant honoraire de l'académie des inscriptions et belles-lettres, associé de l'académie de Bordeaux et de celle de Montauban. Il est arriere-neveu du savant Philippo Venuti, l'un des trois auteurs qui ont travaillé au meilleur commentaire que l'on ait sur Virgile. Son frere est surintendant des cabinets du pape. (*Note de l'auteur.*)

duit Didon en italien, dans l'état où elle fut imprimée pour la premiere fois en 1734. Je n'avois pas le bonheur de le connoître quand il fit cet honneur distingué à ma tragédie : je lui ai confié depuis mon manuscrit; et il m'a répété souvent, avec une candeur peu commune chez les gens de lettres, qu'en traduisant Didon il avoit souhaité plus d'une fois tous les changemens que j'y ai faits.

Heureux si les beautés de sa poésie pouvoient rendre la mienne supportable aux yeux d'une nation qui a produit les plus grands poëtes, et qui, ayant reçu des mains des Grecs tous les talens et tous les arts, les a répandus avec tant de profusion chez tous les peuples de l'Europe!

J'apprends dans ce moment que les comédiens, à qui on avoit confié à mon insu et contre mes intentions le nouveau manuscrit de cette piece, l'ont remise au théâtre, sans avoir adopté d'autre changement que le nouveau cinquieme acte : ce qui a dû produire un effet bizarre, ce dernier acte étant beaucoup moins vide de choses, et bien plus travaillé que les quatre premiers, tels qu'on les a dans l'ancienne édition. Je me flatte que celle-ci réparera bientôt les inconvéniens de cette représentation tronquée.

C'est tout ce que j'avois à dire sur une tragédie que le public a honorée de son indulgence, et que je voudrois bien rendre digne de son approbation.

ACTEURS.

DIDON, reine de Carthage.

ENEE, chef des Troyens.

IARBE, roi de Numidie.

MADHERBAL, ministre et général des Carthaginois.

ACHATE, capitaine troyen.

ELISE, } femmes de la suite de Didon.
BARCÉ, }

ZAMA, officier d'Iarbe.

GARDES.

La scene est à Carthage, dans le palais de la reine.

DIDON,

TRAGÉDIE.

ACTE PREMIER.

SCENE PREMIERE.

IARBE, MADHERBAL.

IARBE.

Reviens de ta surprise ; oui, c'est moi qui t'embrasse,
Et qui cherche en ces lieux la fin de ma disgrace.
Qu'il est doux pour un roi de revoir un ami !

MADHERBAL.

Je vous ai reconnu, seigneur, et j'ai frémi ;
Iarbe sur ces bords ! Iarbe dans Carthage !
Vous, ce roi si vanté d'un peuple encor sauvage,
Qui menace nos murs de la flamme et du fer !
Vous, héros de l'Afrique, et fils de Jupiter !
Quel important besoin, ou quel malheur extrême
Vous fait quitter ici l'éclat du diadême ?
Et pourquoi...

IARBE.

Trop souvent mes ministres confus
Ont de ta jeune reine essuyé les refus.
J'ai su dissimuler la fureur qui m'anime;
Et, contraignant encor mon dépit légitime,
Je viens, sous le faux nom de mes ambassadeurs,
De cette cour nouvelle étudier les mœurs,
De ses premiers dédains lui demander justice,
Menacer, joindre enfin la force à l'artifice...
Que sais-je? n'écouter qu'un transport amoureux,
Me découvrir moi-même, et déclarer mes feux.

MADHERBAL.

Vos feux!... Qu'ai-je entendu? Quoi! vous aimez la reine?
Dans sa cour, à ses pieds l'amour seul vous amene?
Vous, seigneur?

IARBE.

Je t'étonne, et j'en rougis. Apprends
De mon malheureux sort les progrès différens.
Jadis, par mon aïeul exclus de la couronne,
Avant que le destin me rappelât au trône,
Tu sais que, déguisant ma naissance et mon nom,
J'allai fixer mes pas à la cour de Sidon;
A toi seul en ces lieux je me fis reconnoître.
Je te vis détester les crimes de ton maître;
Je crus que je pouvois me livrer à ta foi.
L'épouvante régnoit dans le palais du roi;
On y pleuroit encor le trépas de Sichée;
A son époux Didon pour jamais arrachée
Couloit dans les ennuis ses jours infortunés:
Je la vis; ses beaux yeux aux larmes condamnés

Me soumirent sans peine au pouvoir de leurs charmes.
J'osai former l'espoir de calmer ses alarmes;
Contre Pygmalion je voulois la servir;
A ta reine en secret j'allois me découvrir :
Rien ne m'arrêtoit plus, lorsque sa prompte fuite
Rompit tous les projets de mon ame séduite.
Quelle fut ma tristesse, ou plutôt ma fureur!
Tu voulus vainement pénétrer dans mon cœur :
Indigné des forfaits d'un tyran sanguinaire,
J'abandonnai sa cour affreuse et solitaire,
Et portai mes regrets, mes transports violens
Jusqu'aux sources du Nil et sous des cieux brûlans.
Après quatre ans entiers, l'auteur de mes miseres
Me rendit par sa mort le sceptre de mes peres :
Je passai de l'exil sur le trône des rois;
Je crus que ma raison reprendroit tous ses droits,
Que de mes mouvemens la gloire enfin maîtresse
Sauroit bien triompher d'un reste de foiblesse,
Et que les soins cuisans d'un malheureux amour
Respecteroient le trône, et fuiroient de ma cour.
Bientôt un bruit confus, alarmant tous nos princes,
Répand avec terreur au fond de leurs provinces,
Que d'un peuple étranger, arrivé dans nos ports,
Les murs de jour en jour s'élevent sur ces bords;
J'apprends que, de son frere évitant la furie,
Didon veut s'emparer des côtes de Libye...
Qu'un amour mal éteint se rallume aisément!
Le mien reprend sa force, et croît à tout moment.
Dans ce nouveau transport je me flatte, j'espere
Qu'au milieu de l'Afrique une reine étrangere

Ne rejettera point le secours et la main
D'un roi le plus puissant de l'empire africain:
Par mes ambassadeurs j'offre cette alliance...
Projets mal concertés! inutile espérance!
Ses refus, colorés de frivoles raisons,
Deux fois m'ont accablé des plus sanglans affronts.
Je veux, tel est l'amour qui m'aveugle et m'entraîne,
Tenter moi-même encor cette superbe reine;
Tout prêts à se montrer, mes soldats, mes vaisseaux,
Couvriront autour d'elle et la terre et les eaux:
L'amour conduit mes pas, la haine peut les suivre.
Dans ce doute mortel je ne saurois plus vivre:
Des refus de Didon j'ai trop long-temps gémi;
Aujourd'hui son amant, demain son ennemi!

MADHERBAL.

Voilà donc d'un grand roi toute la politique!
Ses fureurs vont régler le destin de l'Afrique!
Il menace, il gémit; des pleurs mouillent ses yeux
(à part.)
Iarbe meurt d'amour... et ma reine... Grands dieux,
Que dans le cœur des rois vous mettez de foiblesse!..
(à Iarbe.)
Ah! ne succombez pas sous le trait qui vous blesse.
Un autre flatteroit l'erreur où je vous voi;
Seigneur, fuyez la reine.

IARBE.

Acheve; explique-toi:
Rien n'est à ménager quand les maux sont extrêmes;
Acheve, Madherbal; dis-moi tout, si tu m'aimes!

MADHERBAL.

Que ne suis-je en ces lieux ce qu'autrefois j'y fus,
Vous ne formeriez point des desirs superflus!
Depuis plus de trois ans sorti de ma patrie,
J'ai quitté pour Didon l'heureuse Phénicie;
Instruit que, sans relâche en butte au noir courroux
Du tyran qui versa le sang de son époux,
Elle venoit, aux bords où le destin l'exile,
Contre un frere cruel mendier un asyle,
Je courus; je craignis pour ses jours menacés:
La reine, dans ses murs à peine encor tracés,
Reçut avec transport un serviteur fidele,
Et de sa confiance elle honora mon zele.
Mais qu'il faut peu compter sur la faveur des rois!
Un instant détermine ou renverse leur choix.
Depuis que les Troyens, échappés du naufrage,
Ont cherché leur asyle aux remparts de Carthage,
Didon, qui les rassemble au milieu de sa cour,
D'emplois et de bienfaits les comble chaque jour;
Eux seuls ont chez la reine un accueil favorable.
Ce n'est pas que j'envie un crédit peu durable:
Je vois en frémissant ce reste de vaincus
Prolonger nos périls par leur présence accrus;
Pour tout dire, on prétend qu'une éternelle chaîne
Doit unir en secret Enée avec la reine.

IARBE.

Que dis-tu? Quoi! la reine... Ah! c'est trop m'outrager!
Je venois la fléchir: il faut donc me venger!
Les Tyriens eux-même, indignés contre Enée,
Souffriront à regret ce honteux hyménée;

Toi-même verras-tu d'un œil indifférent
Couronner dans ces murs le chef d'un peuple errant?
Ta chûte des Troyens seroit bientôt l'ouvrage,
Madherbal : c'est à toi de seconder ma rage.

MADHERBAL.

Moi, seigneur, moi rebelle!... Ah! j'en frémis d'horreur!...
Mais il faut excuser l'amour et sa fureur :
Fallût-il sur moi seul attirer la tempête,
Et dussé-je payer mes discours de ma tête,
Je parlerai, seigneur; et peut-être ma voix
Aura-t-elle au conseil encore quelque poids.
La reine à vos desirs ne peut trop tôt souscrire :
Je le vois, je le pense, et j'oserai le dire;
Mais si de Madherbal le zele parle en vain,
Si l'étranger l'emporte, et s'il l'épouse enfin,
N'attendez rien, malgré votre douleur mortelle,
D'un sujet, d'un ministre à ses devoirs fidele.
Jamais flatteur, toujours prêt à leur obéir,
Je sais parler aux rois, mais non pas les trahir...
On ouvre... Rappelez toute votre prudence,
Et forcez votre amour à garder le silence.

SCENE II.

DIDON, IARBE, MADHERBAL, ELISE, BARCÉ, SUITE DE DIDON *dans le fond.*

IARBE, *à Didon.*

Reine, j'apporte ici les vœux d'un souverain :
Iarbe, par ma voix, vous offre encor sa main;

Et si, sans affecter une audace trop vaine,
Un sujet peut vanter les attraits d'une reine,
Du roi qui me choisit heureux ambassadeur,
Je puis en vous voyant vous promettre son cœur :
Pour un hymen si beau tout parle, tout vous presse.
De nos vastes états souveraine maîtresse,
En impuissans efforts, en murmures jaloux,
Laissez de votre frere éclater le courroux;
Qu'il redoute lui-même une sœur outragée,
Qui n'a qu'à dire un mot, et qui sera vengée.
Au nom d'Iarbe seul vos ennemis tremblans
Respecteront vos murs encore chancelans;
Lui seul peut désormais assurer votre empire.
Terminez, grande reine, un hymen qu'il desire;
Et que toute l'Afrique, instruite de son choix,
Adore vos attraits et chérisse vos lois.

DIDON.

Lorsque, du sort barbare innocente victime,
J'ai fui loin de l'Asie un frere qui m'opprime,
Je ne m'attendois pas qu'un fils du roi des dieux
Voulût m'associer à son rang glorieux :
Je dis plus; j'avouerai que cette préférence
Exigeoit de mon cœur plus de reconnoissance;
Mais tel est aujourd'hui l'effet de mon malheur :
Didon ne peut répondre à cet excès d'honneur.
Qu'importe à votre roi l'hymen d'une étrangere?
Faut-il que mes refus excitent sa colere?
Sauver mes jours proscrits, rendre heureux mes sujets,
Avec les rois voisins entretenir la paix,
C'est tout ce que j'espere, ou que j'ose prétendre.

Un jour mes successeurs pourront plus entreprendre:
C'en est assez pour moi; mais je ne regne pas
Pour donner lâchement un maître à mes états.

IARBE.

Vos états!... Mais enfin, puisqu'il faut vous le dire,
Madame, dans quels lieux fondez-vous un empire?
Ce roi qui vous recherche, et que vous dédaignez,
Vous demande aujourd'hui de quel droit vous régnez.
Ce rivage et ce port, compris dans la Libye,
Ont obéi long-temps aux rois de Gétulie;
Les Tyriens et vous n'ont pu les occuper,
Sans les tenir d'Iarbe, ou sans les usurper.

DIDON.

Ce discours téméraire a de quoi me surprendre :
Vous abusez du rang qui me force à l'entendre.
Ministre audacieux, sachez que votre roi
Sans doute est mon égal, mais ne peut rien sur moi.
Par d'étranges hauteurs ce monarque s'explique.
Prétend-il disposer des trônes de l'Afrique?
Eh! quel droit plus qu'un autre a-t-il de commander?
Les empires sont dus à qui sait les fonder.
Cependant quelle haine ou quelle méfiance
Armeroit contre moi votre injuste vengeance?
De quoi vous plaignez-vous, et quel crime ont commis
D'infortunés soldats à mes ordres soumis?
Ont-ils troublé la paix de vos climats stériles?
Ont-ils brûlé vos champs et menacé vos villes?
Que dis-je? ce rivage où les vents et les eaux
D'accord avec les dieux ont poussé mes vaisseaux,
Ces bords inhabités, ces campagnes désertes,

Que sans nous la moisson n'auroit jamais couvertes,
Des sables, des torrens et des monts escarpés :
Voilà donc ces pays, ces états usurpés?...
Mais devrois-je, à vos yeux rabaissant ma couronne,
Justifier le rang que le destin me donne?
Les rois, comme les dieux, sont au-dessus des lois :
Je regne; il n'est plus temps d'examiner mes droits.

IARBE.

Cette fierté m'apprend ce qu'il faut que je pense.
Ainsi d'un roi vainqueur vous bravez la puissance?
Déja, prête à partir, la foudre est dans ses mains,
Madame ; toutefois, forcé par vos dédains,
Forcé par son honneur de punir une injure
Qui de tous ses sujets excite le murmure,
S'il pense à se venger, je connois bien son cœur :
Croyez que ses regrets égalent sa fureur.
Mais vous l'avez voulu ; votre injuste réponse
Ne permet plus...

DIDON.

J'entends et vois ce qu'on m'annonce :
Je sais combien les rois doivent être irrités
D'une paix, d'un hymen trop souvent rejetés ;
Un refus est pour eux le signal de la guerre.
Autour de mes remparts ensanglantez la terre ;
Iarbe, je le vois, est tout près d'éclater :
Je l'attends sans me plaindre et sans le redouter.

IARBE.

Ah! je ne sais que trop les raisons... Mais, madame,
Je devrois respecter les secrets de votre ame.
J'en ai trop dit peut-être : excusez un sujet

Qu'entraîne pour son prince un amour indiscret.
Je vous laisse. A vos yeux mon zele a dû paroître,
Et j'apprendrai bientôt vos refus à mon maître.
(*Il sort.*)

SCENE III.

DIDON, MADHERBAL, ELISE, BARCÉ, SUITE.

DIDON, *à part.*

Il faudra donc payer le tribut de mon rang,
Et, pour régner en paix, verser des flots de sang!...
Affreux destin des rois!... mais la gloire l'ordonne...
(*à Madherbal.*)
Vous, ministre guerrier, l'appui de ma couronne,
C'est à vous de pourvoir au salut de l'état.

MADHERBAL.

Madame, je réponds du peuple et du soldat;
S'ils craignent, c'est pour vous, et non pas pour eux-mêmes.
Soumis avec respect à vos ordres suprêmes...

DIDON.

Qu'ils m'aiment seulement, c'est là tout mon espoir:
Malheur aux souverains obéis par devoir!
Qu'importe que l'on meure en servant leur querelle,
Si dans le fond des cœurs la haine éteint le zele?...
Autour de nous la guerre allume son flambeau;
Mes refus sur Carthage attirent ce fléau:
Que diront mes sujets?

MADHERBAL.

Ils combattront, madame...
Mais, puisque vous voulez pénétrer dans leur ame,
Lire leurs sentimens, et connoître leurs vœux,
J'obéis à ma reine, et vais parler pour eux.
Ils pensoient que le nœud d'une auguste alliance
Pouvoit seul affermir votre foible puissance,
Vous assurer un trône élevé par vos mains.
Voyez dans quels climats vous fixent les destins.
Contre les noirs projets de votre injuste frere
Pensez-vous que les flots vous servent de barriere?
Les pavillons de Tyr sont les rois de la mer:
Ici les Africains, peuple indomptable et fier;
Plus loin, d'affreux écueils, des rochers et des sables,
D'un pays inconnu limites effroyables,
De stériles déserts, de vastes régions
Que l'œil ardent du jour brûle de ses rayons,
Sont d'éternels remparts, dans l'état où nous sommes,
Entre tous vos sujets et le reste des hommes.
Pour mettre en sûreté votre sceptre et vos jours,
Aux autels de l'hymen implorez du secours;
Votre gloire en dépend encor plus que la nôtre:
Au bonheur d'un époux daignez devoir le vôtre;
Daignez au rang suprême associer un roi.

DIDON.

J'estime vos conseils autant que je le doi;
Je les ai prévenus... Mais quel choix puis-je faire?

MADHERBAL.

Un héros seul sans doute est digne de vous plaire;
Les plus grands rois du monde en seroient honorés.

D'ennemis furieux nous sommes entourés;
L'étendard de la guerre et le son des trompettes
Vous avertit assez des périls où vous êtes:
Du moins que votre époux ait plus que des aïeux;
Qu'il soit, si vous voulez, issu du sang des dieux,
Mais qu'il ait des soldats, des villes, des provinces.
Votre hymen est brigué par tant d'illustres princes;
Par leurs ambassadeurs tous vous offrent leurs vœux:
C'est régner sur les rois que de choisir entre eux;
Mais choisissez, madame; et qu'un digne hyménée
De vos jours opprimés change la destinée.
Se peut-il qu'un héros, qu'un jeune souverain,
Qu'un fils de Jupiter vous sollicite en vain?
Iarbe...

DIDON.

C'est assez; et je rends grace au zele
D'un ami, d'un ministre, et d'un guerrier fidele.
Je dois répondre aux vœux du peuple et de la cour,
Et vous saurez mon choix avant la fin du jour.

(*Madherbal sort.*)

SCENE IV.

DIDON, ELISE, BARCÉ.

DIDON, *à part.*

Hélas! il est écrit avec des traits de flamme
Ce choix tant combattu, ce choix qu'a fait mon ame!
Mon malheureux secret n'est que trop dévoilé;
Mes yeux et mes soupirs l'ont assez révélé!...

(*à Elise et à Barcé.*)

O vous à qui mon cœur s'ouvre avec confiance,
Vous dont les soins communs ont formé mon enfance,
Compagnes, qui faisiez la douceur de mes jours,
Devant vous à mes pleurs je donne un libre cours!

ÉLISE.

Eh! pourquoi consumer vos beaux jours dans les larmes?
Ce triste désespoir est-il fait pour vos charmes?
Sujette dans l'Asie, et reine en ces climats,
Les hommages des rois accompagnent vos pas:
Le choix que vous ferez affermira sans doute
Cet empire naissant que l'Afrique redoute.
Vous pouvez être heureuse, et vous versez des pleurs!

BARCÉ.

Qui l'eût cru que l'amour causeroit vos malheurs,
Vous que, depuis la mort de votre époux Sichée,
Tant de superbes rois ont en vain recherchée?
Echappé du courroux de Neptune et de Mars,
Un étranger paroît; il charme vos regards:
Vous l'aimez aussitôt que le sort vous l'envoie!

DIDON.

Oui, je l'aime; et mon ame est pour jamais la proie
De la divinité dont il reçut le jour:
Je reconnois sa mere à mon funeste amour.
Car ne présumez pas qu'en secret satisfaite
Votre reine elle-même ait hâté sa défaite:
J'ai combattu long-temps; et, dans ces premiers jours,
La mort même et l'enfer venoient à mon secours.
Tremblante de frayeur, de remords déchirée,
Aux mânes d'un époux je me croyois livrée;

Mais ces tristes objets sont enfin disparus:
Enée est dans mon cœur, les remords n'y sont plus!...
Hélas! avec quel art il a su me surprendre!
Chaque instant qu'attachée au plaisir de l'entendre,
J'écoutois le récit de ces fameux revers
Qui du nom des Troyens remplissent l'univers,
Malgré le nouveau trouble élevé dans mon ame,
Je prenois pour pitié les transports de ma flamme.
Quelle étoit mon erreur, et qu'il est dangereux
De trop plaindre un héros aimable et malheureux!...
(*à part.*)
Amour, que sur nos cœurs ton pouvoir est extrême!...
(*à Elise.*)
Même après le danger on craint pour ce qu'on aime...
Je crois voir les combats que j'entends raconter;
Je frémis pour Enée, et je cours l'arrêter.
Tantôt, sous ces remparts que la Grece environne,
Je le vois affronter les fureurs de Bellone:
Je le suis, et, des Grecs défiant le courroux,
Je prétends sur moi seule attirer tous leurs coups;
Mais bientôt sur ses pas je vole épouvantée
Dans les murs saccagés de Troie ensanglantée:
Tout n'est à mes regards qu'un vaste embrasement;
A travers mille feux je cherche mon amant;
Je tremble que du ciel la faveur ralentie
N'abandonne le soin d'une si belle vie:
Mes vœux des immortels implorent le secours...
Toutefois au moment de voir trancher ses jours,
Dans ce dernier combat, où l'entraîne la gloire,
Je crains également sa mort ou sa victoire;

Je crains que, des Troyens relevant tout l'espoir,
Il ne m'ôte à jamais le bonheur de le voir.
(*à part.*)
Ilion, à ton sort mes yeux donnent des larmes;
Mais pardonne à l'amour qui cause mes alarmes:
De ta chûte aujourd'hui je rends graces aux dieux,
Puisque c'est à ce prix qu'Enée est en ces lieux.

ÉLISE.

Le bonheur de ma reine est tout ce qui me flatte;
Mais, puisqu'il faut enfin que votre amour éclate,
Songez à prévenir le barbare courroux
D'un frere qui vous hait et d'un rival jaloux...
Puissent des Phrygiens la force et le courage
Soutenir dignement le destin de Carthage!
Puisse leur alliance...

DIDON.

Oui, je vais déclarer
Un hymen que mon cœur ne veut plus différer...
Quoi! du rang où je suis déplorable victime,
Faut-il sacrifier un amour légitime;
Et, nourrissant toujours d'ambitieux projets,
Immoler mon repos à de vains intérêts?
N'ajoutons rien aux soins de la grandeur suprême:
Trop de tourmens divers suivent le diadême;
Et le destin des rois est assez rigoureux,
Sans que l'amour les rende encor plus malheureux!

FIN DU PREMIER ACTE.

ACTE II.

SCENE PREMIERE.

ENEE, ACHATE.

ÉNÉE.

TANDIS que de sa cour la reine environnée
Aux chefs des Tyriens apprend notre hyménée,
Cher Achate, je puis t'ouvrir en liberté
Les secrets sentimens de mon cœur agité.
En vain à mes desirs tout semble ici répondre;
L'inflexible destin se plaît à me confondre.
Je ne sais quel remords me trouble nuit et jour.
Les jeux et les plaisirs regnent dans cette cour;
Cependant son éclat m'importune et me gêne :
Je jouis à regret des bienfaits de la reine ;
Par mille soins divers je me sens déchirer.
Que m'annonce ce trouble, et qu'en dois-je augurer?
Quoi! de ces lieux encor faudra-t-il que je parte?
Se peut-il que le ciel, que Junon m'en écarte,
Que je sois sans asyle, et que les seuls Troyens
Perdent dans l'univers le droit de citoyens?

ACHATE.

Je ne reconnois point Enée à ce langage;
Ah! rougissez plutôt des bienfaits de Carthage!
Non, ce n'est point l'amour, c'est la guerre, seigneur,
Qui seule d'un héros doit payer la valeur:
Hâtez-vous de poursuivre une illustre conquête...
Eh quoi! vous balancez! quel charme vous arrête?
Qu'est devenu ce cœur si grand, si généreux,
Que n'étonna jamais le sort le plus affreux?

ÉNÉE.

Depuis que dans le sang des peuples de Pergame
Ménélas a puni les crimes de sa femme,
Et qu'aux bords ravagés par les Grecs triomphans
Les cendres d'Ilion sont le jouet des vents,
J'ai conduit, j'ai traîné, de rivage en rivage,
Le reste des Troyens échappés du carnage:
Nous avons cru cent fois arriver dans ces lieux
Que nous avoient promis les ministres des dieux;
Mais tu sais comme alors d'invincibles obstacles
Démentoient à nos yeux le prêtre et les oracles.
Ici, l'onde en fureur nous éloignoit du bord;
Là, par un vent plus doux conduit jusques au port,
J'ai vu des nations ensemble conjurées,
Les armes à la main nous fermer leurs contrées;
Plus loin, quand mes soldats accablés de travaux
Commençoient à goûter les douceurs du repos,
Qu'ils vivoient sans alarme, et traçoient avec joie
Les temples et les murs d'une seconde Troie,
Je vis les dieux, armés de foudres et d'éclairs,
Aux Troyens effrayés parler du haut des airs,

Et la contagion, pire que le tonnerre,
Couvrir d'un souffle impur la face de la terre.
Il fallut s'éloigner de ces bords infectés :
Ainsi dans l'univers, proscrits, persécutés,
Victimes des rigueurs d'une injuste déesse,
Enée et les Troyens trouvent par-tout la Grece!
Touché de nos malheurs, un seul peuple aujourd'hui
Nous reçoit dans ses murs, nous offre son appui.
Crois-tu que mes soldats, qui jouissent à peine
De l'asyle et des biens qu'ils doivent à la reine,
S'il faut abandonner ces fortunés climats,
Et braver sur les flots les horreurs du trépas,
Reconnoissent ma voix, et quittent sans murmure
Le repos précieux que Didon leur assure,
Pour aller sur mes pas, en de sauvages lieux,
Importuner encor les oracles des dieux?

ACHATE.

Obéir à son roi n'est pas un sacrifice.
Seigneur, à vos soldats rendez plus de justice:
Le malheur, votre exemple, en ont fait des héros;
Présentez-leur la gloire, ils fuiront le repos.
Mais vous-même, s'il faut vous parler sans contrainte,
Le refus des Troyens n'est pas la seule crainte
Qui retient en ces lieux vos desirs et vos pas :
Un soin plus séduisant...

ÉNÉE.

Je ne m'en défends pas;
Je brûle pour Didon : sa vertu magnanime
N'a que trop mérité mes feux et mon estime.
Je ne sais si mon cœur se flatte en son amour,

Mais peut-être le ciel m'appeloit à sa cour;
Son malheur est le mien, ma fortune est la sienne.
Elle fuit sa patrie, et j'ai quitté la mienne;
Le fier Pygmalion poursuit les Tyriens;
Les Grecs de toutes parts accablent les Troyens:
L'un à l'autre connus par d'affreuses miseres,
Le destin nous rassemble aux terres étrangeres;
Eh! peut-on envier à deux cœurs malheureux
Le funeste rapport qui les unit tous deux?
Que dis-je? sans Didon, sans ses soins favorables,
D'Ilion fugitif les restes méprisables,
Inconnus dans ces lieux, sans vaisseaux, sans secours,
Sur un rivage aride auroient fini leurs jours.
As-tu donc oublié comme après le naufrage
Nous crûmes sur ces bords tomber dans l'esclavage?
Les Tyriens en foule accompagnoient nos pas,
Et déja contre nous ils murmuroient tout bas:
Sur un trône brillant leur jeune souveraine
Rendit d'abord le calme à mon ame incertaine;
Ses regards, ses discours, garans de sa bonté,
Cet air majestueux, cette douce fierté,
Ces charmes dont l'éclat, digne ornement du trône,
Sur le front d'une reine embellit la couronne,
Les hommages flatteurs d'une superbe cour,
Tout m'inspiroit déja le respect et l'amour.
Avec quelle douceur écoutant ma priere,
Dans le noble appareil d'une pompe guerriere,
Cette reine, sensible au récit de mes maux,
Promit de terminer le cours de mes travaux!
Les effets chaque jour ont suivi sa promesse:

Achate, je dois tout aux soins de sa tendresse;
Eh! puis-je refuser mon cœur à ses attraits,
Quand ma reconnoissance est due à ses bienfaits?

ACHATE.

Tel est d'un cœur épris l'aveuglement extrême,
Il se fait un plaisir de s'abuser lui-même;
Et le vôtre, seigneur, qui cherche à s'éblouir,
Court après le danger quand il devroit le fuir.
Déja, tout occupé de sa grandeur future,
D'un trop honteux repos votre peuple murmure:
Il croit que chaque instant retarde ses destins;
Si la gloire une fois...

ÉNÉE.

Eh! c'est ce que je crains.
Je ne trahirai point cette gloire inhumaine;
Mais mon cœur sait aussi ce qu'il doit à la reine...
Je la vois... Laisse-nous. Trop heureux en ce jour
Si je puis accorder et l'honneur et l'amour!

(Achate sort.)

SCENE II.

DIDON, ENEE, ELISE.

DIDON, *à Enée.*

Seigneur, il étoit temps que ma bouche elle-même
Aux peuples de Carthage apprît que je vous aime,
Et qu'un nœud solennel, gage de notre foi,
Devoit aux yeux de tous vous engager à moi:
A cet heureux hymen je vois que tout conspire,

Le salut des Troyens, l'éclat de mon empire.
Ce n'est pas l'amour seul, dont le tendre lien
Doit unir à jamais votre sort et le mien;
Un intérêt commun aujourd'hui nous engage :
Je termine vos maux, vous défendrez Carthage;
Et, malgré tant de rois contre nous irrités,
Vous saurez affermir le trône où vous montez.
Cher prince, qu'il est doux pour mon cœur, pour le vôtre,
Que notre sort dépende et de l'un et de l'autre,
Et qu'un lien charmant, l'objet de tous nos vœux,
Finisse nos malheurs en couronnant nos feux!

ÉNÉE.

Ah! c'est de tous les biens le plus cher à mon ame!
Quel comble à vos bienfaits! quel bonheur pour ma flamme!
(à part.)
Quoi! je serois à vous!... Espoir trop enchanteur,
Ne seras-tu pour moi qu'une flatteuse erreur?
(à Didon.)
Mais ma crainte peut-être en secret vous offense?
Pardonnez, le malheur nourrit la défiance...
Ah! si je disposois des jours que je vous doi,
Et si tous les Troyens pensoient comme leur roi!...

DIDON.

Que dites-vous, seigneur? quelle alarme nouvelle...

ÉNÉE.

S'il faut périr pour vous, je réponds de leur zele;
Mais je vous aime trop pour rien dissimuler :
Ma princesse... *(il hésite.)*

DIDON.

Achevez : vous me faites trembler!

ÉNÉE.

Vous voyez sur ces bords le déplorable reste
D'un peuple si long-temps à ses vainqueurs funeste;
Cependant, accablé du malheur qui le suit,
Malgré l'abaissement où le ciel l'a réduit,
Malgré tant d'ennemis obstinés à sa perte,
Et la mort tant de fois à ses regards offerte,
Ce reste fugitif, ce peuple infortuné,
A soumettre les rois croit être destiné.
Les Troyens sur mes pas veulent se rendre maîtres
Des climats où jadis ont régné leurs ancêtres :
L'Ausonie est ce lieu si cher à leurs desirs ;
Leurs chefs osent déja condamner mes soupirs.
Je tremble que du ciel les sacrés interpretes
Ne joignent leur suffrage à ces rumeurs secretes,
Et qu'un zele indiscret, échauffant les esprits,
Ne porte jusqu'à moi la révolte et les cris.
Tel est du préjugé le pouvoir ordinaire;
Il soumet aisément le crédule vulgaire :
Courageux sans honneur, scrupuleux sans vertu,
Souvent, dans les transports dont il est combattu,
Le soldat, entraîné sur la foi d'un oracle,
Du respect pour les rois foule à ses pieds l'obstacle,
Cede, sans la connoître, à la religion,
Et se fait un devoir de la rébellion...
Ah! si le même jour où mon ame contente
Se promet un bonheur qui passoit mon attente,
Si, dans le moment même où vous me l'annoncez,
(*voyant Didon changer de visage.*)
Une gloire barbare... Hélas! vous frémissez!

DIDON.

Qu'ai-je entendu? cruel! quel funeste langage!...
Le trouble de mon cœur m'en apprend davantage.
Quoi! cet hymen si doux, si cher à nos souhaits,
Seroit donc traversé par vos propres sujets?
Je voulois les combler et de bien et de gloire :
Ils veulent donc ma mort?

ÉNÉE.

Non, je ne puis le croire.
Enchantés du repos que vous leur assurez,
Ils vous verront, madame, et vous triompherez :
Mon cœur, qui s'attendrit, souffre à regret l'idée
Du trouble dont votre ame est déja possédée...
Je vous quitte : il est temps d'instruire les Troyens
Du nœud qui les unit aux soldats tyriens;
Mais, dût le ciel lui-même, inspirant ses ministres,
Ne m'annoncer ici que des ordres sinistres,
Ni les dieux offensés, ni le destin jaloux,
Ne m'ôteront l'amour dont je brûle pour vous.
(*Il sort.*)

SCENE III.

DIDON, ELISE.

DIDON.

Elise, que deviens-je, et quel trouble m'agite?
Quel soupçon se présente à mon ame interdite?
De quel malheur fatal vient-il me menacer?

Enée! ô ciel!... Non, non, je ne puis le penser :
Il m'aime; il ne veut point trahir une princesse
Qui par mille bienfaits lui prouve sa tendresse.
Mais, lorsque notre hymen doit faire son bonheur,
Quel noir pressentiment fait naître sa terreur?...
(à part.)
Est-ce toi, peuple ingrat... est-ce vous, cher Enée,
Qui trompez sans pitié mon ame infortunée?
Qui dois-je soupçonner? quels maux dois-je prévoir?
Conspirez-vous ensemble à trahir mon espoir?
Tendre ou perfide amant!... Fatale incertitude!

ÉLISE.

Soupçonner un héros de tant d'ingratitude,
Quand vos bienfaits sur lui versés avec éclat...

DIDON.

En amour un héros n'est souvent qu'un ingrat.
Hélas! après l'espoir dont je m'étois flattée,
Dans quel gouffre d'horreurs suis-je précipitée!
Je m'attends désormais aux plus sensibles coups :
J'ignore mes malheurs, et dois les craindre tous.

ÉLISE.

Ah! du choix des Troyens vos faveurs vous répondent,
Et contre leurs destins les vôtres vous secondent :
Assez et trop long-temps leur empire détruit,
Un pays ignoré qui sans cesse les fuit,
Ont causé leurs regrets, nourri leur espérance;
Croyez que le repos, les plaisirs, l'abondance,
Effaceront bientôt de ces cœurs prévenus
Une ville brûlée et des bords inconnus.

DIDON.

Non; il faut qu'avec lui mon ame s'éclaircisse...
J'y vole... Un seul instant redouble mon supplice...

SCENE IV.

DIDON, BARCÉ, ELISE.

DIDON, *à part.*

Mais que nous veut Barcé?

BARCÉ.

Prêt à quitter ces lieux,
L'ambassadeur demande à paroître à vos yeux,
Madame; il suit mes pas, et vient pour vous instruire
D'un secret important au bien de cet empire.

DIDON, *à part.*

Quoi! dans le moment même où mon cœur désolé
Cherche à vaincre l'ennui dont il est accablé,
Quand je sens augmenter la douleur qui me presse,
Faut-il qu'à mes regards un étranger paroisse?
Il lira dans mes yeux mon triste désespoir;
Et peut-être mes pleurs... N'importe, il faut le voir...
Que vous êtes cruels, soins attachés au trône,
Et que vous vendez cher le pouvoir qu'il nous donne!
(*à Elise.*)
Par la contrainte affreuse où je suis malgré moi,
Elise, tu connois quel est le sort d'un roi.
Ce faste, dont l'éclat l'environne sans cesse,
N'est qu'un dehors pompeux qui cache sa foiblesse;
Sous la pourpre et le dais nous bravons l'univers!...

Je vais parler en reine, et mon cœur est aux fers...
(*à Barcé.*) (*à Elise.*)
Appelez ce Numide... Et vous, qu'on se retire.
(*Barcé sort d'un côté, et Elise de l'autre.*)

SCENE V.

DIDON.

Que vient-il m'annoncer?... Que pourrai-je lui dire?

SCENE VI.

IARBE, DIDON.

IARBE.

Iarbe aux Phrygiens est donc sacrifié,
Madame? votre hymen est enfin publié!
C'est peu que d'un refus l'ineffaçable outrage
D'un monarque puissant irrite le courage,
Un guerrier, qui jamais ne l'auroit espéré,
A l'amour d'un grand roi se verra préféré!
Du moins si votre cœur, sans desirs et sans crainte,
Pour toujours de l'hymen avoit fui la contrainte...
Mais de ce double affront l'éclat injurieux
N'armera pas en vain un prince furieux!...
Achevez, sans rougir, ce fatal hyménée;
Bravez toute l'Afrique, et couronnez Énée:
Il sera votre époux, il défendra vos droits;

Et bientôt, défiant le courroux de nos rois,
Suivi de ses Troyens...

DIDON.

Je m'abuse peut-être.
Vous pouvez cependant rejoindre votre maître;
C'est à lui de choisir ou la guerre ou la paix :
J'aime, j'épouse Énée, et mes soldats sont prêts.

IARBE.

Oui, madame, il choisit; et vous verrez sans doute
Éclater des fureurs que pour vous je redoute...
Vous épousez Énée, et votre bouche, ô ciel!
Me fait avec plaisir un aveu si cruel.
(*à part.*)
Ne tardons plus, suivons le courroux qui m'entraîne.

DIDON.

Oubliez-vous qu'ici vous parlez à la reine?

IARBE.

A ma témérité reconnoissez un roi.

DIDON.

Quoi! se peut-il qu'Iarbe...

IARBE.

Oui, cruelle! c'est moi.
Dès mes plus jeunes ans, par le destin contraire
Conduit dans les climats où regne votre frere,
Je vous vis; vos malheurs firent taire mes feux...
Un autre parleroit des tourmens rigoureux
Qui remplirent depuis une vie odieuse
Qui ne sauroit sans vous être jamais heureuse :
Je ne viens point ici, de moi-même enivré,
Vous faire de ma flamme un aveu préparé;

Peu fait à l'art d'aimer, j'ignore ce langage
Que, pour surprendre un cœur, l'amour met en usage;
Je laisse à mes rivaux les soupirs, les langueurs,
Du luxe asiatique hommages séducteurs,
Vains et lâches transports dont la vertu murmure,
Qu'enfante la mollesse, et que suit le parjure:
Je vous offre ma main, mon trône, mes soldats.
Dites un mot, madame, et je vole aux combats:
Je dompterai, s'il faut, l'Afrique et votre frere;
Mais malheur au rival dont l'ardeur téméraire
Osera disputer à mon amour jaloux
Le bonheur de vous plaire et de vaincre pour vous!

DIDON.

Seigneur, de votre amour justement étonnée,
A de nouveaux revers je me vois condamnée;
Car enfin, quel que soit le transport de vos feux,
Mon cœur n'est plus à moi pour écouter vos vœux...
Mais quoi! je connois trop cette vertu sévere
Dont votre auguste front porte le caractere:
Un héros tel que vous, fameux par ses exploits,
Dont l'Afrique redoute et respecte les lois,
Maître de tant d'états, doit l'être de son ame.
Voudroit-il, n'écoutant que sa jalouse flamme,
D'un amant ordinaire imiter les fureurs?
Non; ce n'est pas aux rois d'être tyrans des cœurs.
Montrez-vous fils du dieu que l'olympe révere:
J'admire vos exploits, votre amitié m'est chere;
C'est à vous de savoir si je puis l'obtenir,
Ou si de mes refus vous voulez me punir.
Si, dans les mouvemens du feu qui vous anime,

Vous voulez seconder le destin qui m'opprime,
Hâtez-vous, signalez votre jaloux transport;
Accablez une reine en butte aux coups du sort,
Qui, prête à voir sur elle éclater le tonnerre,
Peut succomber enfin sous une injuste guerre,
Mais que le sort cruel n'abaissera jamais
A contraindre son cœur pour acheter la paix.

(*Elle sort.*)

SCENE VII.

IARBE.

Dieux! quel trouble est le mien! Le feu qui me dévore,
Malgré ses fiers dédains, peut-il durer encore?

SCENE VIII.

ZAMA, IARBE.

IARBE.

Où courez-vous, Zama?

ZAMA.

Seigneur, songez à vous;
On soupçonne qu'Iarbe est caché parmi nous:
Un bruit sourd et confus...

IARBE.

Il n'est plus temps de feindre:
Iarbe est découvert; mais tu n'as rien à craindre.

ZAMA.

Eh quoi ! lorsqu'on s'attend à voir de toutes parts
Vos soldats furieux assiéger ces remparts,
Croyez-vous qu'un rival, l'objet de votre haine...

IARBE, *à part.*

Malheureux ! où m'emporte une tendresse vaine ?
La rage et le dépit me font verser des pleurs !
N'ai-je pu déguiser mes jalouses fureurs ?...
Et toi, qui dois rougir du feu qui me surmonte,
Toi, qui devrois venger ma douleur et ma honte,
Maître de l'univers, les dédains, les mépris,
Si je suis né de toi, sont-ils faits pour ton fils ?

FIN DU SECOND ACTE.

ACTE III.

SCENE PREMIERE.

IARBE, MADHERBAL.

IARBE.

Non, tu combats en vain l'amour qui me possede;
Une prompte vengeance en est le seul remede :
J'estime tes conseils, j'admire ta vertu ;
Sous le joug, malgré moi, je me sens abattu :
Je vois ce que mon rang me prescrit et m'ordonne;
Un excès de foiblesse est indigne du trône.
Je sais qu'un souverain, un guerrier tel que moi,
N'est point fait pour céder à la commune loi;
Qu'il faut, loin de gémir dans un lâche esclavage,
Que sur ses passions il regne avec courage;
Et qu'un grand cœur enfin devroit toujours songer
A vaincre son amour plutôt qu'à le venger.
Sans doute; et de mes feux je dois rougir peut-être;
Mais la raison nous parle, et l'amour est le maître...
Que sais-je? la fureur ne peut-elle à son tour
Dans un cœur outragé succéder à l'amour?

Ou, si je veux en vain surmonter sa puissance,
Du moins l'heureux succès d'une juste vengeance
Adoucira les soins qui troublent mon repos;
Et c'est toujours un bien que de venger ses maux.

MADHERBAL.

Je vous plains d'autant plus que votre cœur lui-même,
Seigneur, paroît gémir de sa foiblesse extrême.
Ah! si votre ame en vain tâche de se guérir,
Si vos propres malheurs ne servent qu'à l'aigrir,
Brisez avec fierté de rigoureuses chaînes;
Mais n'intéressez point votre gloire à vos peines...
Les refus de la reine offensent votre honneur;
Ils arment vos sujets. Non, je ne puis, seigneur,
Dans de pareils transports vous flatter ni vous croire.
Qu'a de commun enfin l'amour avec la gloire?
Et le refus d'un cœur est-il donc un affront
Qui doive d'un héros faire rougir le front?
Songez...

IARBE.

J'aime la reine; un autre me l'enleve!
Ah! s'il faut, malgré moi, que leur hymen s'acheve,
Je ne souffrirai pas qu'heureux impunément
Ils insultent ensemble à mon égarement!...
(*à part.*)
A quoi me réduis-tu, trop cruelle princesse!
Tu sais comme mon cœur, tout plein de sa tendresse,
Venoit avec transport offrir à tes appas
Un secours nécessaire à tes foibles états:
J'ai voulu contre tous défendre ton empire,
Et tu veux me forcer, ingrate, à le détruire!

MADHERBAL.

Eh bien! suivez, seigneur, ce courroux éclatant,
Et d'un combat affreux précipitez l'instant;
Baignez-vous dans le sang; frappez votre victime
En amant furieux plus qu'en roi magnanime:
C'est aux dieux maintenant d'être notre soutien.
Je vois, sans en frémir, son danger et le mien.
Avec la même ardeur, avec le même zele
Que j'ai parlé pour vous, je périrai pour elle;
Et l'univers peut-être, instruit de ses douleurs,
Condamnera vos feux, et plaindra ses malheurs.

IARBE.

Eh! que m'importe à moi ce frivole murmure,
Pourvu que ma vengeance efface mon injure?
Non, non; d'une maîtresse adorer les rigueurs,
Ménager son caprice et respecter ses pleurs,
C'est le frivole excès d'une pitié timide,
Et qui n'entra jamais dans le cœur d'un Numide.
J'exciterai, dis-tu, l'horreur de l'univers?
Eh! crois-tu que le dieu qui tonne dans les airs
Souffre, sans éclater, qu'une femme étrangere
Au sang de Jupiter indignement préfere
Un transfuge échappé des bords du Simoïs,
Qui n'a su ni mourir, ni sauver son pays,
Et qui n'apporte ici, du fond de la Phrygie,
Que les crimes de Troie et les mœurs de l'Asie?
J'en atteste le dieu dont j'ai reçu le jour;
Ces superbes remparts témoins de mon amour,
Ces lieux où, dévoré d'une flamme trop vaine,
J'ai moi-même essuyé les refus de ta reine,

Ne me reverront plus que, la flamme à la main,
Jusque dans ces palais me frayer un chemin :
J'assemblerai, s'il faut, toute l'Éthiopie;
Dans ses déserts brûlans j'armerai la Nubie;
Des peuples inconnus suivront mes étendards;
Un déluge de feu couvrira vos remparts;
Et, si ce n'est assez pour les réduire en poudre,
Mes cris iront aux cieux, et j'ai pour moi la foudre!
(*Il sort.*)

SCENE II.

MADHERBAL.

Juste ciel, qui m'entends, écarte ces horreurs!...
(*apercevant entrer Elise.*)
Élise vient... Sait-elle encor tous nos malheurs?

SCENE III.

MADHERBAL, ELISE.

MADHERBAL.

Enfin voici le jour marqué par nos alarmes,
Madame; c'en est fait, Iarbe court aux armes.
Témoin de la fureur qui dévore ses sens,
Je viens de recevoir ses adieux menaçans;
Le bruit dans nos remparts va bientôt s'en répandre.

ÉLISE.

A de pareils transports la reine a dû s'attendre.

Je courois sur vos pas la chercher en ces lieux...
(*voyant paroître Didon.*)
Je la vois... La douleur est peinte dans ses yeux.

SCENE IV.

DIDON, MADHERBAL, ELISE.

DIDON, *à Elise.*

Ah! venez rassurer une amante troublée.
Des guerriers Phrygiens l'élite est assemblée;
Leurs prêtres ont déja fait dresser des autels:
Ils entraînent Enée aux pieds des immortels...
Elise, autour de lui je ne vois que des traîtres.

ÉLISE.

Eh quoi! soupçonnez-vous la vertu de leurs prêtres?
Qui sait si par leurs soins les volontés du sort
Avec tous vos projets ne seront pas d'accord?
Que craignez-vous?

DIDON.

Je crains ce que leur bouche annonce:
Jamais la vérité ne dicta leur réponse.
Je ne sais, mais mon cœur est pénétré d'effroi...
Et ce moment peut-être est funeste pour moi!

MADHERBAL.

Permettez, au milieu de vos tristes alarmes,
Qu'un zélé serviteur interrompe vos larmes.
Vous devez votre esprit, madame, à d'autres soins:
L'amour a ses momens, l'état a ses besoins.
D'un Africain jaloux vous concevez la rage;

C'est à nous de songer à prévenir l'orage.
Je n'examine plus si l'hymen d'un grand roi,
Si cent peuples soumis à votre auguste loi,
Vos sujets glorieux étendant leur puissance
Jusqu'aux bords où le Nil semble prendre naissance,
Si l'avantage enfin de donner à vos fils
Jupiter pour aïeul et les dieux pour amis,
D'un éclat si flatteur devoient remplir votre ame,
Ou du moins quelque temps balancer votre flamme.
Avant que votre cœur, pour la derniere fois,
Aux yeux même d'Iarbe eût déclaré son choix,
J'ai cru devoir vous dire, en ministre fidele,
Tout ce que m'inspiroit votre gloire et mon zele:
Et ce n'est qu'à ce prix qu'un sujet plein d'honneur
Doit jamais de son maître accepter la faveur;
Mais si sa volonté ne peut être changée,
N'importe en quels projets son ame est engagée,
Résister trop long-temps ce seroit le trahir:
C'est aux dieux de juger, aux sujets d'obéir.
Ainsi, ne pensons plus qu'à la prompte défense
Qui peut de l'ennemi confondre l'espérance.
Bientôt sur ces remparts tous nos chefs rassemblés
Calmeront par mes soins nos citoyens troublés:
En vain contre Didon l'Afrique est conjurée;
Du peuple et du soldat ma reine est adorée:
Tout peuple est redoutable et tout soldat heureux
Quand il aime ses rois en combattant pour eux.

ÉLISE, *à Didon.*

Oui, je ne doute point qu'au gré de votre envie,
Les Tyriens pour vous ne prodiguent leur vie...

Mais quoi! vous oubliez qu'un téméraire amour
Ose vous menacer jusque dans votre cour!
Je ne le cache point; instruit de cette injure,
Autour de ce palais votre peuple murmure:
Il demande vengeance, et se plaint hautement
Qu'Iarbe dans ces murs vous brave impunément;
Et si l'on en croyoit les discours de Carthage,
Par votre ordre en ces lieux retenu pour otage...

DIDON.

Le retenir ici! qu'ose-t-on proposer?
De son funeste amour est-ce à moi d'abuser?
Je sais que des flatteurs les coupables maximes
Du nom de politique honorent de tels crimes;
Je sais que, trop séduits par de vaines raisons,
Mille fois mes pareils, dans leurs lâches soupçons,
Ont violé le droit des palais et des temples;
La cour de plus d'un prince en offre des exemples:
Mais un traître jamais ne doit être imité.
Moi, qu'oubliant les lois de l'hospitalité,
D'un roi dans mon palais j'outrage la personne!
Est-ce aux rois d'avilir l'éclat de la couronne,
Nous qui devons donner au reste des humains
L'exemple du respect qu'on doit aux souverains?...
(*à Madherbal.*)
Oui, malgré les malheurs où son courroux nous jette,
Allez, et que ma garde assure sa retraite;
Que ce prince, à l'abri de toute trahison,
Accable, s'il le peut, mais respecte Didon:
J'aime mieux, au péril d'une guerre barbare,
Que l'univers, témoin du sort qu'on me prépare,

Condamne un vain excès de générosité,
Que s'il me reprochoit la moindre lâcheté.
(Madherbal sort.)

SCENE V.

DIDON, ELISE.

DIDON.

Ah! c'est trop retenir ma douleur et mes larmes!
Mon amant peut lui seul dissiper mes alarmes...
(à part.)
Qu'il tarde à revenir!... Et vous, peuples ingrats,
Loin de mes yeux encor retiendrez-vous ses pas?

ÉLISE, *voyant paroître Enée.*

Il vient.

DIDON, *à part.*

A son aspect que ma crainte redouble!
Tout est perdu pour moi : je le sens à mon trouble.

SCENE VI.

DIDON, ENEE, ELISE.

ÉNÉE, *à part, au fond du théâtre, en apercevant Didon, et en voulant s'éloigner.*

Dieux! je ne croyois pas la rencontrer ici.

DIDON, *à part.*

Approchons... Mon destin va donc être éclairci!...
(à Enée, en le retenant.)
Vous me fuyez, seigneur?

ÉNÉE.

Malheureuse princesse,
Je ne méritois pas toute votre tendresse.

DIDON.

Non; je vous aimerai jusqu'au dernier soupir...
Mais que dois-je penser? je vous entends gémir!...
Vous détournez de moi votre vue égarée...
Ah! de trop de soupçons mon ame est dévorée...
Seigneur!...

ÉNÉE.

Au désespoir je suis abandonné!
Vous voyez des mortels le plus infortuné!
Mon cœur frémit encor de ce qu'il vient d'apprendre.
Dans le camp des Troyens le ciel s'est fait entendre:
Il s'explique, madame, et me réduit au choix
D'être ingrat envers vous, ou d'enfreindre ses lois.
Une voix formidable, aux mortels inconnue,
A murmuré long-temps dans le sein de la nue:
Le jour en a pâli, la terre en a tremblé;
L'autel s'est entr'ouvert, et le prêtre a parlé.
« Etouffe, m'a-t-il dit, une tendresse vaine;
« Il ne t'est pas permis de disposer de toi :
« Fuis des murs de Carthage, abandonne la reine;
« Le destin pour une autre a réservé ta foi. »
Tout le peuple aussitôt pousse des cris de joie.
Jugez du désespoir où mon ame se noie!
J'ai voulu vainement combattre leurs projets :
On m'oppose du ciel les absolus décrets,
Les champs ausoniens promis à notre audace,
Et l'univers soumis aux héros de ma race,

Dans un repos obscur Enée enseveli,
Ses exploits oubliés, son honneur avili,
Des Troyens fugitifs la fortune incertaine,
De vos propres sujets le mépris et la haine:
Que vous dirai-je enfin? accablé de douleur,
Déchiré par l'amour, entraîné par l'honneur...

(il hésite à poursuivre.)

DIDON.

Qu'avez-vous résolu?

ÉNÉE.

Plaignez plutôt mon ame!
Tout parloit contre vous, tout condamnoit ma flamme,
Ma gloire, mes sujets, nos prêtres, et mon fils...

DIDON.

N'achevez pas, cruel! vous avez tout promis!...
Où suis-je? N'est-ce point un songe qui m'abuse?
Est-ce vous que j'entends?... Interdite, confuse,
Je sens ma foible voix dans ma bouche expirer.
Est-il bien vrai? ce jour va donc nous séparer?
Qui me consolera dans mes douleurs profondes?
Mon cœur, mon triste cœur vous suivra sur les ondes;
Et d'une vaine gloire occupé tout entier,
Au fond de l'univers vous irez m'oublier!...
M'oublier!... Ah, cruel! de quelle affreuse idée
Mon ame en vous perdant se verra possédée!
J'ai tout sacrifié, j'ai tout trahi pour vous;
Je romps la foi jurée à mon premier époux;
Des rois les plus puissans je dédaigne l'hommage;
J'expose pour vous seul le salut de Carthage;

Je le fais avec joie, et le ciel m'est témoin
Que mon amour voudroit encore aller plus loin !...
Hélas ! de notre hymen la pompe est ordonnée ;
Je volois dans vos bras, cher et barbare Enée !...
Mais que dis-je ? ton sort ne dépend plus de toi :
Je t'ai livré mon cœur, tu m'as donné ta foi ;
Les sermens font l'hymen, et je suis ton épouse :
Oui, je la suis, Enée !

ÉNÉE, *à part.*

O fortune jalouse !
Pouvois-tu m'accabler par de plus rudes coups ?...
(*à Didon.*)
Ah ! je suis mille fois plus à plaindre que vous !
Vous régnez en ces lieux ; ce trône est votre ouvrage ;
Le ciel n'a point proscrit les remparts de Carthage :
Il les voit s'élever, et ne vous force pas
D'aller de mers en mers chercher d'autres états.
Le soin de gouverner un peuple qui vous aime,
L'éclat et les attraits de la grandeur suprême
Effaceront bientôt une triste amitié
Que nourrissoit pour moi votre seule pitié ;
Et moi, jusqu'au tombeau j'aimerai ma princesse ;
Mon cœur vers ces climats revolera sans cesse,
Climats trop fortunés où l'on vit sous vos lois !
Hélas ! si de mon sort j'avois ici le choix,
Bornant à vous aimer le bonheur de ma vie,
Je tiendrois de vos mains un sceptre, une patrie.
Les dieux m'ont envié le seul de leurs bienfaits
Qui pouvoit réparer tous les maux qu'ils m'ont faits !...
Adieu : vivez heureuse et régnez dans l'Afrique.

DIDON.

Ainsi vous remplirez ce décret tyrannique,
Cet oracle fatal, si souvent démenti?
Mon espoir, mes projets, tout est anéanti:
Ni l'état déplorable où l'amour m'a réduite,
Ni la mort qui m'attend, n'arrêtent votre fuite;
Vous rompez sans gémir les liens les plus doux...
Mais pour votre départ quel temps choisissez-vous?
Nul vaisseau n'ose encor reparoître sur l'onde:
Voyez ce ciel obscur, et cette mer qui gronde...
Ah! prince, quand ces murs défendus par Hector,
Quand ce même Ilion subsisteroit encor,
Dans les tombeaux de l'onde iriez-vous chercher Troie?
Attendez que des mers le ciel ouvre la voie;
Et puisqu'il faut enfin vous perdre pour toujours,
Que je vous perde au moins sans craindre pour vos jours!

ÉNÉE.

A vos desirs, aux miens, le ciel est inflexible.
Hélas! si vous m'aimez, montrez-vous moins sensible!
Obéissez en reine aux volontés du sort.
Rien ne peut des Troyens modérer le transport;
Effrayés par l'oracle et pleins d'un nouveau zele,
Ils volent dès ce jour où le ciel les appelle:
Moi-même vainement je voudrois arrêter
Des sujets contre moi prompts à se révolter;
Je les verrois bientôt... Mais quel sombre nuage,
Madame, en ce moment trouble votre visage?
Vous ne m'écoutez plus, vous détournez les yeux.

DIDON.

Non; tu n'es point le sang des héros, ni des dieux!

Au milieu des rochers tu reçus la naissance!
Un monstre des forêts éleva ton enfance,
Et tu n'as rien d'humain que l'art trop dangereux
De séduire une femme, et de trahir ses feux!
Dis-moi, qui t'appeloit aux bords de la Libye?
T'ai-je arraché moi-même au sein de ta patrie?
Te fais-je abandonner un empire assuré,
Toi qui, dans l'univers, proscrit, désespéré,
Environné par-tout d'ennemis et d'obstacles,
Serois encor sans moi le jouet des oracles?
Les immortels, jaloux du soin de ta grandeur,
Menacent tes refus de leur courroux vengeur?...
Ah! ces présages vains n'ont rien qui m'épouvante;
Il faut d'autres raisons pour convaincre une amante!
Tranquilles dans les cieux, contens de nos autels,
Les dieux s'occupent-ils des amours des mortels?
Notre cœur est un bien que leur bonté nous laisse;
Ou si jusques à nous leur majesté s'abaisse,
Ce n'est que pour punir des traîtres comme toi,
Qui d'une foible amante ont abusé la foi.
Crains d'attester encor leur puissance suprême!
Leur foudre ne doit plus gronder que sur toi-même!...
Mais tu ne connois point leur austere équité;
Tes dieux sont le parjure et l'infidélité!

ÉNÉE.

Hélas! que vos transports ajoutent à ma peine!
Moi-même je succombe; et mon ame incertaine
Ne sauroit soutenir l'état où je vous vois....
Didon!...

DIDON.

Adieu, cruel! pour la derniere fois.
Va, cours, vole au milieu des vents et des orages;
Préfere à mon palais les lieux les plus sauvages;
Cherche au prix de tes jours ces dangereux climats,
Où tu ne dois régner qu'après mille combats.
Hélas! mon cœur charmé t'offroit dans ces asyles
Un trône aussi brillant et des biens plus tranquilles!
Cependant tes refus ne peuvent me guérir;
Mes pleurs et mes regrets, qui n'ont pu t'attendrir,
Loin d'éteindre mes feux les redoublent encore....
Je devrois te haïr, ingrat! et je t'adore!
Oui, tu peux sans amour t'éloigner de ces bords;
Mais ne crois pas du moins me quitter sans remords:
Ton cœur fût-il encor mille fois plus barbare,
Tu donneras des pleurs au jour qui nous sépare;
Et, du haut de ces murs témoins de mon trépas,
Les feux de mon bûcher vont éclairer tes pas!

(elle veut s'éloigner.)

ÉNÉE, *voulant la retenir.*

Ah! madame, arrêtez!....

DIDON.

Ah! laisse-moi, perfide!

ÉNÉE.

Où courez-vous? souffrez que la raison vous guide!

DIDON.

Va, je n'attends de toi ni pitié, ni secours.
Tu veux m'abandonner: que t'importent mes jours?

ÉNÉE.

Eh bien! malgré les dieux vous serez obéie....

SCENE VII.

ENEE.

Elle fuit!... Arrêtez!... Prenons soin de sa vie.
(Il fait quelques pas pour suivre Didon.)

SCENE VIII.

ENEE, ACHATE.

ACHATE, *arrêtant Enée.*
Seigneur, les Phrygiens n'attendent que leur roi.
Partons : le ciel l'ordonne.

ÉNÉE.

Achate, laisse-moi :
Le ciel n'ordonne pas que je sois un barbare.
(Il sort.)

SCENE IX.

ACHATE.

Que vois-je?... quel transport de son ame s'empare?...
Courons; sachons les soins dont il est combattu...
Dieux! faut-il que l'amour surmonte la vertu!

FIN DU TROISIEME ACTE.

ACTE IV.

SCENE PREMIERE.

MADHERBAL, ACHATE.

MADHERBAL.

Où courez-vous, Achate?

ACHATE.

Où mon devoir m'entraîne;
Vous enlever mon prince, et sauver votre reine.

MADHERBAL.

Quel est donc ce discours? expliquez-vous.

ACHATE.

Craignez
Un peuple, des soldats, justement indignés.
La voix d'un dieu vengeur a tonné sur leurs têtes :
D'un hymen qu'il condamne interrompez les fêtes;
Le ciel arrache Enée aux transports de Didon,
Et les débris de Troie aux enfans de Sidon.
Obéissez aux dieux et rendez-nous Enée.

MADHERBAL.

Ah! puisse-t-il bientôt remplir sa destinée!

Puisse-t-il, consolé de ses premiers malheurs,
Du ciel qui le protege épuiser les faveurs,
Enchaîner à jamais la fortune volage,
Et régner glorieux ailleurs que dans Carthage!

ACHATE.

Est-ce vous que j'entends, Madherbal?

MADHERBAL.

Oui, c'est moi
Qui gémis sur ma reine, et qui plains votre roi :
Le sort ne les fit point pour être heureux ensemble.
Je déplore avec vous le nœud qui les assemble :
Nœud funeste et cruel, que l'amour en courroux
A formé pour les perdre et nous détruire tous!
Enée est un héros que l'univers admire;
Mais d'une jeune reine il renverse l'empire.
La gloire, la pitié, tout presse son départ :
S'il differe d'un jour, il partira trop tard.

ACHATE.

Je ne puis vous cacher ma joie et ma surprise :
Ministre vertueux, pardonnez la franchise
D'un soldat qui jugeoit de vous par vos pareils.
Favori de la reine, ame de ses conseils,
Et par elle sans doute instruit de sa tendresse,
J'ai cru que vous serviez ou flattiez sa foiblesse.
L'absolu ministere est remis dans vos mains :
J'ai vu tous les apprêts d'un hymen que je crains,
Et pouvois-je?...

MADHERBAL.

Eh! voilà le destin des ministres!
Victimes de discours, de jugemens sinistres;

Coupables, si l'on croit le peuple et le soldat,
Des foiblesses du prince et des maux de l'état...
Emplois trop enviés que la foudre environne!...
Heureux qui voit de loin l'éclat de la couronne!
Heureux qui, pour son roi, plein de zele et d'amour,
Le sert dans les combats, et jamais à la cour!...
Nous sommes menacés d'une attaque prochaine :
Je venois de mes soins rendre compte à la reine;
Je n'ai pu pénétrer au fond de son palais :
Cependant nos soldats, nos citoyens sont prêts.
Daignent les justes dieux soutenir sa querelle!
Contre tant d'ennemis que pourroit notre zele!...
La porte s'ouvre... On vient... C'est votre roi qui sort...
J'ai rempli mon devoir, et n'attends que la mort.

(*Il s'éloigne.*)

SCENE II.

ENEE, ACHATE, ELISE.

ÉNÉE, *à Elise.*

Elise, que la reine étouffe ses alarmes;
Enée à ses beaux yeux a coûté trop de larmes :
Je cours aux Phrygiens déclarer mes projets,
D'un départ trop fatal détruire les apprêts;
Et bientôt, ramené par l'amour le plus tendre,
J'irai, plein de transports, la revoir et l'entendre,
D'un hymen desiré presser les doux liens,
Et porter à ses pieds l'hommage des Troyens.

(*Elise sort.*)

SCENE III.

ENEE, ACHATE.

ACHATE.

(*à part.*) (*à Enée.*)

Dieux! le permettrez-vous?... Seigneur, votre présence
Me rend tout à la fois la vie et l'espérance;
Vos vaisseaux réparés couvrent déja les mers;
Les cris des matelots font retentir les airs :
Un jour plus pur nous luit, et le vent nous seconde;
Hâtons-nous. Vos soldats, prêts à voler sur l'onde,
De leur chef en secret accusent la lenteur.

ÉNÉE.

J'ai vu la reine, Achate, et l'amour est vainqueur!

ACHATE.

Que dites-vous? l'amour!... Ah! je ne puis vous croire;
Non, l'amour n'est point fait pour étouffer la gloire!
Elle parle, elle ordonne, il lui faut obéir;
Ce n'est pas vous, seigneur, qui devez la trahir.

ÉNÉE.

Je n'ai que trop prévu ta plainte et tes reproches;
Ton maître en ce moment redoutoit tes approches...
Mais que veux-tu? l'amour fait taire mes remords,
Et dans mon cœur trop foible il brave tes efforts.
Cependant, tu le sais, et le ciel qui m'écoute
M'a vu sur ses décrets ne plus former de doute,
Renoncer à Didon, lui venir déclarer
Qu'enfin ce triste jour nous alloit séparer,

A ses premiers transports demeurer inflexible,
Et paroître barbare autant qu'elle est sensible :
Je contenois mes feux prêts à se soulever;
Le dessein étoit pris... Je n'ai pu l'achever;
Et je ne puis encor, tout plein de ce que j'aime,
Rappeler ce projet sans m'accuser moi-même...
Je courois vers Didon quand tes empressemens
Commençoient d'attester la foi de mes sermens.
Que m'importoit alors une vaine promesse?
Je tremblois pour les jours de ma chere princesse.
Quel spectacle, grands dieux! quelle horreur! quel effroi!
Tout regrettoit la reine et n'accusoit que moi :
Je ne puis, sans frémir, en retracer l'image;
Son ame de ses sens avoit perdu l'usage;
Son front pâle et défait, ses yeux à peine ouverts,
Des ombres de la mort sembloient être couverts.
Cependant sa douleur et ses vives alarmes
Donnoient de nouveaux traits à l'éclat de ses charmes:
Et jusque dans ses yeux mourans, noyés de pleurs,
Je lisois son amour, mon crime, et ses malheurs...
Mais bientôt ses transports succédant au silence,
Je n ai pu de mes feux vaincre la violence :
Je n'en saurois rougir; et tout autre que moi
D'un si cher ascendant auroit subi la loi.
Lorsqu'une amante en pleurs descend à la priere,
C'est alors qu'elle exerce une puissance entiere;
Et l'amour qui gémit est plus impérieux
Que la gloire, le sort, le devoir et les dieux!

ACHATE.

Qu'entends-je?.. Est-il bien vrai?... Quelle foiblesse extrême!

Quoi! l'amour?... Non, seigneur, vous n'êtes plus vous-même...
Que diront les Troyens? que dira l'univers?
On attend vos exploits, et vous portez des fers!

ÉNÉE.

Eh quoi! prétendrois-tu que mon ame timide
N'eût dans ses actions qu'un vain peuple pour guide?
Crois-moi, tant de héros, si souvent condamnés,
D'un œil bien différent seroient examinés,
Si chacun des mortels connoissoit par lui-même
Le pénible embarras qui suit le diadême;
Ce combat éternel de nos propres desirs,
Et le joug de la gloire, et l'amour des plaisirs;
Ces goûts, ces sentimens, unis pour nous séduire,
Dont il faut triompher, et qu'on ne peut détruire!
Dans l'esprit du vulgaire un moment dangereux
Suffit pour décider d'un prince malheureux:
Témoin de nos revers, sans partager nos peines,
Tranquille spectateur des alarmes soudaines
Que le sort envieux mêle avec nos exploits,
Le dernier des humains prétend juger les rois;
Et tu veux que, soumis à de pareils caprices,
Je doive au préjugé mes vertus ou mes vices?

ACHATE.

Eh bien! laissez le peuple, injuste et plein d'erreurs,
Remplir tout l'univers d'insolentes rumeurs:
Serez-vous moins soigneux de votre renommée?
Et votre ame aujourd'hui, de ses feux consumée,
Veut-elle sans retour languir dans ses liens?

ÉNÉE.

Eh! n'ai-je pas fini les malheurs des Troyens?

De la main de Didon je tiens une couronne,
Je possede son cœur, je partage son trône:
Quelle gloire pour moi peut avoir plus d'appas?

ACHATE.

La gloire n'est jamais où la vertu n'est pas.
Fidele adorateur des dieux de nos ancêtres,
Osez-vous résister à la voix de nos maîtres?
Oubliez-vous, seigneur, leurs ordres absolus,
Et des mânes d'Hector ne vous souvient-il plus?
C'est par vous que j'ai su qu'en cette nuit terrible,
Qui vit de nos remparts l'embrasement horrible,
Vous trouvâtes son ombre au pied de nos autels :
« Fuyez, vous cria-t-il, enfant des immortels!
« Recueillez les débris de ma triste patrie,
« Et ses dieux protecteurs qu'Ilion vous confie;
« Vesta, le feu sacré, sont remis dans vos mains
« Comme un gage éternel du respect des humains;
« Qu'ils suivent sur les mers la fortune d'Enée :
« Cherchez l'heureuse terre aux Troyens destinée;
« Partez, d'un nouveau trône auguste fondateur! »
Ainsi parloit Hector; ainsi parloit l'honneur...
L'honneur, Hector, le ciel, rien n'ébranle votre ame...
Aimez donc : devenez l'esclave d'une femme...
Mais il vous reste un fils; ce fils n'est plus à vous;
Il appartient aux dieux de sa grandeur jaloux.
Par ma bouche aujourd'hui vos peuples le demandent:
Promis à l'univers, les nations l'attendent.
Vous le savez, seigneur, vous qui dans les combats
De ce fils jeune encor deviez guider les pas;
Ses neveux fonderont une cité guerriere,

Qui changera le sort de la nature entiere,
Qui lancera la foudre, ou donnera des lois,
Et dont les citoyens commanderont aux rois.
Déja, dans ses décrets, le maître du tonnerre
Livre à ce peuple roi l'empire de la terre.
Laissez à votre fils commencer un destin
Dont les siecles futurs ne verront point la fin;
Et n'avilissez plus dans une paix profonde
Le sang qui doit former les conquérans du monde!

ÉNÉE.

Arrête!... C'en est trop!... Mes esprits étonnés
Sous un joug inconnu semblent être enchaînés...
Quel feu pur et divin! quel éclat de lumiere
Embrase, en ce moment, mon ame tout entiere!...
Oui, je commence à rompre un charme dangereux:
A cette noble image, à ces traits généreux,
A ces mâles discours, dont la force me touche,
Je reconnois les dieux qui parlent par ta bouche...
Eh bien! obéissons... Il ne faut plus songer
A ces nœuds si charmans qui m'alloient engager...

(*à part.*)

Viens; je te suis... Et vous, à qui je sacrifie
L'objet de mon amour, le bonheur de ma vie,
Sages divinités, dont les soins éternels
Président chaque jour au destin des mortels,
Recevez un adieu que mon ame tremblante
Craint d'offrir d'elle-même aux transports d'une amante:
Ne l'abandonnez pas; daignez la consoler!
C'est à vous seuls, grands dieux, que j'ai pu l'immoler...
(*à Achate.*)
Allons.

ACHATE, *à part, apercevant Didon.*

Ah! c'est la reine!... O funeste présage!

ÉNÉE, *à part.*

O dieux!... Et vous voulez que je quitte Carthage!...
(on entend le bruit d'une foule prochaine.)
Mais quels cris, quel tumulte!...

SCENE IV.

DIDON, ENEE, ACHATE.

DIDON, *à ses gardes qui sont en dehors.*

Ouvrez-leur mon palais...
A ces peuples ingrats épargnons des forfaits.

ÉNÉE.

Quoi! dans ces lieux sacrés vous êtes outragée?

DIDON.

Seigneur, de mon palais la porte est assiégée.

ÉNÉE.

Par qui?

DIDON.

Par les Troyens.

ÉNÉE, *à part.*

Ah! prince malheureux!...
(à Achate.)
Achate, c'en est trop! vous me répondrez d'eux!
Courez, et vengez-moi de leur lâche insolence.

(Achate sort.)

SCENE V.

DIDON, ENEE.

DIDON.

Non, non, je leur pardonne; oublions leur offense :
Ils suivoient un faux zele; et, loin de vous trahir,
A vos ordres peut-être ils croyoient obéir...
Hélas! c'est la pitié qui seule vous arrête!
Vous couriez les rejoindre et la flotte étoit prête...
(*à part.*)
O douleur! ô foiblesse! ô triste souvenir!...
De mon saisissement je ne puis revenir...
(*à Enée.*)
Ma force et ma raison m'avoient abandonnée,
Des portes de la mort vous m'avez ramenée...
Elise m'a parlé, seigneur... si je l'en crois,
Mon ame sur la vôtre a repris tous ses droits...
Cher prince, contre vous mon cœur est sans défense!
Dans les illusions d'une vaine espérance
Vous pouvez d'un seul mot sans cesse m'égarer :
Mon sort est de vous croire et de vous adorer.

ÉNÉE.

Vous ne régnez que trop sur mon ame éperdue!
J'obéissois aux dieux... mais je vous ai revue,
Mon amour à vos pleurs les a sacrifiés,
Et je suis malgré moi sacrilége à vos pieds...
Mais quel sera le fruit d'un excès de foiblesse?
Les dieux triompheront s'ils combattent sans cesse;

Maîtres de nos destins et de nos cœurs...

DIDON.

J'entends;
Et ma funeste erreur a duré trop long-temps!
Je le vois, l'espérance est trop prompte à renaître...
Mes yeux s'ouvrent, seigneur, et je dois vous connoître.
D'un amour malheureux j'ai pu sentir les coups;
Mais pouvois-je exiger qu'un guerrier tel que vous,
Qu'un héros tant de fois utile à la Phrygie,
Qui doit vaincre et régner au péril de sa vie,
Dans la cour d'une reine abaissât son grand cœur
Aux serviles devoirs d'une amoureuse ardeur?....
Didon, en vous aimant, sait se rendre justice;
Je ne méritois pas un si grand sacrifice:
Vos desseins par mes pleurs ne sont plus balancés;
Vos feux et vos sermens par la gloire effacés...

ÉNÉE.

Quoi! toujours ma tendresse est-elle soupçonnée?

DIDON.

Vous voulez me quitter... Vous le voulez, Enée!
Je le sens, je le vois; et je ne prétends plus
Tenter auprès de vous des efforts superflus...
Mais, avant que ce jour à jamais nous sépare,
Considérez du moins les maux qu'il me prépare.
Iarbe... Hélas! seigneur, combien je m'abusois!
Iarbe a su par moi que je vous épousois:
Il l'a cru. Les flambeaux, les chants de l'hyménée
En ont instruit Carthage et l'Afrique indignée...
Etrangere en ces lieux, sans espoir de secours,
Je vois ce roi jaloux armé contre mes jours;

Et vous, à qui mon cœur sacrifioit sans peine
D'un amant redoutable et l'amour et la haine,
Vous, que je préférois au fils de Jupiter,
Vous, dont le souvenir me sera toujours cher,
Pour prix du tendre amour dont vous goûtiez les charmes,
Vous me laissez la guerre et la honte et les larmes!...
Je ne devrai qu'à vous le trépas ou les fers!...
Après cela partez; mes ports vous sont ouverts.

SCENE VI.

DIDON, ENEE, MADHERBAL.

MADHERBAL, *à Didon.*

Les Africains, madame, avancent dans la plaine;
Ils ont même occupé la montagne prochaine:
Un nuage de sable élevé jusqu'aux cieux
Et le déclin du jour les cachent à nos yeux;
Mais s'il en faut juger, et par leurs gens de guerre,
Et par le bruit des chars qui roulent sur la terre,
Conduite par Iarbe au sein de vos états,
Une armée innombrable accompagne ses pas.

ÉNÉE.

(*à part.*) (*à Didon.*)
Qu'entends-je?... Sur ces bords c'est moi qui les attire,
Reine; c'est donc à moi de sauver votre empire:
J'ai causé vos malheurs, et je dois les finir...
Iarbe vient à nous; je cours le prévenir.

DIDON.

Quoi! vous-même?... Ah! seigneur, que mon ame attendrie...

ÉNÉE.

Eh! quel autre que moi doit exposer sa vie?
Je pardonne à des rois sur le trône affermis
La pompe qui les cache aux traits des ennemis;
Mais moi que votre amour a sauvé du naufrage,
Moi, qui trouble aujourd'hui le bonheur de Carthage,
Je défendrai vos jours, vos droits, vos Tyriens,
Dût périr avec moi jusqu'au nom des Troyens!...
(*à Madherbal.*) (*à Didon.*)
Suivez-moi, Madherbal... Adieu, chere princesse!
Qu'à nos malheurs communs l'univers s'intéresse;
Et courons l'un et l'autre assurer votre état,
Vous au pied des autels, et moi dans les combats!

FIN DU QUATRIEME ACTE.

ACTE V.

L'acte commence vers la fin de la nuit.

SCENE PREMIERE.

DIDON.

VENEZ à mon secours, dieux, ô dieux, que j'implore!...
Fantôme menaçant, quoi! tu me suis encore?...
Quel effroi! quelle horreur! quel supplice nouveau!...
Rentrez, mânes sanglans, dans la paix du tombeau!...
Que vous importe, hélas! qu'une foible mortelle
Dans ce triste univers ne vous soit plus fidele?
Gardez-vous chez les morts tous vos droits sur mon cœur?
Un époux qui n'est plus, est-il un dieu vengeur?...
(*appelant.*)
Elise, entends mes cris, et que ma voix t'éveille!
Elise!... O ciel!...

SCENE II.

DIDON, ELISE.

ÉLISE, *à part, et sans reconnoître d'abord Didon.*
Quel bruit a frappé mon oreille?
Quelle clameur plaintive!...

DIDON.

Approche... soutiens-moi...
Je me meurs!...

(elle se jette dans les bras d'Elise qui la reçoit et la reconnoît.)

ÉLISE.

Quoi! madame, est-ce vous que je voi?
Les feux du jour encor ne percent point les ombres;
Les flambeaux presque éteints sous ces portiques sombres
Rendent plus effrayans le silence et la nuit.
Quel bizarre transport seule ici vous conduit?...

(voyant Didon près de tomber en foiblesse.)

Vous tremblez dans mes bras! tout votre sang se glace!
De votre auguste front l'éclat brillant s'efface;
Et vos regards, par-tout égarés dans ces lieux,
Semblent fuir un objet invisible à mes yeux.

DIDON, *à part avec égarement.*

Laisse-moi respirer, infortuné Sichée!
Ombre de mon époux, tu n'es que trop vengée!

ÉLISE.

Rassurez vos esprits : ce malheureux époux
Dans la nuit des enfers ne pense point à vous.

DIDON, *à part.*

Reine des dieux, Junon, témoin de ma foiblesse,
Tu te plais à nourrir ma fatale tendresse;
Mais tu n'étouffes pas les remords de mon cœur...
Hélas! je meurs d'amour, de honte et de douleur!

ÉLISE, *à part.*

Dieux, écartez les maux que son ame redoute!...

(*à Didon.*)

Eh! quel nouveau malheur vous désespere?

DIDON.

Ecoute,

Et vois quel est enfin le fruit de mes amours...
La nuit du haut des airs précipitoit son cours;
Dans ce vaste palais tout dormoit, hors ta reine...
Je veillois sous le poids de ma funeste chaîne;
La honte sur le front et la mort dans le cœur,
De l'état où je suis j'envisageois l'horreur:
Dans mon appartement une voix lamentable
Interrompt tout-à-coup la douleur qui m'accable;
Le bruit plaintif approche et me glace d'effroi;
La porte s'ouvre; un spectre a paru devant moi:
Des flots de sang couloient de ses larges blessures;
Ses sanglots redoublés formoient de longs murmures.
« Malheureuse! a-t-il dit, que devient ta vertu?
« Didon, je t'adorois; pourquoi me trahis-tu? »
A ces terribles mots, j'ai reconnu Sichée;
Son ombre tout en pleurs sur mon lit s'est penchée.
Je me leve : un feu pâle a brillé dans la nuit;
J'entends un cri lugubre, et le spectre s'enfuit.
Je le suis à grands pas sous ces obscures voûtes
Où menent du palais les plus secretes routes;
J'arrive en frémissant dans ces lieux révérés
Qu'à cet époux trahi mon zele a consacrés,
Où j'ai promis cent fois qu'une flamme éternelle...
Hélas! à mes sermens j'étois alors fidele!...
D'un culte interrompu j'assemble les débris,
Des festons dispersés, des feuillages flétris:

L'autel en est couvert, et cent torches funebres
Ramenent la clarté dans le sein des ténebres.
Le marbre à mes regards offre d'abord les traits
D'un époux autrefois l'objet de mes regrets;
Je sens couler mes pleurs... J'approche, et je m'écrie:
« O toi, qui fus long-temps la moitié de ma vie,
« Epoux infortuné, je n'ai pu dans ces lieux
« Recueillir de ma main tes restes précieux;
« Sur la tombe où repose une cendre si chere
« Que le ciel soit plus pur, la terre plus légere!
« Apaisé par mes pleurs, content de mes remords,
« Attends-moi sans courroux dans l'empire des morts!
« Permets que je t'implore, et que ces mains profanes
« Répandent cette eau pure et l'offrent à tes mânes! »
A ces mots sur l'autel j'épanche la liqueur...
Mais, ô nouveau prodige! ô spectacle d'horreur!
L'eau coule et disparoît; des flots de sang jaillissent!
J'entends autour de moi des ombres qui gémissent!
D'infernales clameurs ont retenti trois fois;
Et de mon triste époux j'ai reconnu la voix
Qui répétoit mon nom jusqu'au fond des abymes
Où l'effroyable mort enchaîne ses victimes!

ÉLISE.

Juste ciel!

DIDON.

Des flambeaux j'ai vu pâlir les feux...
Juge de ma terreur dans ces momens affreux...
J'invoque de Junon le secours tutélaire,
Et sors avec effroi de ce noir sanctuaire...

Mais ce spectacle horrible accompagne mes pas,
Et je traîne après moi l'enfer et le trépas!

ÉLISE.

Le ciel sur vos amours jette un regard sévere,
Et les cris de Sichée ont armé sa colere:
Je frémis du récit que je viens d'écouter;
Sur vous l'orage gronde: il le faut écarter...
Du temple d'Hespérus consultons la prêtresse;
Les dieux daignent souvent inspirer sa vieillesse.
De la mer Atlantique elle a quitté les bords;
Carthage la possede; employez ses efforts:
Sa redoutable voix peut aux royaumes sombres
Interroger la mort et conjurer les ombres;
Son art peut du destin prévenir la rigueur.

DIDON.

Chere Elise, mon sort est au fond de mon cœur:
Je ne sais quel pouvoir en secret le maîtrise;
Mais ce cœur désolé, que l'amour tyrannise,
Toujours de ses devoirs est prêt à triompher,
Et ne s'ouvre aux remords que pour les étouffer.
Est-il temps de fléchir la colere céleste?
Ces ombres, ce fantôme et son adieu funeste,
Du combat, loin des murs, livré dans ce moment,
Sans doute m'annonçoient le triste évènement;
Pour attaquer Iarbe et tout le peuple maure,
Enée a prévenu le retour de l'aurore:
De nos chefs et des siens ce héros entouré,
Pour un combat nocturne avoit tout préparé.
Suivi de Madherbal il revient m'en instruire...

(le jour paroît.)

J'attends... Mais le soleil déja commence à luire;
Tout est tranquille encor.

ÉLISE.

Le calme de ces lieux
Semble nous annoncer un succès glorieux:
Les clameurs du soldat ne se font point entendre;
L'ennemi fuit.

SCENE III.

DIDON, BARCÉ, ELISE.

DIDON, *à Barcé.*

Barcé, que viens-tu nous apprendre?

BARCÉ.

Dans ces lieux effrayés la paix est de retour,
Madame. A la clarté des premiers feux du jour
J'ai vu de toutes parts, sur nos sanglantes rives,
Des Africains rompus les troupes fugitives:
Carthage est délivrée; et ces peuples si fiers
Du bruit de votre nom vont remplir leurs déserts.

DIDON, *à part.*

O triomphe! ô succès! victoire inespérée!...
Exaucez jusqu'au bout une reine éplorée,
Dieux puissans, qui sauvez mon trône et mes sujets,
Faites grace à mon cœur, et rendez-lui la paix!...
(à Barcé.)
Enée à mes regards va-t-il bientôt paroître?

BARCÉ, *hésitant à répondre.*

Madame...

DIDON.

Eh bien! Barcé?

BARCÉ.

Je m'alarme peut-être;
Mais ce héros encor n'a pas frappé mes yeux,
Et même on n'entend point ces cris victorieux
Que, libre et respirant une barbare joie,
Le soldat effréné jusques au ciel envoie.
J'ai vu les Tyriens, confusément épars,
S'avancer en silence au pied de nos remparts.

DIDON.

Dieux! que me dites-vous?... On ne voit point Enée?
(à part.)
Cependant il triomphe... Aveugle destinée,
L'as-tu livré vainqueur aux traits de son rival?...
Quel trouble me saisit!... Mais je vois Madherbal.

SCENE IV.

DIDON, MADHERBAL, BARCÉ, ELISE.

DIDON, *à Madherbal.*

Que venez-vous enfin m'annoncer?

MADHERBAL.

La victoire.
Ce jour vous rend le trône, et vous couvre de gloire.
Pendant que l'ennemi, plongé dans le sommeil,
Renvoyoit son attaque au lever du soleil,

Le héros des Troyens rassemble nos cohortes,
Leur parle en peu de mots, et fait ouvrir les portes:
Les feux des Africains nous servent de flambeaux;
On invoque les dieux, et l'on suit ses drapeaux.
Nous marchons. Le soldat, que la vengeance entraîne,
Se dévoue à la mort, et jure par sa reine.
Nous arrivons aux lieux où de sombres clartés
Guidoient vers l'ennemi nos pas précipités :
Aussitôt le signal vole de bouche en bouche;
On observe en frappant un silence farouche:
Le sable est abreuvé du sang des Africains;
La nuit et le sommeil les livrent dans nos mains;
La mort couvre leur camp de ses voiles funebres,
Et le ciel, obscurci par d'épaisses ténebres,
Ne retentit encor, dans ces momens d'horreur,
Ni des cris des mourans, ni des cris du vainqueur.
Cependant on s'éveille, on crie, on prend les armes :
Iarbe court lui-même au bruit de tant d'alarmes;
Il arrive; il ne voit que des gardes errans,
Des soldats massacrés l'un sur l'autre expirans;
Et par-tout ses regards trouvent l'affreuse image
D'une défaite entiere et d'un vaste carnage.
A ce triste spectacle il frémit de courroux,
Et vole vers Enée, à travers mille coups;
Les combattans surpris, reculant en arriere,
Autour de ces rivaux forment une barriere.
Ils fondent l'un sur l'autre; ils brûlent de fureur,
Et disputent long-temps d'adresse et de valeur;
Mais le dieu des combats regle leur destinée :
Iarbe enfin chancelle, et tombe aux pieds d'Enée.

Il expire : aussitôt les Africains troublés
S'échappent par la fuite à nos traits redoublés ;
Et, tandis qu'éclairé des rayons de l'aurore,
Le soldat les renverse et les poursuit encore,
Le vainqueur, sur ses pas rassemblant les Troyens,
Appelle autour de lui les chefs des Tyriens :
« Magnanimes sujets d'une illustre princesse,
« Qu'Enée et les Troyens regretteront sans cesse,
« Sous les lois de Didon puissiez-vous à jamais
« Goûter dans ces climats une profonde paix !
« J'espérois vainement de partager son trône;
« L'inflexible destin autrement en ordonne :
« Trop heureux quand le ciel m'arrache à ses appas,
« Qu'il m'ait permis du moins de sauver ses états,
« Et que mon bras vainqueur, assurant sa puissance,
« Lui laisse des garans de ma reconnoissance!...
« Adieu. Plein d'un amour malheureux et constant,
« Je l'adore, et je cours où la gloire m'attend. »

DIDON, *à part.*

Dieux cruels!

MADHERBAL.

A ces mots il gagne le rivage,
Et soudain son vaisseau s'éloigne de Carthage.

DIDON, *à part.*

Quel coup de foudre, ô ciel!... Devois-je le prévoir ?
Il m'abandonne; il part!... O honte! ô désespoir!
O comble de malheurs où le destin me plonge!...
Quoi! je n'en puis douter? ce n'est point un vain songe?
Quoi! de si tendres nœuds sont pour jamais rompus?...
Il part!... Quoi! c'en est fait, je ne le verrai plus?

A ses derniers sermens tandis que je me livre,
L'ingrat fuit, sans me voir, sans m'ordonner de vivre!
Il veut donc que je meure?... Eh! qu'ai-je fait, hélas!
Pour qu'un indigne amant me condamne au trépas?
A-t-on vu mes vaisseaux assiéger le Scamandre?
Ou de son pere Anchise ai-je outragé la cendre?
Je l'ai comblé de biens lui, ses sujets, son fils;
Tous régnoient sur un cœur qu'Enée avoit soumis...
(à Elise.)
Elise, en est-ce fait? n'est-il plus d'espérance?...
Ah! s'il voyoit mes pleurs... s'il sait que son absence...

ÉLISE.

Hélas! que dites-vous? Les ondes et les vents
Déja loin de l'Afrique...

DIDON.

Eh bien! je vous entends,
(à part.)
Il n'y faut plus penser... Ah! barbare! ah! perfide!...
Et voilà ce héros dont le ciel est le guide,
Ce guerrier magnanime et ce mortel pieux
Qui sauva de la flamme et son pere et ses dieux! ..
Le parjure abusoit de ma foiblesse extrême;
Eh! la gloire n'est point à trahir ce qu'on aime!
Du sang dont il naquit j'ai dû me défier,
Et de Laomédon connoître l'héritier!...
Cruel! tu t'applaudis de ce triomphe insigne!...
De tes lâches aïeux, va, tu n'es que trop digne;
Mais tu me fuis en vain, mon ombre te suivra.
Tremble, ingrat! je mourrai; mais ma haine vivra!
Tu vas fonder le trône où le destin t'appelle;

Et moi je te déclare une guerre immortelle!
Mon peuple héritera de ma haine pour toi;
Le tien doit hériter de ton horreur pour moi.
Que ces peuples, rivaux sur la terre et sur l'onde,
De leurs divisions épouvantent le monde!
Que, pour mieux se détruire, ils franchissent les mers;
Qu'ils ne puissent ensemble habiter l'univers;
Qu'une égale fureur sans cesse les dévore;
Qu'après s'être assouvie elle renaisse encore;
Qu'ils violent entre eux et la foi des traités,
Et les droits les plus saints et les plus respectés;
Qu'excités par mes cris, les enfans de Carthage
Jurent, dès le berceau, de venger mon outrage;
Et puissent, en mourant, mes derniers successeurs
Sur tes derniers neveux être encor mes vengeurs!

ÉLISE.

Quels vœux! quelle fureur et quels transports de haine!...
Cachez des mouvemens peu dignes d'une reine;
Au sein de la victoire, oubliez vos revers.

DIDON.

Ma honte et mon amour remplissent l'univers...
J'en rougis... Il est temps que ma douleur finisse;
Il est temps que je fasse un entier sacrifice,
Que je brise à jamais de funestes liens...
Le ciel, en ce moment, m'en ouvre les moyens...
(*à part.*)
Témoins des vœux cruels qu'arrachent à mon ame
La fuite d'un parjure et l'excès de ma flamme,
Contre lui, justes Dieux, ne les exaucez pas!

(*elle se frappe d'un poignard, et se tue.*)

Mourons... A cet ingrat pardonnez mon trépas!

ÉLISE, *à part.*

Ah ciel!

BARCÉ, *à part.*

Quel désespoir!

MADHERBAL, *à part.*

O fatale tendresse!

DIDON, *à tous les trois.*

Vous voyez ce que peut une aveugle foiblesse :
Mes malheurs ne pouvoient finir que par ma mort...
(*à part.*)
Que n'ai-je pu, grands dieux, maîtresse de mon sort,
Garder jusqu'au tombeau cette paix innocente
Qui fait les vrais plaisirs d'une ame indifférente!...
J'en ai goûté long-temps les tranquilles douceurs...
Mais je sens du trépas les dernieres langueurs...
Et toi, dont j'ai troublé la haute destinée,
Toi, qui ne m'entends plus, adieu, mon cher Enée!
Ne crains point ma colere... elle expire avec moi,
Et mes derniers soupirs sont encore pour toi!

(*Elle meurt.*)

FIN DE DIDON.

EXAMEN

DE DIDON.

Le quatrieme livre de l'Enéïde offroit à M. Le Franc la situation la plus touchante qui ait été peinte par les anciens; mais l'auteur avoit à surmonter de grandes difficultés pour mettre ce sujet au théâtre. D'abord la situation d'une amante abandonnée avoit déja été traitée dans Bérénice et dans Ariane, et tous les sentimens qu'elle pouvoit offrir paroissoient avoir été épuisés : Virgile d'ailleurs ne fournissoit au poëte moderne que deux ou trois scenes; et le caractere d'Enée, que quelques critiques ont jugé peu digne de l'épopée, étoit encore bien moins propre à réussir sur notre théâtre. Nous croyons nécessaire de rappeler ici les moyens que M. Le Franc a employés pour suppléer au vide de cette action, et les ressorts dont il s'est servi pour la faire mouvoir. Le rôle d'Iarbe, introduit dans cette piece, fait un contraste très heureux avec celui d'Enée : on regrette qu'il ne se trouve pas une seule fois avec le héros troyen. Nous avons déja observé que les auteurs dramatiques ne devoient point éviter de mettre en présence l'un de l'autre les principaux personnages de leurs pieces, et que les beautés théâtrales naissent ordinairement des grandes difficultés surmontées; une entrevue de ces deux personnages auroit pu donner plus d'éclat au rôle d'Enée, qui auroit opposé un courage tranquille à l'impétuosité du monarque africain. Le caractere de Madherbal, ministre de Didon, est très heureusement placé dans cette piece : sa franchise, sa sévérité, contribuent beaucoup à l'effet du tableau de deux amans entraînés par leurs passions. Dans l'admirable épisode de Virgile, Didon est présentée plutôt comme amante que comme reine : M. Le Franc a saisi ce dernier moyen de caractériser la reine de Carthage. Dans le premier acte, elle soutient, en présence d'Iarbe, la dignité de son rang, et l'on reconnoît, dans la noblesse et la fierté de ses expressions, la fondatrice d'un grand état. Le rôle d'Enée se trouve relevé par une action éclatante qui précede son départ. Iarbe attaque la ville naissante ; le prince troyen marche contre lui, remporte une grande victoire, et cede ensuite aux volontés des dieux, en laissant à la reine des regrets encore plus douloureux.

Ces différentes combinaisons, qui ne dénaturent en rien le fond du sujet, le rendent dramatique, et ont fourni à l'auteur le moyen de remplir la longue carriere de cinq actes. Souvent M. Le Franc a imité heureusement les beaux morceaux du quatrieme livre de l'Enéïde. Nous en citerons un qui est plein de sentiment et de force, et où sont répandues les plus riches couleurs poétiques. Après le départ d'Enée, Didon, emportée par sa passion, jure une haine éternelle aux Troyens :

Tum vos, ô Tyrii, stirpem et genus omne futurum
Exercete odiis, cinerique hæc mittite nostro
Munera : nullus amor populis nec fœdera sunto.
Exoriare aliquis nostris ex ossibus ultor,
Qui face Dardanios ferroque sequare colonos,
Nunc, olim, quocumque dabunt se tempore vires.
Littora littoribus contraria, fluctibus undas,
Imprecor, arma armis : pugnent ipsique nepotesque.

Voici comment M. Le Franc a imité cet admirable morceau :

Que ces peuples, rivaux sur la terre et sur l'onde,
De leurs divisions épouvantent le monde!
Que, pour mieux se détruire, ils franchissent les mers;
Qu'ils ne puissent ensemble habiter l'univers;
Qu'une égale fureur sans cesse les dévore;
Qu'après s'être assouvie, elle renaisse encore;
Qu'ils violent entre eux et la foi des traités,
Et les droits les plus saints et les plus respectés;
Qu'excités par mes cris, les enfans de Carthage
Jurent, dès le berceau, de venger mon outrage;
Et puissent, en mourant, mes derniers successeurs
Sur tes derniers neveux être encor mes vengeurs!

On regrette que M. Le Franc n'ait point placé à la fin de sa piece les derniers mots que Virgile met dans la bouche de Didon. Cette reine est décidée à mourir; ses fureurs sont apaisées ; toute sa tendresse s'est réveillée; elle arrête ses yeux sur les armes d'Enée, et elle dit :

Dulces exuviæ, dum fata deusque sinebant,
Accipite hanc animam, meque his exsolvite curis.
Vixi, et quem dederat cursum fortuna, peregi :
Et nunc magna meî sub terras ibit imago.
Urbem præclaram statui ; mea mœnia vidi ;
Ulta virum, pœnas inimico à fratre recepi ;
Felix, heu! nimiùm felix, si littora tantùm
Nunquàm Dardaniæ tetigissent nostra carinæ!

Cette courte récapitulation de la vie de Didon au moment où elle va mourir, la tendre exclamation qui termine cette tirade, auroient, nous le croyons, ajouté à l'effet du dénouement de la tragédie de M. Le Franc, qui a très heureusement surmonté les difficultés de son sujet, et qui a lié avec beaucoup d'art ses propres conceptions à celles de Virgile; mérite qui suffiroit seul pour le placer parmi nos bons écrivains.

FIN DE L'EXAMEN DE DIDON.

MAHOMET SECOND,

TRAGÉDIE

DE LA NOUE,

Représentée, pour la premiere fois, le 23 février 1739.

Laudem à crimine sumit.
Ovid. Met., lib. VI.

NOTICE

SUR LA NOUE.

JEAN SAUVÉ DE LA NOUE naquit à Meaux en 1701. Quoique doué d'un esprit très juste, il eut une jeunesse orageuse : la suite de ses erreurs le porta à quitter sa famille pour embrasser l'état de comédien. Il n'avoit pas une figure avantageuse, et il n'annonçoit pas un grand talent pour la déclamation. Ces obstacles, qu'il surmonta depuis par la supériorité de son esprit et par les connoissances qu'il sut acquérir, l'empêcherent alors de débuter à Paris, et semblerent le reléguer dans la foule obscure et peu estimée des comédiens de province : heureusement le goût de l'étude le préserva des travers où son état paroissoit devoir l'entraîner. Il se fit estimer à Lyon, où il débuta avec succès dans les premiers rôles de tragédie. On reconnut en lui des qualités solides, et l'on commença à s'apercevoir qu'il ne se borneroit point à la culture de l'art auquel les circonstances l'avoient forcé de se consacrer. Des connoissances littéraires et un goût épuré le firent rechercher par les hommes instruits; un ton noble et décent lui ouvrit l'entrée de la meilleure compagnie. Quelque temps après, ses protecteurs lui procurerent le privilége du théâtre de Rouen: il resta dans cette ville pendant cinq ans; et les soins pénibles qu'exige l'administration d'une troupe de comédiens ne l'empêcherent pas de cultiver la poésie dramatique, pour laquelle il annonçoit de grandes dispositions.

Son premier ouvrage fut la tragédie de Mahomet second. Ce sujet avoit déja été traité, sans beaucoup de succès, par Châteaubrun : La Noue le conçut d'une maniere plus dramatique, et s'attacha sur-tout à conserver le coloris local. Deux rôles très beaux, quelques scenes écrites avec l'éloquence des passions, firent réussir cette piece au-delà des espérances de l'auteur; mais les critiques séveres y remarquerent de l'emphase, du faux brillant, et des incorrections. Ces défauts, qui se font beaucoup plus apercevoir à la lecture qu'à la représentation, n'empêcherent point Mahomet second de rester au théâtre.

En 1739, époque à laquelle cette tragédie fut représentée, M. de Voltaire avoit obtenu de grands succès dans l'art de Sophocle et d'Euripide, et commençoit à exercer dans la littérature cette influence irrésistible qui ne fit que s'accroître par la suite. La Noue lui envoya sa piece en implorant la protection d'un homme si célebre. Il paroît qu'elle plut à Voltaire, à qui la réputation naissante de l'auteur ne pouvoit inspirer aucun ombrage. « Votre tragédie, « lui écrivit-il, est arrivée à Cirey comme les Kœ-« nig, les Bernouilli en partoient : les grandes véri-« tés nous quittent ; mais à leur place les grands « sentimens, et de beaux vers qui valent bien des « vérités, nous arrivent. Je crois que vous êtes le « premier parmi les poëtes qui ayez été à la fois ac-« teur et auteur tragique; car La Thuilerie, qui « donna Hercule et Soliman sous son nom, n'en « étoit pas l'auteur ; et d'ailleurs ces deux pieces « sont comme si elles n'avoient point été. Votre ou-« vrage étincelle de vers de génie et de traits d'ima-« gination : c'est presque un nouveau genre. Il ne « faut sans doute rien de trop hardi dans les vers « d'une tragédie; mais aussi les François n'ont-ils « pas souvent été un peu trop timides? A la bonne « heure qu'un courtisan poli, qu'une jeune princesse, « ne mettent dans leurs discours que de la simpli-« cité et de la grace; mais il me semble que certains « héros étrangers, des Asiatiques, des Américains, « des Turcs, peuvent parler sur un ton plus fier et « plus sublime, *Major e longinquo*. J'aime un lan-« gage hardi, métaphorique, plein d'images, dans « la bouche de Mahomet second, comme dans Ma-« homet le prophete; ces idées superbes sont faites

« pour leurs caracteres : c'est ainsi qu'ils s'expri-
« moient eux-mêmes. On prétend que le conquérant
« de Constantinople, en entrant dans Sainte-So-
« phie, qu'il venoit de changer en mosquée, récita
« deux vers sublimes du Persan Sadi : *Le palais*
« *impérial est tombé ; les oiseaux qui annoncent*
« *le carnage ont fait entendre leurs cris sur les*
« *tours de Constantin.* On a beau dire que ces beautés
« de diction sont des beautés épiques, ceux qui par-
« lent ainsi ne savent pas que Sophocle et Euripide
« ont imité le style d'Homere. Ces morceaux épiques,
« entremêlés avec art parmi des beautés plus sim-
« ples, sont comme des éclairs qu'on voit quelquefois
« enflammer l'horizon, et se mêler à la lumiere douce
« et égale d'une belle soirée. »

On voit que M. de Voltaire, en prodiguant des complimens, veut excuser ses propres défauts : on lui a justement reproché d'avoir trop répandu les couleurs épiques dans ses tragédies. Sans doute, lorsque le sujet le demande, un poëte tragique doit se servir du style figuré : Racine en a donné d'illustres exemples dans Esther et dans Athalie ; mais quand la situation ne l'exige pas, on devient froid si l'on substitue des images au langage simple des passions. De ce que Mahomet s'est rappelé deux vers de Sadi, en entrant dans l'église de Sainte-Sophie, il ne s'ensuit pas qu'il ait parlé comme le poëte persan.

Deux ans après, M. de Voltaire, ayant composé sa tragédie de Mahomet le prophete, s'occupa des moyens de la faire représenter à Paris. Il éprouva beaucoup d'obstacles, et il conçut le projet de l'essayer en province : il porta ses vues sur la troupe de La Noue, qui étoit alors à Lille. Avant de la faire jouer, il lui envoya sa tragédie manuscrite avec ces vers :

Mon cher La Noue, illustre pere
De l'invincible Mahomet,
Soyez le parrain d'un cadet
Qui, sans vous, n'est point fait pour plaire.
Votre fils est un conquérant;
Le mien a l'honneur d'être apôtre,
Prêtre, fripon, dévot, brigand;
Qu'il soit le chapelain du vôtre.

La tragédie de M. de Voltaire, dans laquelle La Noue joua le rôle de Mahomet, eut un grand succès à Lille. M. de Voltaire fut très-content de cette représentation, quoiqu'il ne trouvât point au principal acteur une figure assez noble pour les premiers rôles de tragédie. « Je sais, écrivoit-il à M. d'Argen-« tal, que La Noue a l'air d'un fils rabougri de « Beaubourg; mais aussi il joue, à mon sens, d'une

« maniere plus forte, plus vraie, et plus tragique « que Dufresne. »

Le roi de Prusse, ayant entendu parler de La Noue, voulut avoir auprès de lui un homme qui réunissoit le double talent de poëte et d'acteur. Le projet d'un théâtre françois fut formé à Berlin; mais cet établissement, qui auroit fait honneur à notre littérature, ne put avoir lieu. La guerre qui se déclara à cette époque empêcha La Noue de remplir ses engagemens : il se trouva chargé d'une troupe de comédiens, qu'il fut obligé de payer; et n'ayant obtenu que de foibles dédommagemens, sa fortune en souffrit beaucoup. L'ordre et l'économie réparerent bientôt ce désastre. Dans l'impossibilité de tenter une grande entreprise en pays étranger, La Noue prit la résolution d'abandonner pour jamais les théâtres de province, et de se fixer à Paris : sa réputation l'y avoit précédé, et la comédie françoise s'empressa de le recevoir. Il débuta, en 1742, par le rôle du comte d'Essex. Ce rôle, qui exige une belle figure, un port majestueux, un organe sonore, ne paroissoit pas convenir aux moyens de La Noue; cependant le public lui sut gré de sa grande intelligence : sa diction noble et correcte lui concilia les suffrages des connoisseurs, et son succès fut complet.

Quatre ans après sa réception au théâtre françois,

La Noue, qui étoit parvenu à faire une bonne tragédie, voulut essayer s'il pourroit obtenir le même triomphe dans la comédie. A cette époque, le ton de la haute compagnie n'étoit plus le même que du temps de Louis XIV; on commençoit à rejeter les bienséances qui avoient autrefois maintenu les différences d'âge et d'état; tout ce qui portoit le caractere de l'étiquette étoit proscrit; et l'on faisoit consister la politesse dans une aisance de manieres et de mœurs, qu'un esprit encore délicat pouvoit à peine garantir de l'indécence. On avoit substitué au goût de la bonne plaisanterie celui des allusions fines et des mots à double entente, à la galanterie noble et réservée un commerce plein de familiarité. La Noue peignit très bien ces mœurs dans la Coquette corrigée; mais il ne remarqua point que ces intrigues de boudoir, ces petites noirceurs, ne pouvoient fournir les grands traits, et exciter la gaieté franche qui distinguent la bonne comédie: il eut du moins le mérite d'avoir cherché l'élégance et la pureté du style. Si l'on excepte quelques traits de mauvais goût, qui tiennent au temps où l'auteur fit cette piece, on doit avouer qu'elle est généralement écrite d'une maniere ingénieuse et piquante: quelques tirades sur-tout méritent d'être distinguées. Le poëte présente un homme d'honneur qui détourne un jeune étourdi du projet de compromettre une femme :

Aux mains d'un honnête homme, elle a cru confier
Le pouvoir de la perdre et de l'humilier.
Des devoirs de l'amant sois quitte; elle est volage :
Le secret en est un dont rien ne te dégage.
Le bruit est pour le fat, la plainte pour le sot;
L'honnête homme trompé s'éloigne et ne dit mot.

La Noue, dans un autre passage, donne également des leçons très morales d'une maniere délicate et ingénieuse. Clitandre parle à une coquette d'une femme qu'il lui offre pour modele :

Elle a de son esprit étendu les lumières;
Elle a même accueilli des vertus roturières,
L'égalité d'humeur, la modeste bonté,
L'amour de l'ordre enfin, trop rare qualité.
Après quelques momens que l'hymen nous éprouve,
La beauté perd, dit-on; tout cela se retrouve :
Les maris aiment mieux, ils m'en sont tous témoins,
Une vertu de plus, et deux grâces de moins.

Il pourra paroître étonnant que La Noue n'ait pas fait représenter cette comédie au théâtre auquel il étoit attaché : l'extrême différence de cette piece avec celles de Moliere et de Regnard, qui étoient encore suivies, quelques intrigues de coulisse, empêcherent probablement La Noue d'essayer sa piece sur le théâtre françois : elle fut représentée pour la premiere fois par les comédiens italiens, qui avoient alors une troupe françoise très bien composée. Le succès qu'elle obtint décida enfin les acteurs du théâtre françois à la jouer ; elle est restée à leur répertoire.

La Noue obtint plusieurs récompenses très flatteuses : il fut chargé par la cour du divertissement qui eut lieu pour le mariage du dauphin. M. de Voltaire concourut à cette fête, et y fit représenter sa comédie-ballet de la Princesse de Navarre. « Le duc de « Richelieu, dit M. de Voltaire, fit élever un théâtre « de cinquante-six pieds de profondeur dans le grand « manege de Versailles, et fit construire une salle, dont « les décorations et les embellissemens furent telle- « ment ménagés, que tout ce qui servoit au spectacle « devoit s'enlever en une nuit, et laisser la salle or- « née pour un bal paré qui devoit former la fête du « lendemain. » C'est dans cette salle superbe que Zelisca, de La Noue, fut représentée. Elle soutint le parallele avec la piece de M. de Voltaire, et valut à son auteur la place de répétiteur des spectacles des petits appartemens, avec une pension de mille livres. Dans le même temps, le duc d'Orléans lui donna la direction de son théâtre à Saint-Cloud.

La Noue s'étoit toujours repenti des folies de sa jeunesse, et n'avoit jamais aimé l'état de comédien, que la nécessité l'avoit forcé d'embrasser : il profita de l'aisance que les graces de la cour et une grande économie lui avoient procurée, pour se retirer, et se consacrer entièrement à la composition de plusieurs ouvrages dramatiques dont il avoit fait le canevas. Il avoit commencé une tragédie d'Antigone, dont il reste quelques fragmens : le discours de Créon, lorsqu'il proclame la loi qui défend, sous peine de mort, de donner la sépulture à Polynice, est plein de force et d'éloquence. La Noue avoit donné un soin particulier à ce morceau; il pensoit que s'il étoit possible de faire adopter au public la vraisemblance de cette loi, et de le familiariser avec les préjugés des Grecs sur la sépulture des morts, ce sujet, qui n'a jamais réussi au théâtre françois, seroit un des plus beaux que l'on pût traiter. Le seul ouvrage dramatique que La Noue ait pu terminer dans sa retraite, est la petite comédie de l'Obstiné, où l'on trouve du vrai comique et beaucoup de vivacité dans le dialogue.

La Noue eut des liaisons avec les hommes de lettres les plus distingués de son temps. J. J. Rousseau eut assez de confiance en lui pour le consulter sur une de ses comédies, et lui témoigna toujours une estime particuliere. Lorsque Rousseau composa sa fameuse Lettre sur les spectacles, il chercha à prouver qu'il étoit impossible que les comédiens eussent des mœurs; et La Noue valut à quelques-uns de ses camarades une honorable exception : « S'ensuit-il de « là, dit Jean-Jacques, qu'il faille mépriser tous les « comédiens? Il s'ensuit au contraire qu'un comédien « qui a de la modestie, des mœurs, de l'honnêteté, « est doublement estimable, puisqu'il montre par là « que l'amour de la vertu l'emporte en lui sur les pas- « sions de l'homme et sur l'ascendant de sa profes- « sion. Le seul tort qu'on lui peut imputer est de l'a- « voir embrassée : mais trop souvent un écart de jeu- « nesse décide du sort de la vie; et quand on se sent « un vrai talent, qui peut résister à son attrait? Les « grands acteurs portent avec eux leur excuse : ce « sont les mauvais qu'il faut mépriser. »

La Noue mourut dans sa retraite, le 15 novembre 1761.

PRÉFACE.

Tout le monde convient que le sujet de Mahomet second est un des plus difficiles que l'on ait mis sur la scene ; et j'ose dire que la façon dont je l'ai traité ajoute encore à la difficulté.

J'ai voulu intéresser par Mahomet et pour Mahomet, sans cependant détruire son caractere; j'ai senti toute la charge que je m'imposois : c'est au public à décider si j'ai succombé sous sa pesanteur.

Mon dessein a été de faire une piece sans épisodes : le développement du cœur de Mahomet, le péril et la mort d'Irene, voilà les seuls objets auxquels j'ai tout sacrifié.

Si cette unité d'action m'a fourni quelques beautés, elle m'a entraîné aussi, malgré moi, dans des défauts que j'ai vus, que je n'ai point prétendu dissimuler, et que je veux encore moins excuser.

Je n'ai point assez travaillé, et j'ai trop peu de lumieres pour oser décider; mais je crois avoir observé que dans un sujet simple les caracteres, qui semblent d'abord devoir être une ressource pour l'auteur, deviennent dans l'exécution la partie la plus gênante et la plus difficile à mettre en œuvre.

La raison, si je ne me trompe, est que, dans ces sortes de pieces, il y a toujours un caractere transcendant, qui, pour ainsi dire, engloutit tous les autres, et dont le développement demande beaucoup d'étendue; de sorte que l'auteur est obligé non seulement de resserrer, mais encore de plier à l'avantage du premier la marche et les mouvemens des autres personnages qui entrent dans la construction de sa fable. De combien d'exemples pourrois-je m'appuyer ici, et d'exemples tirés des plus grands maîtres?

L'unité d'intérêt est encore, selon moi, un obstacle à l'achèvement des caracteres subalternes : plus on le partage cet intérêt, plus on l'affoiblit. L'art consiste donc à le rejeter toujours dans son entier sur les principaux personnages; toutes les situations doivent donc être ménagées pour eux seuls : or je demande comment finir des caracteres exclus des situations, et dont tous les mouvemens, tous les discours doivent être subordonnés à la grandeur et à l'action d'un autre? *Judicent periti.*

J'aurois pu faire du visir un conspirateur dans les formes, lui donner des intelligences avec les princes voisins, l'intéresser pour un frere de Mahomet, etc.; j'ai mieux aimé n'en faire qu'un ennemi du sultan : il hait, il cherche à nuire, il souleve l'armée; la révolte mene à la catastrophe : voilà tout ce que j'en ai voulu tirer. Le moindre inconvénient d'un jeu plus étendu, d'une conduite plus réguliere, auroit été de me jeter dans des détails étrangers à mon sujet.

Le caractere de Théodore n'est pas mieux fini; peut-être est-il plus défectueux; et, par les mêmes raisons, j'aurois pu le mettre vis-à-vis Mahomet, opposer grandeur à grandeur : je l'ai sacrifié à mon héros; bien plus, la reconnoissance faite, je n'ai point voulu qu'il partageât l'intérêt avec Irene. Tous ces ménagemens jettent nécessairement sur lui un reproche de foiblesse et d'indécision, que j'ai vu, mais dont je me suis cru obligé de le laisser chargé pour un plus grand bien. Sa présence et son peu de fermeté entroient également dans le plan de mon ouvrage : supprimez le personnage, Irene se tait sur son amour, ou devient criminelle en l'avouant; donnez-lui plus de force, ou il obscurcit Mahomet, et se saisit de l'attention du spectateur, ou il change la suite des évènemens.

Mon dessein, par ce détail, n'est pas d'autoriser ces deux caracteres, mais seulement de faire voir les motifs qui m'ont porté à n'y rien changer, et qui m'ont empêché de profiter dans l'impression des justes critiques qu'on en a faites.

Je ne dis rien du mufti; il tient si peu de place dans la piece, qu'il seroit ridicule de lui en donner une ici. Quoiqu'il aide au visir à soulever l'armée, je me serois bien gardé de le produire sur la scene pour ce qu'il y dit, s'il ne s'y trouvoit tout porté comme assistant à l'entrée triomphante de Mahomet.

Je ne dirai plus qu'un mot, et ce sera, si on

me le permet, sur la catastrophe de cette tragédie.

Aux premieres représentations, on me fit un crime de l'action de Mahomet : on auroit souhaité, ou que j'eusse fait sauver Irene, ou du moins qu'un autre l'eût immolée; et je me souviendrai toujours de l'effet terrible que produisit ce vers décisif :

Frémissez, c'est la main du cruel Mahomet.

Les sentimens aujourd'hui sont si fort changés, que j'ai presqu'à me disculper de n'avoir armé Mahomet sur la scene que d'un poignard inutile; le bras étoit levé, le spectateur étoit ému : je devois achever, dit-on, et le rendre témoin d'une exécution violente qui auroit porté son horreur et sa pitié jusqu'au dernier degré.

Je ne pense pas ainsi; les mœurs et les regles en seroient blessées, et je respecterai toujours les unes et les autres. Il ne m'appartient pas de donner en France l'exemple de verser impunément le sang d'un autre sur le théâtre; exemple dangereux qui dégénéreroit bientôt en habitude de carnage, et qui d'un spectacle innocent et régulier, tel que le nôtre, feroit en peu de temps une arene sanglante, une école d'inhumanité.

J'ai donné à ma piece, selon moi, le seul dénouement qui lui convînt; je l'ai préparé le mieux qu'il m'a été possible. Au reste je ne me flatte point d'avoir rencontré juste dans l'un, ni réussi dans l'autre : je dis mon sentiment sans vouloir y assujettir personne, et j'avoue de bonne foi qu'un autre auroit pu beaucoup mieux faire.

Ce seroit ici le lieu de rendre grace au public de l'accueil favorable qu'il a fait à mon ouvrage, si je ne craignois que le lecteur ne prît pour un reproche de la précipitation de ses jugemens mon soin à lui rappeler ici les applaudissemens qu'il m'a donnés comme spectateur. Quelle différence de la solitude et du sang-froid du cabinet à l'illusion du théâtre, à la chaleur de la représentation, aux inflexions, aux mouvemens d'acteurs habiles !

. . . . Cùm carmina lumbum
Intrant, et tremulo scalpuntur ubi intima versu.

PERS., sat. I.

ACTEURS.

MAHOMET SECOND, empereur des Turcs.
IRENE.
THEODORE, prince grec, pere d'Irene.
LE GRAND-VISIR.
LE MUFTI.
L'AGA DES JANISSAIRES.
TADIL, confident de Mahomet.
ACHMET, confident du grand-visir.
NASSI, Grec, confident de Théodore.
ZAMIS, Grecque, confidente d'Irene.
PACHAS.
OFFICIERS DU PALAIS.
GARDES.
GRECS.

La scene est à Byzance.

MAHOMET SECOND, TRAGÉDIE.

ACTE PREMIER.

SCENE PREMIERE.

LE VISIR, ACHMET.

LE VISIR.

Enfin, selon mes vœux, guidé par sa captive,
Ami, c'est en ce jour que Mahomet arrive :
D'un triomphe pompeux l'appareil imposant
Hors de ces murs encor le retient dans son camp;
Ministre sans éclat d'une odieuse fête,
Il veut qu'ici par moi son triomphe s'apprête....
Ah! loin d'y préparer un trône à son orgueil,
Cher Achmet, que ne puis-je y creuser son cercueil!
Que ne puis-je flétrir ses lauriers et sa gloire!
Mais il faut à pas lents marcher vers la victoire.
Du voile de la feinte entourons nos projets :
La prudence peut seule assurer leurs succès.

ACHMET.

De quels succès encor se flatte votre haine?
Mahomet sait gagner les peuples qu'il enchaîne;
Les bienfaits dans ces lieux annoncent son retour:
Il y sema l'horreur, il recueille l'amour.
Il saccagea Byzance en vainqueur implacable;
Il revient y régner en monarque équitable;
Il a parlé; les Grecs ont vu tomber leurs fers:
De ses graces sur eux les trésors sont ouverts.
Vous l'avez vu cruel, vous voyez sa clémence:
Imitez-le, visir; bannissez la vengeance.

LE VISIR.

Ainsi donc un tyran, dans ses brûlans accès,
Osera se livrer aux plus cruels excès;
Entre les mains du crime il mettra son tonnerre;
De larmes, de douleurs il couvrira la terre,
Et d'un regard plus doux s'il veut les honorer,
Les vils mortels seront contraints à l'adorer?
Rien ne peut de mon cœur refermer la blessure;
Le cruel m'a forcé d'outrager la nature!...
Ah! souvenir affreux dont encor je frémis!
Ses ordres m'ont contraint à massacrer mon fils....
Il voulut son trépas, injuste ou légitime;
Mais mon bras ne dut point immoler la victime:
Je frappai... C'en est fait; ami, laissons les pleurs,
Soulagement obscur des vulgaires douleurs.
Mahomet, je le sais, n'est point toujours barbare;
De vices, de vertus, assemblage bizarre,
Entraîné par l'essor où son cœur s'est livré,
Il porte l'un ou l'autre au suprême degré;

Monstre de cruauté, prodige de clémence,
Héros dans ses bienfaits, tyran dans sa vengeance,
A ses transports fougueux rien ne peut s'opposer;
Et dans le seul excès il sait se reposer.
Je ne me flatte point; je le connois ce maître
Que ma haine menace, et qu'elle craint peut-être.
Tranquille maintenant, l'amour qui le séduit
Suspend son caractere, et ne l'a point détruit;
Mais plus pour la vertu son cœur a de constance,
Et bientôt plus le crime obtiendra de puissance.
De moment en moment il peut se réveiller;
Et tandis qu'il sommeille il le faut accabler.
Dès long-temps mes complots préparent sa ruine:
J'ai banni de son camp l'austere discipline,
Des chefs et des soldats j'ai corrompu les cœurs,
Sur les plus factieux j'ai versé les faveurs;
A la fidélité réservant la disgrace,
Mon adroite indulgence a caressé l'audace:
Aux bruits semés par moi de ses lâches amours
Le murmure a passé dans leurs libres discours;
Et saisissant enfin l'espoir que j'ai vu luire,
Du murmure au mépris je les ai su conduire.
C'est ainsi que, semant la feinte et les détours,
J'attaque sa puissance et j'assiege ses jours;
J'allume le tonnerre, et j'empêche qu'il gronde.
Sans savoir mes projets, le mufti les seconde.
Je ne crains que l'aga; janissaire indompté,
Rien ne peut altérer sa fiere intégrité;
Imprudent, mais zélé, son audace hautaine
Obtient, brave l'estime, et subjugue la haine:

Son devoir est sa loi; son maître est tout pour lui;
Et je m'efforce en vain d'ébranler cet appui.
Espérons toutefois : c'est mon frere, et peut-être,
Saisissant les moyens que le temps fera naître,
Son zele par mes soins se verra refroidi,
Ou je le tournerai contre mon ennemi.
Est-il quelque rempart construit par la puissance,
Que ne détruise enfin l'audace et la prudence?
Toi, qui depuis long-temps des malheureux chrétiens
Par mes ordres secrets adoucis les liens,
De mes conseils prudens as-tu su faire usage?
Tes soins ont-ils des Grecs relevé le courage?
Et vers la liberté, que je viens leur offrir,
Osent-ils en secret pousser quelque soupir?

ACHMET.

Couchés dans la poussiere, abandonnés aux larmes,
J'ai long-temps, mais en vain, combattu leurs alarmes:
Le succès leur paroît trop voisin du danger;
Leurs yeux tremblans encor n'osent l'envisager.
Il en est cependant de qui la noble audace
A bravé devant moi la mort et la menace:
Je leur fais espérer votre solide appui.
Il leur manquoit un chef; et le ciel aujourd'hui
Flatte l'heureux succès où votre cœur aspire:
Le plus vaillant des Grecs, Théodore, respire.

LE VISIR.

Théodore?

ACHMET.

Oui, Seigneur. Du sang de Constantin,
C'est lui qui du vainqueur troubla l'heureux destin,

Qui dans ces mêmes murs retarda sa victoire,
Et de son propre sang lui fit payer sa gloire.
Ce héros, dans les fers, gémissoit inconnu:
Aujourd'hui seulement à la clarté rendu,
De vos desseins secrets j'ai promis de l'instruire;
Et bientôt devant vous on le doit introduire.

LE VISIR.

Théodore, dis-tu, va paroître à mes yeux?
Ami, je le connois; je l'ai vu dans ces lieux
Quand l'heureux Amurat m'envoya dans Byzance
Du Grec et du Persan rompre l'intelligence:
Mais un autre intérêt le rend cher à mon cœur,
Et lui seul du sultan va troubler le bonheur;
Oui, pour en concevoir l'espérance certaine,
Apprends que cet esclave est le pere d'Irene.

ACHMET.

Quoi! de cette captive?

LE VISIR.

Ami, n'en doute pas:
Il la vit jeune encore arracher de ses bras;
L'esclavage la mit dans les mains de mon frere:
Je le pressai long-temps de la rendre à son pere;
Au sérail du sultan il destina ses jours,
Et ses yeux du sultan ont fixé les amours.
Maintenant, cher Achmet, je veux que Théodore
L'arrache par mes soins à l'amant qui l'adore;
Je veux, si je ne puis détruire son pouvoir,
Dans son cœur déchiré porter le désespoir.

ACHMET.

Eh! ne craignez-vous point que le pere lui-même

N'aspire par sa fille à la faveur suprême?
Il est chez les chrétiens des cœurs ambitieux;
L'éclat et la grandeur peut éblouir ses yeux;
Le plaisir et l'orgueil de se voir près du trône...

LE VISIR.

Calme le vain soupçon où ton cœur s'abandonne.
As-tu donc oublié cette invincible horreur
Qu'un chrétien contre nous suce avec son erreur?
L'hymen est le seul nœud que connoît leur tendresse:
Tout autre engagement n'est que crime ou foiblesse.
Je connois Théodore; et tout autre lien
Ne sauroit éblouir un cœur tel que le sien.
Que ne peut le sultan par un hymen sinistre
De ses propres malheurs se rendre le ministre!
Je ne sais, mais peut-être il ne vient en ces lieux
Que pour en allumer les flambeaux odieux.
Ah! s'il étoit ainsi, ma haine triomphante
Lui raviroit le sceptre, éloigneroit l'amante:
Bientôt en zele ardent mon courroux déguisé
Frapperoit sans obstacle un sultan méprisé.
S'il l'épouse, te dis-je, il se perdra lui-même;
S'il n'ose l'épouser, il perdra ce qu'il aime;
Ou, si jusqu'à l'offense il enhardit ses feux,
J'armerai le dépit d'un pere malheureux;
Et moi-même guidant le bras de Théodore,
Je saurai le plonger dans un sang que j'abhorre.
Sachons à nous servir si son cœur se résout.
S'il se perd, ce n'est rien; s'il immole, c'est tout.

ACHMET.

On vient... C'est lui, seigneur.

LE VISIR.

Cher ami, va m'attendre;
Et que personne ici ne puisse nous surprendre...
Il entre; laisse-nous. (*Achmet sort.*)

SCENE II.

LE VISIR, THEODORE.

LE VISIR.

Ciel! quelle injuste loi
Fait gémir dans l'opprobre un héros tel que toi!
Généreux Théodore, ah! malgré ta disgrace,
Partage les transports d'un ami qui t'embrasse!

THÉODORE.

O toi qui, seul des tiens sensible à la pitié,
Sais dans un malheureux respecter l'amitié,
Si mon cœur au plaisir pouvoit s'ouvrir encore,
Je le devrois aux soins dont un ami m'honore:
Il n'est plus temps; rends-moi ma prison et mes fers,
Vos succès et nos maux me les ont rendus chers...
(*à part.*)
Murs, trop mal défendus par mes fragiles armes,
Murs, baignés de mon sang, soyez-le de mes larmes!...
De quel faste étranger me vois-je environné?
L'autel étoit ici... là, mon roi prosterné...
Malheureux Constantin!... Malheureuse Byzance,
Le ciel en son courroux a brisé ta puissance!
Ton effroyable chûte écrasa trente rois,
Et l'univers tremblant en a senti le poids!

LE VISIR.

Si le fier Mahomet eût suivi sa conquête,
Sa main sur trente rois étendoit la tempête,
Il est vrai; mais l'amour a sauvé l'univers:
Au vainqueur de la terre il a donné des fers.
Apprends que dans ces murs s'est éteint l'incendie
Dont les feux menaçoient et l'Europe et l'Asie;
Et de ces murs encore on pourroit repousser
L'usurpateur... Mais non, il n'y faut plus penser.
Les Grecs, si fiers jadis, aujourd'hui vils esclaves,
Ont appris sans murmure à porter leurs entraves:
La liberté les cherche, ils n'osent la saisir;
Et Théodore enfin ne sait plus que gémir.

THÉODORE.

Que dis-tu? Notre sort peut-il changer de face?
Ah! si je le croyois!...

LE VISIR.

Rappelle ton audace:
Avant la fin du jour tu seras éclairci
D'un secret important que je te cache ici.
Il t'en souvient; tandis qu'on assiegeoit Byzance
Par de secrets avis j'éclairai ta prudence:
Mes efforts ni les tiens n'ont pu la conserver
Mais des mains du tyran on la peut enlever.
Sais-tu jusqu'à quel point il mérite ta haine,
Ce cruel qu'en ces lieux un nouveau crime amene?
Sais-tu que, pour plonger le poignard dans son sein,
La vengeance et l'honneur ont réservé ta main?
Sans doute on t'aura dit qu'une captive aimable
Arrive sur les pas de ce prince coupable?...

Frémis ; mais venge-toi : ce fier usurpateur
Devient, pour t'offenser, un lâche séducteur :
Cette beauté qu'il trompe, et qui peut-être l'aime ;
Cet objet malheureux... c'est ta fille elle-même.

THÉODORE.

Ma fille!... Ah! juste ciel! ma fille entre les bras!....
Non; elle est innocente, ou ne respire pas.

LE VISIR.

Cesse de te flatter : c'est elle; c'est Irene,
Que loin de tout danger ta prévoyance vaine
Long-temps avant la guerre envoyoit à Lesbos,
Et que la servitude atteignit sur les flots.

THÉODORE.

Ah! rompons, s'il se peut, sa chaîne criminelle!
Visir, de ton pouvoir daigne appuyer mon zele;
Que je l'arrache!...

LE VISIR.

Espere un facile succès.
Mahomet la confie aux murs de ce palais,
Sans gardes, presque libre, à soi-même rendue;
Un prétexte pourra te procurer sa vue :
Soit pour flatter ta fille enfin, ou la fléchir,
Des rigueurs du sérail on vient de l'affranchir.

THÉODORE.

Visir, sur son destin je ne suis point tranquille.

LE VISIR.

On vient.

SCENE III.

LE VISIR, THEODORE, ACHMET.

LE VISIR, *à Achmet.*

Rends, cher Achmet, sa retraite facile.
(*à Théodore.*)
Tu connois ce palais; évite tous les yeux,
Et bientôt nous pourrons nous voir en d'autres lieux.
(*Théodore et Achmet sortent.*)

SCENE IV.

MAHOMET, LE MUFTI, LE VISIR, TADIL, PACHAS, OFFICIERS DU PALAIS, GARDES.

MAHOMET.

Dans ces murs qu'a soumis ma valeur intrépide,
Que du trône ottoman la majesté réside:
Ne changeons point leur sort. Ils commandoient jadis;
Qu'ils commandent encore aux peuples asservis;
Que l'Europe et l'Afrique, au rang de nos provinces,
Esclaves comme vous, y contemplent leurs princes.
Puissent mes descendans, de cet heureux séjour,
A l'univers entier donner des lois un jour!
Les chemins sont ouverts; c'est assez pour ma gloire:
Il est temps de cueillir les fruits de la victoire.
Ce n'est pas sans effort que mon cœur combattu
Fait céder la grandeur aux lois de la vertu :

Dans ce cœur inconstant l'orgueil et la vengeance,
Je ne le sens que trop, ont laissé leur semence.
Je n'ose vous promettre un bonheur éternel;
Avant d'être clément vous m'avez vu cruel :
Tremblez... Mais écartons un funeste présage;
D'une solide paix que ce jour soit le gage.
Peuples, long-temps courbés sous le poids des malheurs,
Respirez; votre maître est sensible à vos pleurs;
Votre maître est fléchi : l'humanité sacrée,
La mere des vertus, dans son ame est entrée.
En vain l'ambition veut étouffer sa voix,
Elle crie à mon cœur que mon peuple a ses droits :
C'est elle qui m'apprend qu'un pouvoir sans mesure
Devient, pour l'univers, une commune injure;
C'est elle qui m'apprend que des nœuds mutuels
Unissent le monarque au reste des mortels,
Et qu'un roi qui conserve est égal en puissance
A l'être bienfaisant qui donne la naissance.
J'ai vaincu, j'ai conquis, je gouverne à présent.
(*au mufti et au visir.*)
Vous, que ma voix tira de la nuit du néant,
Esclaves de mon trône, ombre de ma puissance,
Allez à l'univers annoncer ma clémence :
A ses rois consternés annoncez qu'aujourd'hui
Mahomet peut les vaincre, et devient leur appui;
Qu'il ne permettra plus au souffle de la guerre
De renverser leur trône, et d'infecter la terre;
Que sa gloire est contente, et qu'il n'aspire plus
Qu'à rendre heureux son peuple, et les vaincre en vertus.
Ce n'est pas tout : mon cœur, lassé du bruit des armes,

Va goûter les douceurs d'un hymen plein de charmes;
D'une esclave chrétienne il couronne la foi :
Ce n'est point m'abaisser, c'est l'élever à moi.
Je méprise ces rois dont la tendresse avide
Ne sait former des nœuds qu'où l'intérêt préside;
Commerce trop suivi, dont j'abhorre la loi :
Vertu, naissance, amour, c'est assez pour un roi.

LE VISIR.

Seigneur, de tes soldats je crains la résistance;
Leurs nombreux bataillons trop proches de Byzance...

MAHOMET.

Ecoute mes projets; cours les exécuter.
Je ne m'abaisse pas jusqu'à vous consulter :
Mes ordres sont dictés; et si quelque rebelle
Eleve, dans mon camp, une voix criminelle,
D'un murmure indiscret que la mort soit le prix.

LE MUFTI.

Une chrétienne! ciel, sur le trône!

MAHOMET.

Obéis.

(*Il sort avec Tadil, les pachas, les officiers du palais et les gardes.*)

SCENE V.

LE MUFTI, LE VISIR.

LE MUFTI.

J'ai prévu les desseins que ce jour nous révele;
Je les ai dès long-temps confiés à ton zele,

Visir; et dès ce temps tu juras devant moi
De ne jamais souffrir l'opprobre de ton roi.
Il fait plus aujourd'hui, ce prince téméraire;
Il ose des chrétiens se déclarer le pere:
Tu le vois, tu l'entends; et ses injustes lois
Ainsi que ton audace ont étouffé ta voix!

LE VISIR.

Mufti, je l'avoûrai, j'ai trop cru cette audace;
Eloigné du danger je bravois sa menace:
Mille moyens s'offroient, j'osois les embrasser;
L'approche du péril les fait tous éclipser.
Il en est un pourtant, triste, voisin du crime;
Mais qu'un mufti l'approuve, il devient légitime:
Oui, contre les décrets d'un absolu pouvoir,
Tes décrets peuvent seuls armer notre devoir.
Que la religion par toi se fasse entendre;
Au prix de notre sang nous irons la défendre;
Sur tes pas, entraînés par une sainte ardeur,
De ses droits en péril nous soutiendrons l'honneur;
Et jusque dans les bras du monarque profane,
Nous frapperons l'erreur que le mufti condamne:
Mais sans toi nos efforts, sacrileges et vains,
Nous exposent sans fruit à des tourmens certains...
Tu balances, mufti!... C'en est fait, et je cede.
Le danger de l'état exige un prompt remede;
La religion sainte éleve en vain sa voix,
Son timide interprete abandonne ses droits.
Un visir, après lui, le premier de l'empire,
Fait briller, mais en vain, le zele qui l'inspire:
En vain le janissaire offre un puissant secours,

Au milieu d'une armée il tremble pour ses jours;
Il ignore, ou plutôt il cede sa puissance;
D'un monarque infidele il craint la concurrence;
Il dévore un affront, et cesse d'être instruit
Qu'un prince qu'il condamne est un prince détruit.
Eh bien! va donc subir le joug d'une chrétienne;
A son culte, à sa loi cours immoler la tienne;
D'un hymen odieux ministre criminel,
On t'attend; va serrer ce lien solennel.
Aux musulmans trahis ma voix fera connoître
Qu'un roi qui s'avilit est indigne de l'être;
Et qu'un mufti craintif, à la faveur vendu,
Dégrade un rang que doit occuper la vertu.

LE MUFTI.

Visir, de tes transports calme la violence :
Je m'abandonne à toi; je cede à ta prudence.
Avertissons les chefs du danger de l'état :
Avant d'autoriser un nécessaire éclat,
Agissons; et tâchons, par force ou par adresse,
D'arracher de son cœur une lâche tendresse.

FIN DU PREMIER ACTE.

ACTE II.

SCENE PREMIERE.

IRENE, ZAMIS.

ZAMIS.

Enfin, loin du serrail, Irene désormais
Va seule, et sans rivale, habiter ce palais :
Prête à verser sur vous les biens qu'elle moissonne,
L'aimable liberté déja vous environne.
Oubliez dans ces murs mille objets odieux
Qui rendoient le serrail effrayant à vos yeux;
Oubliez à jamais une retraite impure,
De notre sexe ici le tourment et l'injure,
Tombeau de la vertu, méprisable séjour,
Où regne la mollesse, où n'entre point l'amour.
Eh! qui peut, sans rougir, voir dans ce lieu profane
A quels honteux égards la beauté se condamne?
Ces femmes dont le front ignore la pudeur,
Et dont l'ambition ne tend qu'au déshonneur?

IRENE.

Je ne le cele point, ce changement me flatte:
Toutefois est-il temps qu'un doux espoir éclate?

En quel lieu sommes-nous, et qui nous y conduit?
Quel trône est élevé sur ce trône détruit?...
(à part.)
Je te revois enfin, malheureuse Byzance,
Monument éternel de céleste vengeance!
En entrant dans tes murs j'ai senti tes douleurs,
Et mon premier tribut est un tribut de pleurs :
Je viens te secourir... Affermis ma foiblesse,
O ciel fais! triompher le zele qui me presse!
Esther sut désarmer le fier Assuérus;
A mes foibles appas joins les mêmes vertus.

ZAMIS.

J'approuve avec transport ce dessein magnanime :
Détournez loin des Grecs le joug qui les opprime;
Qui le peut mieux que vous? D'un sultan orgueilleux
Le ciel à vos attraits a soumis tous les vœux.
Non,non; ils ne sont plus ces temps remplis de craintes,
Quand le fier Mahomet repoussoit les atteintes
D'un feu qui, malgré lui, pénétroit dans son cœur;
L'indomptable lion, frappé d'un trait vainqueur,
Avec moins de courroux mord le fer qui le blesse.
Quels coups ont annoncé sa superbe foiblesse!
Son amour, effrayé de ses propres effets,
Se plongeoit dans le sang, prodiguoit les bienfaits,
Du meurtre au repentir conduisoit sa victime;
Guidé par la vertu, conseillé par le crime,
Rappelant des transports à l'instant oubliés,
Prêt à vous immoler, il tomboit à vos pieds.

IRENE.

Zamis, qui sait mourir sait braver la menace.

Je ne sais quel espoir soutenoit mon audace ;
Cet espoir, que je n'ose encore interroger,
Versoit sur moi la force et l'oubli du danger.
Toutefois... le dirai-je? au sein de la victoire,
D'un œil triste et douteux j'envisage ma gloire.
Trop prompte à soulager les maux de nos chrétiens,
Mon cœur se seroit-il trompé sur les moyens?
Si la seule vertu m'a pu servir de guide,
D'où vient que dans ses bras le remords m'intimide?

ZAMIS.

Quelle frayeur saisit votre esprit éperdu?
Que peut vous reprocher la plus pure vertu?
Combien ai-je admiré votre innocente audace!
Mépriser les bienfaits, confondre la menace!...
A travers les dangers et l'horreur du trépas,
Quelle main jusqu'au trône a pu guider vos pas?
Car enfin, terrassé par un pouvoir suprême,
Ce n'est plus un tyran qui malgré lui vous aime;
C'est un héros soumis, tendre, respectueux,
Et rival des vertus d'un objet vertueux.

IRENE.

N'offre point à mes yeux la trop flatteuse image
D'un prince dont mon cœur doit détester l'hommage;
N'égare point, Zamis, un reste de raison
Trop foible à repousser un dangereux poison;
Ses vertus, son amour, mon cœur, tout m'intimide;
Tremblante à chaque pas, sans conseil et sans guide,
Dans un triste avenir je n'ose pénétrer,
Et jusqu'à mon bonheur tout me fait soupirer.
J'ai cru trouver la paix dans ce nouvel asyle;

Je l'habite, et mon cœur y devient moins tranquille.
C'est ici que mon sort a commencé son cours;
C'est ici que mon pere a vu trancher ses jours;
(à part.)
Et moi-même... Ah! Zamis!... Ciel, qui me vois tremblant
Je mourrai sans regret si je meurs innocente...
(à Zamis.)
Mais que nous veut Tadil?

SCENE II.

IRENE, TADIL, ZAMIS.

TADIL.

Les chrétiens empressés,
Reconnoissans des biens que sur eux vous versez,
Viennent à vos genoux apporter leur hommage.
Adoucissez les maux de leur triste esclavage:
Mahomet l'a permis; son ordre toutefois
Veut ici que d'un seul ils empruntent la voix.

IRENE.

Qu'il vienne. (*Tadil sort.*)

SCENE III.

IRENE, ZAMIS.

IRENE, *à part.*

Juste ciel! une joie inconnue
S'empare malgré moi de mon ame éperdue!

Rois, maîtres des mortels, ah! quelle est votre erreur
Quand, la foudre à la main, votre immense grandeur
D'éclats tumultueux épouvante la terre!
Prenez, prenez le sceptre, et quittez le tonnerre;
Soulagez les douleurs d'un peuple gémissant;
Des bras de l'injustice arrachez l'innocent;
Du foible, du proscrit relevez le courage:
Du pouvoir absolu c'est là le vrai partage...

SCENE IV.

THEODORE, IRENE, ZAMIS.

IRENE, *à part.*

Mais, hélas! quel vieillard se présente à mes yeux?
Il s'arrête, il gémit à l'aspect de ces lieux.

THÉODORE, *à part.*

C'est ma fille; c'est elle... Ah! pere déplorable!...
O ciel, ne me sois point à demi favorable;
Epure les bienfaits que tu veux m'accorder!

IRENE, *à Théodore.*

Respectable chrétien, vous n'osez m'aborder;
Dans ce jour fortuné pourquoi verser des larmes?
Rassurez-vous, je viens dissiper vos alarmes;
Chrétienne comme vous, vos malheurs sont les miens.

THÉODORE.

Madame, recevez l'hommage des chrétiens;
Par vous seule arrachés à des maux innombrables,
Nous bénissons les fruits de vos soins secourables:
Notre culte, long-temps insulté par l'erreur,

Par vous seule a repris son antique splendeur;
Que Dieu, pour tant de biens répandus sur Byzance,
Affermisse à jamais vos pas dans l'innocence!
Lorsque de tant de maux vous sauvez les chrétiens,
Un pere infortuné peut-il gémir des siens?
Oserai-je, à vos yeux exposant ma tristesse,
Outrager par mes pleurs la commune allégresse?
Madame, ayez pitié d'un pere malheureux!
Echappé des horreurs d'un cachot ténébreux,
D'aujourd'hui seulement je revois la lumiere;
Et je retrouve, hélas! une fille trop chere,
Une fille pour qui je donnerois mon sang,
Exposée ou livrée au crime le plus grand.
Un superbe ennemi la tient sous son empire...
Un musulman cruel.... je tremble.... je soupire....
Il l'aime.... il est puissant.... Je ne puis achever!

IRENE, *à part.*

Quel trouble ce chrétien me fait-il éprouver?
Quel discours! quel rapport!... à peine je respire.
La pitié sur un cœur a-t-elle tant d'empire?
(*à Théodore.*)
Pour soulager vos maux ardente à tout oser,
De mon foible pouvoir vous pouvez disposer.
Peut-être votre fille est encore innocente;
Déployez à ses yeux cette douleur touchante
Que vous communiquez à mon cœur abattu.
Ah! bientôt près de vous renaîtra sa vertu:
Si, comme à votre fille, un destin favorable
Redonnoit à mes pleurs un pere respectable,
Prompte à sacrifier amour, sceptre, grandeur,

Aux dépens de mes jours je ferois son bonheur....
Mais, loin de vous calmer, j'irrite vos alarmes!
Moi-même en vous parlant je sens couler mes larmes :
Vous arrêtez sur moi vos regards attendris!
Vous pleurez!... ah! j'ai peine à retenir mes cris;
Peu s'en faut qu'à vos pieds je ne tombe éperdue :
Oh! qui que vous soyez, votre douleur me tue.

THÉODORE.

Irene!...

IRENE.

Eh bien! seigneur, pourquoi me nommez-vous?

THÉODORE.

Chere Irene!...

IRENE.

Seigneur....

THÉODORE.

Ah! mouvement trop doux!
Je pleure.... je t'appelle.... et tu doutes encore?

IRENE.

Ah! mon pere!... ah! grand dieu!... c'est lui, c'est Théodore!
Vous soupirez!... hélas! Irene a-t-elle pu,
En blessant vos regards, attrister la vertu?
Ah! mon pere, chassez un doute qui m'offense :
Oui, j'ose à vos regards m'offrir en assurance;
Je mérite l'amour d'un pere tel que vous.

THÉODORE.

Et je me livre donc aux transports les plus doux!
Ma fille, embrassez-moi... Vous dissipez la crainte
Dont en vous retrouvant j'ai ressenti l'atteinte.
Qu'un sultan orgueilleux subisse votre loi :

Vous êtes innocente, et c'est assez pour moi;
Mais achevez, calmez mes craintes inquietes;
Ouvrez les yeux, Irene, et voyez où vous êtes.
Paré de mille attraits à la pudeur mortels,
Dans ces lieux infectés le crime a des autels;
Par l'avilissement la faveur s'y dispense;
A côté du forfait marche la récompense:
Mille voiles brillans couvrent le déshonneur,
Et toujours la bassesse y mene à la grandeur.
Ma fille, grace au ciel, l'erreur ni la foiblesse
N'ont point dans cet abyme entraîné ta jeunesse;
Mais crains, fuis le danger; il te presse, il te suit:
L'orgueil l'attend, succombe, et la vertu le fuit.

IRENE.

Mon pere, digne auteur de ma triste famille,
Mon pere, dans vos bras recevez votre fille.
La vérité terrible a dessillé mes yeux:
Fuyons; arrachez-moi de ces funestes lieux.
Parmi tant de dangers ma jeunesse imprudente
S'égaroit et marchoit aveuglée et contente:
Vous m'éclairez; malgré le trouble de mon cœur,
Vous me verrez fidele au devoir, à l'honneur,

(à part).

A ma foi... Oui, mon Dieu, brise mon esclavage!
Tu parles; j'obéis: acheve ton ouvrage!

THÉODORE.

Oui, ma fille, sans doute il brisera vos fers;
Oui, sur votre péril ses yeux se sont ouverts;
Et son bras jusqu'à vous aujourd'hui ne me guide
Que pour encourager votre vertu timide.

De ce vaste palais je connois les détours ;
J'ai de puissans amis : mes soins et leur secours
M'ouvriront les chemins d'une fuite facile :
Vous, flattez le sultan par une feinte utile,
Menagez-le; et bientôt Irene en liberté
Bravera son amour et son autorité.
Je vous laisse. (*il veut sortir.*)

IRENE, *l'arrêtant.*

Ah! grand dieu! vous me laissez!... mon pere!...
Et pourquoi différer un secours nécessaire?
Vous savez de ces lieux les plus obscurs détours :
Je les quitte; il y va de plus que de mes jours.
Dans l'abyme des flots, dans le sein de la terre
Cachez-moi, sauvez-moi : tout ici m'est contraire.
(*elle se jette aux genoux de Théodore.*)
Oui, plutôt que sans vous elle ose demeurer,
Irene à vos genoux aime mieux expirer.

SCENE V.

MAHOMET, THEODORE, IRENE, TADIL, ZAMIS.

MAHOMET, *à part.*

Que vois-je? Irene en pleurs! Irene suppliante!
Quel mouvement confus m'attendrit, m'épouvante?
(*à Théodore.*)
Quel es-tu? réponds-moi.... Tu te tais vainement,
Perfide! tu trahis ou le prince, ou l'amant :
Réponds-moi; n'attends pas que l'horreur du supplice

D'un secret odieux me découvre l'indice.

THÉODORE.

La mort ni les tourmens ne pourroient m'arracher
Un secret, tel qu'il soit, que je voudrois cacher;
Mais je veux bien ici te révéler mes crimes.
Sultan, contre des feux honteux, illégitimes,
J'excitois ses mépris; je rassurois son cœur :
Je voulois la ravir à ta funeste ardeur;
De ces murs dangereux je voulois la soustraire.
Tu sais tout; venge-toi, sultan : je suis son pere.

MAHOMET.

Son pere!

THÉODORE.

Oui, connois-moi; je suis ce Grec enfin
Qui, dans ces mêmes murs, balança ton destin,
Quand le courroux du ciel, secondant ton courage,
Permit aux musulmans d'y porter le ravage.
Trop heureux si ton bras eût terminé mes jours,
Puisque des tiens mon bras ne put trancher le cours!
Depuis ce jour fatal, esclave misérable,
J'ai langui dans les fers : le destin qui m'accable
Ne les brise aujourd'hui que pour me faire voir
Mon dernier bien, hélas! ma fille en ton pouvoir.
Mais je puis me venger : sa vertu m'est connue;
Et si je lui défends de paroître à ta vue,
Ardente à m'obéir, le plus affreux trépas,
Ni le plus tendre amour, ne l'ébranleront pas.

MAHOMET.

Chrétien, ta fermeté ne me fait point injure.
Tu me blessas : bien loin que ma gloire en murmure,

J'étois ton ennemi, tu défendois ton roi;
J'estime ton courage et respecte ta foi.
Tu pourrois te venger; ta fille obéissante
Fuiroit de mon amour la poursuite éclatante.
Crois-tu que mes efforts prétendent la ravir?
Crois-tu que par la force on veuille l'asservir?
Ah! mon cœur n'eut jamais, pour engager Irene,
Que mon amour pour nœuds, et mes bienfaits pour chaîne.
Ne connois-tu de moi que ma seule fureur?
Tu m'as vu dans la guerre, armé de la terreur,
Tonner sur tes remparts, et, vainqueur trop sévere,
Du sang de tes chrétiens faire fumer la terre;
Mais tu ne m'as point vu, plus doux, plus généreux,
Adoucir des chrétiens le destin rigoureux,
Et dans les cœurs de tous laver, par ma clémence,
Les titres odieux acquis dans ma vengeance.
Ne me reproche plus une juste rigueur,
Crime de la victoire et non pas du vainqueur.
Tu voulois enlever Irene à ma tendresse?
Imprudent! si le sort des chrétiens t'intéresse,
Garde-toi de nourrir le dangereux espoir
D'arracher de mes mains l'appui de leur pouvoir;
Si tu ne veux hâter leur ruine certaine,
Garde-toi d'éveiller un courroux qu'elle enchaîne.
Tu veux m'ôter Irene? ah! connois Mahomet;
Si c'est là ton dessein, j'en vais presser l'effet.
Je suis maître de vous: esclave l'un et l'autre,
Je dispose à mon gré de son sort et du vôtre;
Vos personnes, vos biens, vos jours, tout m'est soumis;
Je vous rends tous les droits que le ciel m'a transmis:

Soyez libres tous deux. Maître de ta famille,
Tu peux ou m'enlever ou me donner ta fille;
Et j'atteste le ciel, que, respectant ta loi,
Mon cœur n'y prétend plus, s'il ne l'obtient de toi.

THÉODORE, *à part.*

Je demeure immobile : ô grandeur qui m'étonne!
(*à Mahomet.*)
Prince, digne en effet de plus d'une couronne,
Pourquoi me forces-tu moi-même à me trahir?
Esclave, je pouvois librement te haïr;
Libre, les tendres nœuds de la reconnoissance
M'enchaînent malgré moi sous ton obéissance.
L'intérêt de Byzance et des peuples chrétiens
Veut qu'ici je consente à ces fatals liens.
Une illustre princesse à ton pere asservie
Par un semblable hymen a sauvé la Servie :
Triste exemple! mais quoi! la sagesse est sans choix
Quand la nécessité fait entendre sa voix.

MAHOMET, *à Irene.*

Le suffrage d'un pere est peu pour ma tendresse,
Irene; c'est à vous que Mahomet s'adresse :
Votre sort est fixé; reste à remplir le mien.
Formez-vous sans murmure un auguste lien?
Sans crainte, sans égard, que votre voix prononce :
M'aimez-vous? Que le cœur dicte seul la réponse;
Vous êtes libre enfin.

IRENE.

Je l'ai toujours été :
Garant de ma pudeur et de ma liberté,

(*elle tire un poignard.*)
Regarde ce poignard... De moi-même maîtresse,
J'ai vu d'un œil égal ta fureur, ta tendresse;
Et si sur moi le crime eût tenté son effort,
Ma vertu se sauvoit dans les bras de la mort...
(*à Théodore.*) (*à Mahomet.*) (*à tous deux.*)
Mon pere... et toi, sultan... connoissez dans Irene
Ce que peut le devoir sur une ame chrétienne.
(*à Mahomet.*)
De ce fer à tes yeux j'eusse percé mon cœur,
Et ta tendresse à peine égale mon ardeur.
Les rois, pour effrayer, ont la toute-puissance;
Mais pour gagner les cœurs ils n'ont que la clémence.
Mon amour est le prix de tes hautes vertus;
Et je t'estime assez pour ne te craindre plus :
Cette preuve suffit.
(*elle jette le poignard.*)

MAHOMET, *à part.*

Je frémis et j'admire.
La voilà cette gloire où mon orgueil aspire!
A ces nobles discours, à tout ce que je voi,
J'ai trouvé, grace au ciel, un cœur digne de moi!...
(*à Irene.*)
Ah! pour me l'attacher plus fortement encore,
Ce cœur, qu'avec amour je chéris et j'honore,
Ce cœur dans qui le mien va lire son devoir,
Irene, partagez mon trône et mon pouvoir.
(*à Théodore.*)
Chrétien, soyons amis; c'est moi qui t'en conjure :
Je respecte et j'ignore une union si pure.

Instruis-moi, soutiens-moi : tu liras dans mon cœur ;
Tes soins en banniront le crime et la fureur...
(*à part.*)
Plaisirs nouveaux pour moi, mouvemens pleins de charmes
Vous me faites sentir que la joie a ses larmes!
Le pouvoir, les grandeurs n'ont pu remplir mes vœux :
Un instant de vertu vient de me rendre heureux...
(*à Théodore.*)
Agissons, il est temps : va rassurer tes freres ;
Qu'ils respirent enfin sous des lois moins séveres.
Des fureurs du mufti j'ai su les affranchir :
Sous toi, sous ton pouvoir, je veux les voir fléchir.
Ordonne, agis, guéris leurs blessures cruelles :
Soumis à toi, sans doute ils me seront fideles.
Tes prêtres ne pourront refuser mes bienfaits ;
Et je brave des miens les murmures secrets.
Oui, dussé-je à mes pieds voir tomber ma couronne,
Je cours exécuter ce que l'honneur m'ordonne!
(*à part.*)
O plaisir, pour un roi, rare et voluptueux!
Je regne sur deux cœurs libres et vertueux.
(*Il sort avec Tadil.*)

SCENE VI.

THEODORE, IRENE, ZAMIS.

THÉODORE.

Ma fille, que l'espoir n'aveugle point votre ame!
Plus d'un obstacle encor peut traverser sa flamme.

Demeurez dans ces lieux ; attendez que du ciel
S'accomplisse sur vous le décret éternel.
Préparez-vous à tout, quoi que Dieu vous ordonne :
Recevez du même œil la mort ou la couronne.
Il est doux de régner pour protéger sa loi ;
Il est beau de mourir pour conserver sa foi !

FIN DU SECOND ACTE.

ACTE III.

SCENE PREMIERE.

IRENE, ZAMIS.

ZAMIS.

OSEROIS-JE blâmer la douleur imprévue
Que vous tâchez en vain de cacher à ma vue?
Vous soupirez! eh quoi! si, pour quelques momens,
Un pere se dérobe à vos embrassemens,
Devez-vous donc pleurer l'instant qui vous sépare?
Songez à tous les biens que l'hymen vous prépare.
Mêler vos tendres pleurs à des momens si doux,
C'est honorer le pere en affligeant l'époux.

IRENE.

Moi l'affliger, Zamis! ah! ma vive tendresse
Lui soumet pleinement ma joie et ma tristesse.
Mon cœur est agité : pour lui rendre la paix
Parlons de ce héros, parlons de ses bienfaits.
Enfin autour de moi je leve un œil tranquille :
Ce palais de nos Grecs est devenu l'asyle.
L'impiété, long-temps attachée à mes pas,
S'éloigne et désormais ne m'approchera pas.

Prémices de ma joie ainsi que de la tienne,
Déja tout est chrétien auprès d'une chrétienne.
Ciel! qu'il va redoubler mon zele et mon ardeur
Cet heureux changement qui remplit tout mon cœur!...
(*à part.*)
Ton Dieu s'apaise enfin, malheureuse Byzance!
Que pouvoit contre lui ta fragile puissance?
Sur tes remparts fumans l'esclavage et la mort
Ont triomphé sans peine et régné sans effort.
Pour porter dans ton sein des coups trop légitimes,
Tes ennemis n'étoient armés que de tes crimes :
Il frappa ton orgueil; il couronne ta foi.
La pitié secourable ouvre ses yeux sur toi :
Loin de tes chers enfans, écartant les alarmes,
Mes soins sauront tarir la source de tes larmes.
Ah! si d'un doux hymen mon cœur se sent flatté,
C'est qu'il devient le sceau de ta félicité!...

SCENE II.

IRENE, NASSI, ZAMIS.

IRENE, *à Nassi.*

Nassi, que voulez-vous?

NASSI.

Votre pere, madame,
Le trouble sur le front, et la douleur dans l'ame,
M'a confié pour vous ce billet important :
Il doit près du visir se rendre en cet instant.
(*Il sort.*)

SCENE III.

IRENE, ZAMIS.

IRENE, *à part, après avoir lu.*

Qu'ai-je lu? Que devient mon bonheur et ma joie?
Je m'y livrois entiere, et le ciel la foudroie.
Si l'espoir dans un cœur s'introduit lentement,
Qu'avec rapidité la douleur s'y répand!

ZAMIS.

Le sultan vient.

SCENE IV.

MAHOMET, IRENE, ZAMIS.

IRENE, *à Mahomet.*

Seigneur, vous me voyez tremblante:
Connoissez un forfait dont l'horreur m'épouvante.

MAHOMET, *lisant.*

« En vain à votre hymen nos prêtres ont souscrit;
« Des musulmans jaloux la colere s'aigrit :
« Sans lui communiquer l'avis de votre pere,
« Ménagez le sultan, obtenez qu'il differe.
« On nous menace; on dit qu'un rebelle sujet
« Prétexte votre hymen pour perdre Mahomet. »

IRENE.

Seigneur, vous vous taisez! une fureur tranquille
Arrête sur ces mots votre vue immobile!

Frémissant du péril où j'allois vous plonger...

MAHOMET.

Je frémis de l'affront, et non pas du danger.
C'est Mahomet, c'est moi qu'un esclave menace!...
Vous gémissez, Irene! épargnez-moi de grace;
Vous m'outragez : trembler ou pour vous ou pour moi,
N'est-ce pas m'accuser de foiblesse ou d'effroi?
Ah! loin d'aigrir mon cœur par ce nouvel outrage,
Songez que le calmer fut toujours votre ouvrage :
Méprisez, comme moi, des esclaves jaloux,
Et n'armez point contre eux l'amour et le courroux.

IRENE.

Moi, seigneur! moi, contre eux armer votre colere!
Epouse de leur roi, ne suis-je pas leur mere?
Que ne peut mon hymen, ce lien si flatteur,
De l'univers entier assurer le bonheur!
Je ne crains point pour vous leur téméraire audace,
Je ne crains point pour moi leur frivole menace;
Je ne crains que pour eux ces foudroyans éclats
Que votre cœur enfante et ne maîtrise pas.
Moi, contre eux élever mes plaintes dangereuses!
Périssent à jamais ces beautés malheureuses
Qui, loin de tempérer les rigueurs du pouvoir,
Des peuples supplians osent trahir l'espoir;
Qui, pouvant au pardon déterminer un maître,
Aiment mieux par ses coups le faire reconnoître!
Non, seigneur, non jamais ne daignez m'écouter,
Si jamais à punir j'ose vous exciter.

MAHOMET.

Irene, de mon cœur soyez toujours maîtresse;

Mais ne le portez point jusques à la foiblesse :
Souffrez que quoi qu'ici vous m'osiez demander,
J'apprenne à pardonner, et non pas à céder.
Je confirme à jamais les dons que sur Byzance,
Que sur tous vos chrétiens a versés ma clémence;
Et quant à notre hymen, c'est aux yeux du soldat,
C'est dans mon camp qu'il faut en transporter l'éclat.
Oui, je veux pour témoins d'une union si belle,
Mes peuples, mon armée, et les yeux du rebelle.
Tant qu'aux regards d'un maître il craindra de s'offrir,
Je le puis ignorer, mais non pas le souffrir;
S'il paroît, à la mort rien ne peut le soustraire.
Qu'il fléchisse, il vivra. Ce n'est point la colere,
C'est la seule équité qui dicte cet arrêt,
Et l'amour lui veut bien céder son intérêt;
Mais après le serment qui nous joint l'un à l'autre,
Pour le rompre il n'est plus que ma mort ou la vôtre.

IRENE.

C'en est fait; mon amour perd sa timidité :
Je brave les clameurs du soldat irrité.
De ses emportemens j'ai pénétré la cause;
Et le remede est sûr, puisqu'Irene en dispose.
Pour apaiser enfin vos peuples offensés,
Je puis mourir pour vous, seigneur; et c'est assez...
Mais mon pere est absent. Je ne suis point tranquille :
Ce palais, dans mes bras, lui présente un asyle;
Il tarde trop long-temps; je cours le rappeler :
Près de vous, près de lui, qui pourra me troubler?
En cessant de trembler pour deux têtes si cheres,
Ma joie et mes plaisirs deviendront plus sinceres :

Du plus cruel destin je braverai les coups,
Si je puis conserver mon pere et mon époux.
(*Elle sort.*)

SCENE V.

MAHOMET, TADIL.

TADIL.

Le frere du visir, l'aga des janissaires,
Vient à vos pieds...

MAHOMET.

(*à part.*)

Qu'il entre... Ah! tremblez, téméraires!
(*Tadil sort.*)

SCENE VI.

MAHOMET, L'AGA.

L'AGA, *prosterné aux pieds de Mahomet.*

Ton esclave à genoux, pénétré de douleur,
Osera-t-il parler?

MAHOMET.

Parle.

L'AGA, *se relevant.*

Frémis d'horreur.
Tes soldats révoltés menacent ta puissance :
Je suis leur chef, je viens m'offrir à ta vengeance.
Frappe, mais n'étends point ta colere sur eux :
Ils veulent t'arracher à des liens honteux.

Pleins de respect pour toi, ton amour les irrite :
Satisfais le courroux que ma franchise excite;
Punis-moi : je ne puis survivre à ton honneur.

MAHOMET.

Malheureux! que prétend ton zele et ta fureur?
Ne me connois-tu plus? Tu formas ma jeunesse :
Tu m'es bien cher; mais si tu combats ma tendresse,
Ton trépas est certain.

L'AGA.

Je mourrai; mais du moins,
Seigneur, avant ma mort daigne accepter mes soins.
Qu'un souple courtisan te trompe et te caresse,
Ton ami meurt content s'il bannit ta foiblesse.
J'ose t'interroger. Que fais-tu dans ces murs?
N'est-il pas dans ta vie assez de jours obscurs?
Jouet d'un vil amour dont le feu te surmonte,
Par un plus vil hymen tu veux combler ta honte.
Te dirai-je comment tes ordres rejetés...
Ah! que n'as-tu pu voir tes soldats irrités
S'amasser, s'écrier, se plaindre avec colere!
« Eh quoi donc! répétoit le brave janissaire,
« Quoi! nous l'avons perdu ce sultan redouté
« Dont l'exemple échauffoit notre intrépidité?
« Quoi! sans pleurer sa mort, faut-il pleurer sa gloire?
« Lui qui du monde entier méditoit la victoire,
« Qui, dans Rome captive, arborant le croissant,
« Devoit voir à ses pieds l'univers fléchissant;
« Ce même Mahomet, plein d'une obscure flamme,
« Languit depuis deux ans aux genoux d'une femme;
« Et pour elle rompant les lois de ses aïeux,

« Quoique esclave et chrétienne, il l'épouse à nos yeux! »
Ah! seigneur, tu connois ce que peut l'insolence
D'une armée une fois livrée à la licence!
Arme, non point contre eux, mais contre ton amour;
Arme les sentimens d'un généreux retour;
Vole à ton camp : ton œil redoutable et sévere
Confondra d'un regard l'orgueilleux janissaire;
Ou plutôt, rappelant tes projets oubliés,
Souhaite une couronne, elle tombe à tes pieds.

MAHOMET, *à part.*

Oui, je la confondrai cette armée insolente
Qui réveille en mon cœur une valeur sanglante;
Oui, je le leur rendrai ce sévere empereur :
Ils me veulent cruel; qu'ils craignent ma fureur.
L'amour ne me rend point insensible à l'injure :
Mon bras va dans leur sang étouffer le murmure...
(*à l'aga.*)
Et toi, sors, malheureux!

L'AGA.

Tu m'as promis la mort :
Je vais la mériter par un dernier effort.
Dans les bras de l'amour je méconnois mon maître :
Puissé-je à sa vengeance enfin le reconnoître!
Que fais-tu dans ces murs? Pourquoi laisser flétrir
Ces palmes, ces lauriers, que tu voulois cueillir?
Byzance est sous tes lois : entre dans la carriere;
Ouvre les bras, l'Europe y vole tout entiere :
Son empire est à toi. Les imprudens chrétiens
S'empressent à briguer l'honneur de tes liens.
Sur le triste Occident daigne jeter la vue;

Vois régner sur ses rois la discorde absolue,
Vois ces foibles tyrans détruire avec fureur
Les remparts qui pourroient arrêter ta valeur;
Chrétiens contre chrétiens, quel démon les anime?
Ardens à s'entraîner dans un commun abyme,
Le vaincu, le vainqueur, l'un par l'autre pressé,
Sous leurs coups mutuels y tombe renversé.
Aveuglés par la haine, aucun d'eux n'examine
Qu'en perdant son rival il hâte sa ruine;
Que chaque combattant qu'il ose terrasser
Sont autant d'ennemis qu'il te faudroit percer;
Et que, de quelque part que penche la victoire,
Tout est perte pour eux, tout conspire à ta gloire.
Du poids de ta puissance étouffe leurs discords;
Enchaîne au même joug les foibles et les forts:
Tout autre bruit se tait lorsque la foudre gronde:
Tonne sur ces cruels, et rends la paix au monde.
Ce sont là les projets nobles et glorieux
Qui flattoient, mais en vain, nos cœurs ambitieux;
Ce sont là les projets qu'une funeste flamme
Interrompt, ou plutôt efface de ton ame.
Ainsi donc l'amour seul arma tes combattans!
Là se terminent donc tant d'exploits éclatans!
Ainsi donc à travers le fer, le sang, la flamme,
Tes vœux impatiens n'ont cherché qu'une femme!

(*il se jette aux genoux de Mahomet.*)

Tu rougis!... Ah! rends-moi mon auguste empereur!
Que la gloire t'éveille! elle parle à ton cœur;
Elle parle à ton cœur, cette gloire immortelle:
Tu résistes en vain; ton cœur est fait pour elle.

Oui, malgré ton amour, malgré ses vains transports,
Elle y jette à mes yeux la honte et les remords.
Vainement à ses cris ton ame se refuse;
Tu l'entends, Mahomet, et ton trouble t'accuse.
Sous tes coups maintenant puissé-je être immolé!
J'ai le prix de ma mort, la gloire t'a parlé.

MAHOMET, *à part.*

Je l'avoûrai, malgré la fureur qui m'anime,
En déchirant mon cœur il force mon estime.

(*à l'Aga.*)

Je te laisse le jour : cesse de condamner
Un amour dont la voix m'enseigne à pardonner.
Apprends par cet effort qu'il est une autre gloire
Que celle que la guerre attache à la victoire;
Apprends que si l'amour n'étoit une vertu,
Mahomet par l'amour n'eût point été vaincu.
Toutefois, je le sens, ma bonté déja lasse
S'épuise en pardonnant à ta coupable audace.
Retourne dans mon camp; fais trembler mes soldats;
Qu'ils craignent de pousser plus loin leurs attentats!
Rien ne peut différer mon hymen qui s'apprête;
A leurs yeux dès ce jour j'en célebre la fête.
Tout rebelle insolent tombera sous mes coups,
Ou les traîtres, sur moi signalant leur courroux,
Préviendront par ma mort l'arrêt que je prononce.
Ils me verront. Adieu : porte-leur ma réponse.

(*Il sort.*)

SCENE VII.

L'AGA.

Il menace; il me fuit : le trouble de son cœur
Semble ici m'annoncer que mon zele est vainqueur.
Achevons, s'il se peut, et soyons-lui fidele....
Je n'en saurois douter, quelque puissant rebelle
D'un venin de discorde infecte le soldat :
Quel qu'il soit, détruisons le traître et l'attentat;
Rendons l'armée au prince, et le prince à l'empire.
(Il va pour sortir, et en est empêché par le visir qui survient.)

SCENE VIII.

LE VISIR, L'AGA.

LE VISIR.
Arrête! Où t'a conduit le zele qui t'inspire?
Tu quittes le sultan, qu'as-tu fait?

L'AGA.
Mon devoir.

LE VISIR.
Pourquoi donc seul ici te cacher pour le voir?
Sais-tu bien qu'indignés de ta lâche conduite,
Nos chefs à ton salut n'ont laissé que la fuite?
Sais-tu bien qu'accusé des plus noirs attentats,
L'armée entre mes mains a juré ton trépas?

On dit, vil délateur! qu'aux maux les plus sinistres
Tes conseils ont livré de fideles ministres;
On dit que, de ses feux timide approbateur,
Tu nourris du sultan la criminelle ardeur :
Si tes jours te sont chers, garde-toi de produire
Cet ordre humiliant dont tu n'oses m'instruire;
Aux yeux de nos soldats crains de te présenter,
Sans savoir nos projets, sans les exécuter.

L'AGA.

J'ignore vos projets; j'ignore quels ministres
Mes discours ont livrés aux maux les plus sinistres;
J'ignore que l'armée en tes mains m'ait proscrit :
Mais je n'ignore plus le traître qui l'aigrit.

LE VISIR.

Et quel est-il?

L'AGA.

C'est toi.

LE VISIR.

Pourquoi m'appeler traître?
Je soutiens mieux que toi la gloire de mon maître :
Aux conseils de l'amour l'empêcher d'obéir,
Le rendre à sa grandeur, est-ce là le trahir?

L'AGA.

Quel es-tu pour vouloir dans le cœur de ton maître
Forcer les passions à naître, à disparoître?
Quel es-tu pour oser de sa gloire à ton gré
Déterminer l'objet et marquer le degré?

LE VISIR.

Quel je suis? Apprends donc, puisqu'il faut t'en instruire,
Qu'un visir est l'appui, le salut d'un empire,

L'oracle de l'état, l'instrument de la loi,
L'œil, la voix, le génie et le bras de son roi.
Cette part du pouvoir, où l'on nous associe,
N'est plus au souverain dès qu'il nous la confie ;
Et souvent au besoin ce seroit le trahir
Que même contre lui ne nous en pas servir.
Elle est entre nos mains, afin que la prudence,
A l'abri du respect, subjugue la puissance;
Et nous devons enfin forcer les souverains
A vouloir leur bonheur et celui des humains.

L'AGA.

Je ne suis qu'un soldat, et de mon ignorance
Un visir voudra bien me pardonner l'offense:
J'avois cru qu'un ministre, appelé par son roi,
Lui devoit plus qu'un autre et son zele et sa foi;
Que plus il approchoit du sacré diadême,
Plus sa soumission en devoit être extrême;
Et qu'un trait réfléchi du suprême pouvoir
En effrayant son cœur y fixoit le devoir.
J'ai cru que tout sujet, dont l'insolente audace
A côté de son prince osoit marquer sa place,
N'étoit plus qu'un rebelle, un perfide, un ingrat,
La honte de son maître, et l'effroi d'un état;
J'ai cru que sans respect regarder la couronne
C'étoit anéantir l'éclat qui l'environne,
Et qu'à quelque degré qu'on en puisse approcher,
C'étoit la profaner que d'oser y toucher.
Ah! ne te couvre plus d'un zele qui m'irrite :
J'entrevois les projets que ta fureur médite.
Trop sûr qu'à tes complots j'opposerois mon bras,

Tu m'as rendu suspect aux yeux de nos soldats ;
Tu crains que Mahomet, par mon soin magnanime,
Ne renonce à l'hymen dont tu lui fais un crime ;
Des armes qu'il te donne, avant de le percer,
Par les mains du soldat tu veux me renverser.
Esclave révolté, songe à te mieux connoître :
Loin d'attenter sur lui, tremble aux pieds de ton maître.
Souviens-toi qu'un sultan, par le ciel couronné,
Peut être condamnable, et non pas condamné.
Si sur toi, sur les tiens tombe son injustice,
S'il entraîne l'état au bord du précipice,
S'il immole sa gloire à de lâches amours,
S'il ternit en un jour l'éclat de tant de jours,
Pleure; mais obéis : c'est là ton seul partage.

LE VISIR.

Cesse de me tenir ce timide langage:
Où regne l'injustice il n'est plus de pouvoir ;
Où manque la puissance il n'est plus de devoir.
Peux-tu donc me blâmer ? L'époux d'une chrétienne
Est digne de ta haine ainsi que de la mienne ;
Je méconnois un roi digne de mes mépris :
Qu'il soit ce qu'il doit être, et nous serons soumis.
Peux-tu voir, fier aga, les chrétiens dans Byzance
Usurper sans obstacle une injuste puissance ?
Veux-tu que Mahomet, achevant ses projets,
A leur infâme joug enchaîne ses sujets?
De tous les coins du monde Irene les appelle :
Tout seconde l'espoir dont leur cœur étincelle;
A l'ombre de son nom leur culte rétabli
Insulte insolemment aux décrets du mufti.

Bientôt, n'en doute point, leur troupe mutinée,
De l'empire ottoman changeant la destinée,
Après avoir chassé Mahomet de ces lieux,
Répandra dans l'Asie un feu séditieux;
Secourus du Germain, aidés de Trébizonde,
C'en est fait, les chrétiens sont les maîtres du monde.
Tu chéris le sultan, tu prévois tous ces maux,
Et tu peux t'endormir dans un lâche repos?

L'AGA.

Non; je ne puis souffrir que mon roi s'avilisse:
Borne là tes desseins, et je suis ton complice.
Il oubliera bientôt de dangereux appas,
Si nos pleurs, si nos cris arrachent de ses bras
L'orgueilleuse chrétienne à qui son cœur se livre.
A ces conditions je suis prêt à te suivre:
Si tu pousses plus loin tes odieux projets,
Je te perce le cœur, et je m'immole après.

(*Il sort.*)

SCENE IX.

LE VISIR.

Va, je te conduirai plus loin que tu ne penses...
De la révolte en lui j'ai jeté les semences:
Achevons... ou s'il ose encor me traverser,
Le soldat veut son sang: je le laisse verser.

FIN DU TROISIEME ACTE.

ACTE IV.

SCENE PREMIERE.

MAHOMET, TADIL.

TADIL.

Seigneur, de vos transports calmez la violence;
Ces regards, ces soupirs et ce profond silence,
D'une vive douleur témoignages certains...

MAHOMET.

Ami, d'un trouble affreux mes esprits sont atteints...
(*à part.*)
Voile aimable, long-temps étendu sur ma vue,
Douce sécurité, qu'êtes-vous devenue?...
Cruel aga! pourquoi dessillois-tu mes yeux?
Pourquoi dans les replis d'un cœur ambitieux,
Avec des traits de flamme aiguillonnant la gloire,
A l'amour triomphant arracher la victoire?...
Je crois l'entendre encor; sa redoutable voix
Me frappe, me réveille, et m'accable à la fois:
En lisant mon devoir à sa clarté brillante,
J'abhorre le flambeau que sa main me présente.
Tandis qu'il me parloit l'amour le condamna:

Le courroux l'immoloit; l'orgueil lui pardonna.
Content de fuir, content d'essayer la menace,
Je n'ai pu ni souffrir ni punir son audace.

TADIL.

Ah! reprenez, seigneur, des soins dignes de vous;
Laissez gémir l'amour : son frivole courroux
A déja trop long-temps balancé la victoire;
Méprisez ses conseils, n'écoutez que la gloire;
Achevez, triomphez d'un dangereux objet,
Et reprenez des soins dignes de Mahomet.

MAHOMET.

Tadil, à mon amour cesse de faire injure :
Loin d'en rougir, apprends qu'une flamme si pure,
A tous mes sentimens imprimant sa grandeur,
Aux plus hautes vertus sut élever mon cœur.
A peine je l'aimai, cet objet magnanime,
Qu'un pouvoir inconnu me sépara du crime;
Pour lui plaire, abjurant de tyranniques lois,
De l'exacte équité j'interrogeai la voix.
Le glaive du pouvoir dans ma main redoutable
Apprit à distinguer l'innocent du coupable;
Sur mon trône, long-temps théâtre de forfaits,
Je plaçai la pitié, la clémence, et la paix :
Déja mon cœur changé goûtoit sa récompense,
Et mettoit sa grandeur dans la seule innocence.
Non, à tant de vertus je ne puis renoncer;
Non, vainement la gloire ose ici m'en presser;
Vainement à l'amour elle oppose ses charmes :
La cruelle se plaît dans le sang, dans les larmes.
Le tumulte, l'horreur, l'accompagne toujours;

Et je puis être heureux sans son fatal secours.

TADIL.

Du vainqueur de Byzance est-ce là le langage?
Faut-il, de vos exploits vous retraçant l'image....

MAHOMET.

Non, Tadil; de mon cœur tu connois la fierté:
Laisse, laisse gémir un amour révolté;
Laisse dans ses éclats mourir sa violence.
L'ambition sur moi n'a que trop de puissance:
Crains que, portant trop loin d'impétueux transports,
Je ne prépare ici matiere à mes remords.
D'un triomphe commun je méprise la gloire,
Et j'aime par le sang à payer la victoire.
L'horreur a pénétré mon cœur et mon esprit;
Le dépit destructeur m'agite et me saisit.
L'amour, plus que jamais tyrannisant mon ame,
Attise de ses feux la dévorante flamme;
Mais il n'est plus mêlé de ses ravissemens,
De ses tendres langueurs, de ses doux mouvemens;
Il jette dans mon cœur le désespoir, la rage;
Il ne respire en moi que le sang, le carnage:
Mon ame, abandonnée aux plus cruels transports,
Pour sortir de son trouble a soif de mille morts.
Ah! si de mes soldats la révolte coupable
Acheve d'enflammer mon courroux implacable...
Juste ciel! je frémis... témoin de mes fureurs,
Non, jamais l'univers n'aura vu tant d'horreurs...
Le visir m'est suspect... que la mort l'environne;
Sa vie est criminelle, et je te l'abandonne.
Mon pouvoir absolu dépose le mufti;

Qu'au même instant que l'autre il soit anéanti.
Va, je mets en tes mains ma foudre, ma vengeance.
Laisse-moi seul.

(Tadil sort.)

SCENE II.

MAHOMET.

Enfin j'évite ta présence,
Irene; et l'ascendant d'un funeste devoir
Pour la premiere fois balance ton pouvoir.
Ah! puisqu'il le balance, il le vaincra sans doute!
Si le triomphe est beau d'autant plus qu'il nous coûte,
Quel plus noble laurier pourroit me couronner
Que celui qu'en ce jour je prétends moissonner?
Sors de mon cœur, amour, et fais place à la gloire...
Tes murmures sont vains: je ne te veux plus croire.

SCENE III.

MAHOMET, THEODORE.

THÉODORE.

Sultan, de tes bontés permets-nous de jouir.
Le bonheur de ma fille a trop su m'éblouir;
Le péril qui la suit, le danger qui te presse,
Rompent l'auguste nœud que formoit ta tendresse.
Libre par tes bienfaits, permets que sur mes pas
Irene aille cacher de funestes appas;

Son repos, ton honneur, sa sûreté, ta vie,
Son pere, tout enfin ordonne qu'elle fuie.

MAHOMET.

Tout l'ordonne? dis-tu... mais l'ai-je commandé?
Par qui son sort doit-il être ici décidé?
Quel empire, quels droits te restent-ils sur elle?
Qui te les a rendus?

THÉODORE.

Ton armée infidele.

MAHOMET.

Mon armée!... Ainsi donc tu m'oses apporter
L'ordre que mes soldats prétendent me dicter?
Sais-tu que cette audace, en toi seul impunie,
A tout autre mortel auroit coûté la vie?
Tu n'es plus sous ces rois tremblans, subordonnés,
D'un peuple impérieux esclaves couronnés,
Monarques dépendans, asservis sur le trône,
Que sous le nom de loi l'impuissance environne;
Fantôme du pouvoir, dont le bras impuissant
Courbe au gré de l'audace un sceptre obéissant.
Ah! si le despotisme a choisi quelque siege,
C'est celui que j'occupe, et qu'en vain on assiege;
Et si dans son entier je ne l'avois reçu,
Par moi seul à son comble il seroit parvenu.
Capable d'immoler mon amour à ma gloire,
Déja je méditois cette grande victoire;
J'osois défigurer dans mon cœur alarmé
L'image d'un objet si tendrement aimé:
Mais n'attends plus de moi ce cruel sacrifice,
Peuple ingrat! à tes yeux je veux qu'il s'accomplisse

Cet hymen dont en vain ton orgueil est blessé.
En faveur de l'amour l'honneur intéressé
M'offre l'appât flatteur d'une double victoire:
En couronnant mes feux je conserve ma gloire.

THÉODORE.

Eh! pourquoi refuser de remettre en mes bras
L'objet de tant de trouble et de tant de combats?
Epargne à mes regards la douloureuse image
De ces murs désolés par un second ravage;
Epargne à ma douleur le spectacle cruel
De ma fille à mes pieds tombant du coup mortel;
Et, s'il faut dire tout, de toi-même peut-être,
Malgré tout ton pouvoir, abattu par un traître.

MAHOMET.

Plus tu peins le péril prêt à nous accabler,
Plus je sens mon courage à ta voix redoubler.

THÉODORE.

Peux-tu livrer ma fille à la fureur cruelle?...

MAHOMET.

Je respire, je l'aime, et tu trembles pour elle!

THÉODORE.

Un peuple tout entier a conjuré sa mort.

MAHOMET.

Un amant souverain te répond de son sort.

THÉODORE.

La trahison, la force ont tonné sur sa tête.

MAHOMET.

La puissance et l'amour chasseront la tempête.

THÉODORE.

Tu périras toi-même.

MAHOMET.

Eh bien donc! sans pâlir,
Sous les éclats du trône il faut m'ensevelir;
Il faut, si l'on m'arrache à ce degré sublime,
Que l'autel en tombant écrase la victime.
Reprends auprès de moi ta noble fermeté:
Opposons au péril une mâle fierté;
Frappons les premiers coups, cherchons qui nous offense,
Détruisons...

SCENE IV.

MAHOMET, THEODORE, TADIL.

TADIL, *à Mahomet.*

Pardonnez à mon impatience,
Seigneur; je crains encor d'être venu trop tard.
Le mufti, déployant le terrible étendard,
Souleve à son aspect un peuple téméraire;
Tout le suit: le spahy, l'orgueilleux janissaire,
Courant sous un saint voile aux derniers attentats,
Y dresse en même temps et sa vue et ses pas.
Tout s'apprête au carnage; et déja dans la ville...

MAHOMET.

(*à part.*) (*à Théodore.*)
Traîtres, vous le voulez!... Demeure en cet asyle;
Rassemble les chrétiens admis dans ce palais:
Je te laisse ma garde, et je te la soumets...
(*à Tadil.*)
Tadil, qu'on obéisse aux lois de Théodore.

SCENE V.

MAHOMET, THEODORE, IRENE, TADIL.

IRENE, *à Mahomet.*

Quel attentat, seigneur! quel crime vient d'éclore!
Quel péril!...

MAHOMET.

Ce n'est rien; un peu de sang versé,
Un chef anéanti, le péril est passé.

IRENE.

Ah! seigneur, étouffez une funeste flamme;
Laissez, laissez-moi fuir.

MAHOMET.

Vous, me quitter, madame?
Juste ciel!... demeurez, et ne présumez pas
Que j'aime ou je haïsse au gré de mes soldats.
Rassurez-vous, calmez d'inutiles alarmes:
Il est temps de verser du sang et non des larmes.

TADIL.

Ah! seigneur, permettez...

MAHOMET.

Malheureux! laisse-moi;
Ton roi contre un esclave a-t-il besoin de toi?

(*Il sort, et Tadil le suit.*)

SCENE VI.

THEODORE, IRENE.

THÉODORE.

Ma fille, à la pitié je porte un cœur sensible;
Vous pleurez Mahomet: sa perte est infaillible.
Le visir, dès long-temps son secret ennemi,
N'attendoit qu'un prétexte, et l'amour l'a fourni.
À peine à votre hymen je venois de souscrire,
Que d'un complot fatal on a trop su m'instruire:
J'ai voulu, mais en vain, détruire ce projet;
J'ai couru vers ces murs; j'ai pressé Mahomet
De rompre des liens formés pour sa ruine:
Au mépris du danger l'amour le détermine;
Il se perd. Suivez-moi; les mutins en courroux
Bientôt se seront fait un chemin jusqu'à vous.

IRENE.

Ah! mon père, en quel temps voulez-vous que je fuie?
Cause de tant de maux, pourrai-je aimer la vie?
Je n'en saurois douter, Mahomet va périr:
Il meurt; et vous m'avez permis de le chérir!
Ah! vous m'avez perdue; et mon ame tremblante
Succombe sous les noms et de fille et d'amante!

THÉODORE.

Chere Irene, cessez d'échauffer dans mon cœur
Une triste amitié qui parle en sa faveur;
Pensez-vous qu'insensible au coup qui le menace,
L'honneur n'ait pas déja conseillé mon audace?
Mais...

IRENE.

Ah! je vous entends; votre cœur inquiet
Craint de commettre un crime en sauvant Mahomet:
Dans votre ame, à jamais exempte d'artifice,
Le scrupule, le doute assiegent la justice.
Osez interroger votre cœur combattu;
Le préjugé lui parle, et non pas la vertu.
Depuis quand, au mépris du sang qui l'a fait naître,
Un roi, s'il n'est chrétien, n'est-il plus votre maître?
Et ce sceptre, et ce glaive, en ses mains, dons du ciel,
Qui lui peut arracher sans être criminel?
Est-il quelque pouvoir au-dessus de Dieu même
Qui puisse anéantir les droits du diadême?
Le dogme le plus saint, l'ordre le plus parfait,
Sauver son souverain, peut-il être un forfait?

(*à part.*)

Quel exemple aux chrétiens!.. Ah! dans leurs mains perfide
Grand Dieu! brise à jamais ces poignards parricides
Que fabrique l'enfer, dont s'arme la fureur,
Et qu'au sein de ses rois plonge une aveugle erreur.

THÉODORE.

Pour aimer le sultan, pour lui rester fidele,
Irene, je n'ai pas besoin de votre zele;
Sans discuter ici les droits de Mahomet,
Ses bienfaits, ses vertus, m'ont rendu son sujet.
Des biens que j'ai reçus il faut que je m'acquitte:
Oui, j'en croirai l'amour qui pour lui sollicite;
Et, s'il m'est défendu de lui servir d'appui,
Il m'est permis du moins de mourir avec lui.
J'y cours... Adieu, ma fille!

IRENE.

Arrêtez, ô mon père!
(*à part.*)
Arrêtez, ou je meurs... Ciel! quelle est ma misere!
Il faut, lorsque pour moi mon amant va périr,
Que j'enchaîne le bras qui le peut secourir...
(*à Théodore.*)
Vivez, seigneur, vivez; dans mon ame affligée
J'entends déja gémir la nature outragée;
Vivez, épargnez-moi le reproche éternel
D'avoir porté le fer dans le sein paternel...
(*à part.*)
Quel état! quel tourment!... épreuve rigoureuse!
Peut-on être innocente ensemble et malheureuse?...
(*à Théodore.*)
Oui, ma vertu triomphe; et la faveur du ciel
M'instruit à terminer un embarras cruel.
Sa voix a retenti: le sort veut qu'on l'entende.
Ce n'est point votre sang, c'est le mien qu'il demande:
Mourir pour un sultan en vous c'est désespoir;
Mourir pour mon époux, seigneur, c'est mon devoir.

THÉODORE.

Non, ne m'arrêtez plus... Une douleur si tendre
Ne peut... Nassi paroît: que va-t-il nous apprendre?

SCENE VII.

THEODORE, IRENE, NASSI.

IRENE.

Ah! que fait Mahomet?

NASSI.

Le soldat en fureur
Répandoit dans Byzance et le trouble et l'horreur.
Divisés d'intérêts, réunis par la haine,
L'un menace les Grecs et veut le sang d'Irene;
L'autre, dont le visir échauffe le courroux,
Brûle sur Mahomet de signaler ses coups.
Mais à peine il paroît, tout fuit, tout se disperse;
Son chemin est comblé des mutins qu'il renverse;
La terreur, la vengeance éclatent dans ses yeux:
Chaque coup, chaque trait perce un séditieux.
Déja jusqu'au visir il s'est fait un passage;
Le visir frémissant voit approcher l'orage.
« Sultan, je puis te perdre, ou mourir : c'est assez, »
Dit-il; et sur son maître il fond à coups pressés.
Mahomet furieux leve une main sanglante,
Et du sein du perfide il la tire fumante.
Cependant les soldats, dans ces murs répandus,
Poursuivent à grands cris les chrétiens éperdus.
Le sultan veut en vain détourner la tempête :
Il menace, il immole, et rien ne les arrête.
Enfin de leur prophete il saisit l'étendard,
Rappelle les mutins fuyant de toute part;
Et ce signe, pour nous une fois salutaire,
Dompte et suspend les coups du cruel janissaire.
Mais le trouble, seigneur, n'est point encor calmé;
D'un sinistre avenir mon cœur est alarmé :
Ils demandent le sang d'une tendre victime...
Je crains en la nommant de partager leur crime.

IRENE, *à part.*

Enfin, c'est donc sur moi que le ciel en courroux
D'un orage effrayant a rassemblé les coups!
Voilà donc tout le fruit de mon amour funeste!
De tant de biens promis la mort seule me reste!...
(*à Théodore.*)
Seigneur, vous le voyez, il n'est plus temps de fuir:
L'arrêt est prononcé, c'est à moi d'obéir;
Et je vais...

THÉODORE.

Ah! ma fille, où fuis-tu sans ton pere?
Sauve-toi dans mes bras, ô fille encor trop chere!

IRENE.

Oui, seigneur, de vos bras j'accepte le secours;
Mais c'est pour ma vertu bien plus que pour mes jours.
Pour la derniere fois ouvrez le sein d'un pere
Aux larmes que m'arrache une douleur sincere;
Pour fléchir l'être à qui j'ose les adresser,
Sur quel autel plus saint pourrois-je les verser?...
(*à part.*)
Que fais-je?... Surmontons ces indignes alarmes:
L'innocence expirante est au-dessus des larmes;
Ne laissons point le peuple arbitre de mon sort,
Et du moins en chrétienne offrons-nous à la mort.

FIN DU QUATRIEME ACTE.

ACTE V.

SCENE PREMIERE.

MAHOMET, GARDES.

MAHOMET, *aux gardes.*

QU'ON me laisse.

SCENE II.

MAHOMET.

Ah! grand Dieu! par qui sera calmée
Cette horrible fureur en mes sens allumée?
Dans des ruisseaux de sang mon cœur vient de nager;
Et ce cœur plus ardent brûle de s'y plonger...
Impétueux effort qui déchire mon ame,
Qui des deux te produit, ou ma gloire, ou ma flamme?...
Ma flamme!... Quoi! parmi tant de transports affreux
J'entends encor les cris d'un amour malheureux?...
Qu'il gémisse! qu'il meure!... Ah! sa langueur funeste
A déja trop flétri des jours que je déteste!
Rhodes, Rhodes subsiste; et, malgré mes sermens,

Ce rempart des chrétiens brave les Ottomans.
Scanderberg, triomphant dans un coin de l'Epire,
Du creux de ses rochers insulte à mon empire:
Vainqueur infatigable, il remplit l'univers...
Et Mahomet vieillit dans la honte et les fers!...
De tant de lâchetés il est temps de t'absoudre :
Tonne, éclate, détruis, arme-toi de la foudre;
Sous les remparts de Rome ensevelis tes feux;
Remplis tes hauts projets, ou péris glorieux.
Saisissons le moment d'un dépit magnanime;
Immolons à ma gloire une grande victime;
Effrayons l'univers; et, digne potentat,
Par un exemple affreux confondons le soldat...
Il est digne de moi, cet exemple terrible:
Vaincre ma passion, c'est me rendre invincible...
Que dis-je? Ah! malheureux, quel horrible forfait!...
O mort, viens dévorer le cœur et le projet!...

SCENE III.

MAHOMET, L'AGA.

MAHOMET.

Barbare! viens jouir du trouble où tu me jettes;
Viens : tes fureurs encor ne sont pas satisfaites;
L'amour, le tendre amour parle encore à mon cœur:
Inspire-moi ta rage, et comble mon malheur.
Que dis-je? Il est comblé. Frémis, connois ton maître:
Dans toute sa grandeur il s'apprête à paroître;
Ou la gloire, ou la rage, ont jeté dans mon sein

(*à part.*)

Un projet.... Non, cruels! vous l'espérez en vain;
Non, ma fureur s'attache à de moindres victimes,
Et j'irai par degrés jusqu'au dernier des crimes:
Oui, vous périrez tous; et de ce crime au moins
Ceux qui l'auront causé ne seront pas témoins.

L'AGA.

J'ai prévu les combats que te livre la gloire;
Ton cœur, trop foible encor, balance la victoire:
Je viens t'aider. Pour rompre un lien plein d'appas,
Ce que peut ton esclave est de t'offrir son bras.

MAHOMET, *à part.*

Quels sujets, juste ciel, m'a soumis ta colere!
Tel est des musulmans l'effrayant caractere;
Dans le sang le plus pur ardens à se plonger,
Montrez-leur la victime, ils courent l'égorger:
Admirateurs outrés d'une faveur farouche,
La vertu, la pitié, l'amour, rien ne les touche;
S'ils ne craignent leur maître ils le feront trembler;
Et pour les commander il faut leur ressembler...
Eh bien! cruels! eh bien! il faut vous satisfaire;
Il faut être parjure, impie et sanguinaire,
Détester l'innocence, abjurer la vertu...
Ah! le ciel t'a donné le prince qui t'est dû,
Peuple ingrat! J'ai voulu régner en juste maître;
Il te faut un tyran: sois content, je vais l'être.

L'AGA.

Quoi donc! à l'amour seul borner tous ses desirs;
Quoi! dormir sur un trône entouré de plaisirs;
Parer ses mains d'un sceptre, et, méprisable idole,

D'un peuple désarmé boire l'encens frivole;
Quoi! c'est donc là régner? Ah! qu'est-ce que j'entends?
Ce n'est point pour régner que naissent les sultans.
Depuis que tes aïeux, du fond de la Scythie,
Fiers enfans de la guerre, ont inondé l'Asie,
Aucun d'eux n'a régné; tous ils ont triomphé.
Vois par eux des soudans le pouvoir étouffé,
Par eux l'Assyrien chassé de Babylone,
L'efféminé Persan renversé de son trône,
Le Caraman vaincu, le Bulgare asservi,
Le Hongrois abaissé, le Thrace anéanti.
Ils régnoient tous ces rois que leur valeur écrase;
De leur trône abattu l'équité fut la base:
L'amour ainsi qu'au tien siégeant à leur côté,
Leur mollesse usurpoit le nom de majesté.
Ah! lorsque dans ces murs, théâtre de ta gloire,
Ton intrepidité conduisit la victoire,
Lorsque ton bras puissant, foudroyant ces remparts,
Abattit et saisit le sceptre des Césars,
Ah! tu régnois alors; et, si j'ose le dire,
Plus que tous tes aïeux tu méritois l'empire:
L'univers consterné, présageant ta grandeur,
Déja tendoit les mains aux fers de son vainqueur.
Quel changement, ô ciel!... J'en appelle à toi-même:
Mahomet peut tout vaincre, et que fait-il? Il aime....
Je me tais: mon audace a mérité la mort;
Mais puisqu'on me pardonne, on cede à mon transport.

MAHOMET.

Cesse, et n'ajoute rien à ma douleur profonde.
Tu me formas, cruel! pour le malheur du monde:

La cruauté perfide et l'aveugle fureur
Par tes barbares soins ont germé dans mon cœur.
Par un chemin plus noble, et plus rude peut-être,
Au-dessus des grandeurs on m'auroit vu paroître;
J'eusse été de la terre et l'amour et l'honneur :
On m'y force, il le faut, j'en vais être l'horreur.
Par des torrens de sang, chemin de la victoire,
Je jure de poursuivre une inhumaine gloire :
Jouets de mon orgueil, les mortels gémiront;
Jusque dans mes plaisirs leurs cris retentiront...
Tu triomphes!... Va, cours, éloigne de ma vue
La beauté qui régna sur mon ame éperdue :
Furieux, et flottant sur mon sort, sur le sien,
Si je la vois encor, je ne réponds de rien.
Sauve-moi de ses pleurs, sauve-la de ma rage.
Un instant peut la perdre, ou vaincre mon courage...
La voici... Juste ciel! je ne me connois plus...
(*à l'Aga.*)
Laisse-moi; tes conseils sont ici superflus.

L'AGA, *à part en sortant.*

Quelle entrevue, ô ciel! que je crains sa tendresse!
Sauvons-le malgré lui de sa propre foiblesse.

SCENE IV.

MAHOMET, IRENE.

IRENE.

Mon abord vous surprend? Soigneux de m'éviter,
Votre exemple à vous fuir auroit dû m'exciter.

Avouez-le, seigneur, vous n'aimez plus Irene?
Vous craignez ses regards, sa présence vous gêne?
Rassurez-vous; chassez le trouble où je vous vois:
Elle vous parle ici pour la derniere fois...
Sultan, je ne t'ai point déguisé que mon ame
A fait tout son bonheur de partager ta flamme;
Ardente à te prouver l'amour le plus parfait,
Tout ce que la vertu m'a permis, je l'ai fait.
Cette même vertu veut que ma flamme expire;
En cédant à ses lois je tremble, je soupire:
Je sens bien que mon cœur n'y résistera pas;
Mais qui dompte l'amour ne craint point le trépas.
Je dégage ta foi, je te rends ta promesse,
Je renonce à l'hymen qui flattoit ma tendresse:
L'effort est rigoureux; il est digne de moi...
Vous, seigneur, de la gloire, allez, suivez la loi.
J'ose pourtant vous faire encore une priere;
Ne la rejetez point, seigneur, c'est la derniere:
Soulagez les chrétiens; vous me l'avez promis.
Que votre cœur jamais ne se ferme à leurs cris:
Aimez-les, Mahomet; enfin qu'il vous souvienne
Qu'Irene vous fut chere, et qu'elle fut chrétienne.
Je lis dans vos regards de sinceres douleurs:
C'en est assez, ô ciel! j'accepte mes malheurs.

MAHOMET, *à part.*

Je n'avois pas prévu de si vives alarmes!...
(*à Irene.*)
Irene, triomphez; voyez couler mes larmes.
Objet de mes desirs, doux charme de mes yeux,
Hélas! vous méritiez un destin plus heureux!

Irene! chere Irene, il en est temps encore;
Fuyez, éloignez-vous : le feu qui me dévore
Peut dans son âpreté consumer son objet...
Ah! si vous connoissiez le cœur de Mahomet,
Ses transports, sa fureur, sa noire barbarie!...
L'amour d'un musulman est un amour impie,
Toujours prêt dans sa rage à détruire l'autel
Où son respect brûloit un encens solennel...
Jamais à mes desirs vous ne fûtes plus chere,
Et cependant jamais l'implacable colere
Ne menaça vos jours d'un si pressant danger...

(il leve son poignard sur Irene.)

Ce poignard dans ton sein est prêt à se plonger.
Irene, crains la mort! son horreur t'environne;
Ma fureur te l'annonce, et mon bras te la donne.

IRENE.

Ton bras est suspendu! qui t'arrête?... ose tout;
Dans un cœur tout à toi laisse tomber le coup :
Frappe, finis mes maux; Irene te pardonne.

MAHOMET, *laissant tomber son bras.*

Tu me pardonnes... Ciel! je frémis, je frissonne :
Mon cœur sous ta constance est contraint à plier;
Le crime est imparfait; le remords est entier...
Tu pleures! tu gémis!... Ah! trop puissante Irene,
Je sens qu'à tes genoux ma foiblesse m'entraîne!
Ce fer, ce même fer qui t'a pu menacer,
Dans mon perfide sein est prêt à s'enfoncer.

(il veut se percer, Irene l'en empêche.)

Tu m'arrêtes! Ah! Dieu, que d'amour!... que de charmes!..

(il laisse tomber le poignard.)

Eh quoi! tant de fureur se termine à des larmes!...
Irene, décidons : veux-tu vivre et régner?
Aux yeux de mes soldats je vais te couronner :
J'en jure par le ciel ; tes attraits, ma puissance,
Les supplices, la mort, vaincront leur résistance...
Que dis-je? ah! fuis plutôt, fuis, dangereux objet!
Mon amour, ma vertu, mes pleurs sont ton forfait :
Laisse-moi tout entier m'abandonner au crime;
Et du moins ne sois pas ma premiere victime!

IRENE.

Oui, je vais terminer tant de combats affreux :
Je vous quitte. Oubliez un objet malheureux ;
Ne vous reprochez plus votre amour pour Irene:
Cet instant pour jamais va briser votre chaîne...
Pour jamais!... Ah! seigneur... Mais dans ce triste jour
Je pleure vos vertus bien plus que votre amour...
Adieu. Souvenez-vous pour qui je vous implore.

(*Elle sort.*)

SCENE V.

MAHOMET.

Je te laisse partir, Irene, et je t'adore!...
Quel horrible triomphe!.. il accable mon cœur;
Tout s'y tait, tout y meurt, tout, jusqu'à la fureur!..
Ce calme toutefois n'est qu'un calme perfide...
Oui, de tous mes instans ce seul instant décide.
Les vertus dans mon ame avoient suivi l'amour;
L'amour cede, et j'y sens le crime de retour...
Quel bruit se fait entendre?

SCENE VI.

MAHOMET, THEODORE, GRECS.

THÉODORE, *désarmé, blessé, et soutenu par les Grecs.*

Ah! seigneur, ta présence
Peut seule des mutins désarmer l'insolence.
Je combattois... Irene accourt avec transport;
Elle me voit sanglant; elle cherche la mort:
Par le fer des soldats son sang va se répandre...
Je me meurs, et mon bras ne peut plus la défendre.

MAHOMET.

S'il faut que dans son sang mes soldats aient osé!...
(à part.)
Ah! courons: trop long-temps c'est être méprisé...
Traîtres! vous fléchirez, ou cette même Irene,
J'en jure, ne mourra que votre souveraine!..
Non, la nécessité ne peut rien sur les rois;
Et mon cœur n'est point fait pour recevoir des lois.
(Il sort.)

SCENE VII.

THEODORE, GRECS.

THÉODORE.

Dieu! de tant de périls garantissez Irene!

SCENE VIII.

THEODORE, ZAMIS, GRECS.

ZAMIS.

Quel triomphe!... Ah! seigneur, je ne le crois qu'à peine.

THÉODORE.

Irene?...

ZAMIS.

Tout lui cede. Aux portes du palais
Les mutins poursuivoient leurs criminels projets;
Leurs coups portoient par-tout la mort inévitable;
Irene... j'en frémis! Irene, inébranlable,
Porte à travers le fer ses pas précipités;
Et méprisant la mort: « Perfides! arrêtez,
« Dit-elle: des chrétiens épargnez l'innocence;
« Tournez contre moi seule une juste vengeance:
« C'est moi qui vous ravis un vainqueur glorieux;
« Frappez! trempez vos mains dans un sang odieux! »
A peine elle a parlé, son aimable présence
Met la discorde aux fers, et bannit la licence;
Eperdus, consternés, tremblans à ses genoux,
Ils cedent en silence à des charmes si doux.

THÉODORE, *à part.*

Ciel! je t'offre ma mort; mon cœur n'a plus d'alarmes...
Je vois Nassi... Grand Dieu! que m'annoncent ses larmes?

SCENE IX.

THEODORE, NASSI, ZAMIS, GRECS.

NASSI, *à Théodore.*

Venez, seigneur, venez; sortons de ce palais.

THÉODORE.

Je tremble...

NASSI.

Epargnez-vous d'inutiles regrets.

THÉODORE.

Irene?...

NASSI.

Hélas!

THÉODORE.

Nassi?...

NASSI.

Malheureuse victime!...

Elle n'est plus.

THÉODORE.

Grand Dieu!

NASSI.

Mes yeux ont vu le crime.

THÉODORE.

Et quelle main barbare, instrument du forfait?...

NASSI.

Frémissez: c'est la main du cruel Mahomet!

ZAMIS.

Juste ciel!

THÉODORE.

Je me meurs!

NASSI.

Irene triomphante
Contemploit à ses pieds l'armée obéissante :
Mahomet a paru ; les chefs et les soldats
D'Irene par leurs cris célebrent les appas.
Il s'arrête, il admire, il soupire, il s'avance :
Aux cris tumultueux succede un long silence;
Il marche... dans ses yeux sont la rage et les pleurs :
« Le voilà cet objet proscrit par vos fureurs,
« A-t-il dit, cet objet à qui la vertu même
« Auroit du monde entier cédé le diadême!
« Vous étiez trop heureux sous un regne si doux;
« Je vous vois maintenant trembler à ses genoux,
« Traîtres! il n'est plus temps... Pleurez sur sa mémoire;
« Vous la perdez, cruels! je l'immole à ma gloire. »
Ah! seigneur, furieux, il saisit un poignard;
Il jette sur Irene un funeste regard,
La frappe... Pardonnez à ma douleur mortelle,
Le sang coule : déja la victime chancelle;
Elle tombe; ses yeux se tournent vers le ciel,
Et son cœur expirant pardonne au criminel.

THÉODORE.

Grand Dieu! dont le courroux éclate sur Byzance,
Que sa mort et la mienne apaisent ta vengeance!

FIN DE MAHOMET SECOND.

EXAMEN

DE MAHOMET SECOND.

La Noue semble insinuer, dans la préface de cette piece, que les tragédies où un personnage, auquel tous les autres sont sacrifiés, domine et fixe seul l'attention du spectateur, sont préférables à celles où deux ou trois grands caracteres sont dessinés et forment des contrastes, sans détruire l'unité d'intérêt; du moins, prétend-il que l'exécution en est beaucoup plus difficile. C'est une question qu'il paroît utile de discuter sommairement dans l'examen d'une piece qui offre toutes les ressources que l'on peut tirer du développement d'un seul caractere, et en même temps quelques-uns des défauts qui résultent nécessairement de cette combinaison.

Au premier coup d'œil, il semble que, dans une tragédie, l'emploi de plusieurs personnages secondaires uniquement destinés à faire ressortir le caractere d'un héros, est une idée plus simple et plus facile à réaliser que celle de placer à côté de ce héros des caracteres tranchans et prononcés qui peuvent partager l'attention du spectateur. On se tromperoit en adoptant entièrement cette opinion. Si, pour répandre quelque jour sur une question littéraire, il est permis de rapprocher un moment un objet important et grave d'un objet de pur agrément, on pourroit comparer la combinaison dramatique dont nous venons de parler à celle d'un gouvernement dans lequel aucun corps de l'état, aucune puissance intermédiaire ne balancent l'autorité d'un monarque absolu. Si le monarque a des défauts essentiels, l'état tombe dans le plus affreux désordre, ou gémit sous le poids du despotisme; si, au contraire, il est doué de grandes qualités, l'action du gouvernement est plus rapide et plus directe, et l'on bénit cette autorité bienfaisante et sans limites, quoique l'on reconnoisse que le système de la monarchie tempérée est préférable. Il en est de même du genre de tragédie où tout est sacrifié à un seul personnage. La premiere conception de l'auteur a-t-elle été heureuse? La marche de sa piece ne sera entravée par aucun incident inutile; il ira au but sans être obligé de débrouiller une intrigue pénible. A-t-il moins bien choisi son sujet? Tout alors contribuera à en faire ressortir les défauts : il n'aura point la ressource des contrastes, des ressorts ingénieux qui sauvent les invraisemblances, et des épisodes intéressans, qui couvrent quelquefois l'irrégularité ou la froideur d'une fable dramatique.

Tous nos grands poëtes tragiques ont paru pencher pour le genre de tragédie où plusieurs caracteres sont opposés l'un à l'autre : Corneille et Racine sur-tout n'ont jamais fait de pieces dans lesquelles un seul personnage domine; Nicomede pourroit seul être excepté, si le caractere de Flaminius ne formoit le plus beau contraste avec celui du héros. La Noue lui-même, qui paroît professer une doctrine contraire, a opposé au farouche Mahomet l'aga des janissaires, personnage important dans l'état, et qui, par son influence sur l'armée, peut exciter ou réprimer la révolte. Cet officier, plein de probité et de noblesse, gémit de voir son maître interrompre ses exploits pour soupirer auprès d'une captive; mais, loin de flatter le mécontentement des soldats, il vient s'expliquer avec Mahomet lui-même, aux pieds duquel il apporte sa tête. Malgré l'impétuosité du caractere du sultan, il parvient à lui faire entendre les vérités les plus fortes, et qui sur-tout doivent déplaire le plus à un despote éperdument amoureux : il prend sur lui l'ascendant que la grandeur d'ame a toujours sur les hommes les plus féroces et les plus violens ; et Mahomet ne peut que l'admirer lorsqu'il lui dit :

Tu m'as promis la mort ;
Je vais la mériter par un dernier effort.

Cette scene, l'une des plus belles qui existent au théâtre, plaît surtout par une grande fidélité de coloris local ; toutes les anciennes maximes du gouvernement turc y sont introduites avec beaucoup d'art.

Vingt-cinq ans avant que La Noue fît représenter cette tragédie, Chateaubrun avoit traité le même sujet avec une apparence de succès ; mais sa piece n'avoit pu se soutenir aux reprises. Un rapprochement des combinaisons générales des deux pieces suffira pour expliquer le sort différent qu'elles éprouverent. Chateaubrun suppose qu'un frere d'Irene est échappé au carnage de sa famille ; il a caché son nom, s'est enrôlé dans l'armée turque ; et, par de grands exploits, est parvenu aux premiers grades militaires ; il conspire contre Mahomet, et veut rétablir l'empire grec. Irene entre dans cette conjuration, qui est bientôt découverte. Le sultan veut les envoyer au supplice ; tous les deux se donnent la mort. Dans cette tragédie, Irene déteste le sultan, que son amour dédaigné ne sert qu'à rendre plus féroce. On voit que l'intérêt ne peut se fixer fortement sur aucun de ces personnages ; nulle douceur dans les caracteres : d'un côté, la soif de la vengeance ; de l'autre, la cruauté d'un vainqueur farouche. La Noue, au contraire, a conçu et exécuté le projet difficile d'intéresser par Mahomet et pour Mahomet : on aime à voir ce conquérant s'adoucir par les vertus touchantes d'une esclave chrétienne. Cependant, à la moindre contradiction, son caractere reparoît, et l'on pense qu'il pourra un jour, dans un moment de fureur, immoler la femme à laquelle il paroît vouloir tout sacrifier. Irene inspire une autre sorte d'intérêt : en partageant l'amour de Mahomet, elle est loin de se livrer au délire de cette passion ; en elle, tout est paisible : sa tendresse acquiert un caractere respectable, lorsqu'on voit qu'elle n'accepte le sceptre que pour protéger les malheureux chrétiens. Cette idée est très bien exprimée dans ces vers par lesquels son rôle commence :

Je te revois enfin, malheureuse Byzance...
En entrant dans tes murs, j'ai senti tes douleurs,
Et mon premier tribut est un tribut de pleurs :
Je viens te secourir... Affermis ma foiblesse,
O ciel ! fais triompher le zele qui me presse !
Esther sut désarmer le fier Assuérus ;
A mes foibles appas joins les mêmes vertus.

Le cinquieme acte de cette piece est celui qui toujours a le moins réussi : on a été révolté du meurtre d'Irene ; cependant La Noue a préparé son dénouement avec beaucoup d'art, en présentant, au commencement de cet acte, Mahomet prêt à immoler sa captive. Peut-être auroit-il été nécessaire que, dans le court intervalle de cette scene et de la mort d'Irene, il eût annoncé, par des incidens terribles et nouveaux, l'alternative affreuse dans laquelle se trouva Mahomet, ou de se séparer d'une femme qu'il aimoit éperdument, ou de la sacrifier pour qu'elle ne pût appartenir à d'autres qu'à lui.

FIN DE L'EXAMEN DE MAHOMET SECOND.

LES TROYENNES,

TRAGÉDIE

DE CHATEAUBRUN,

Représentée, pour la premiere fois, le 11 mars 1754.

NOTICE
SUR CHATEAUBRUN.

JEAN-BAPTISTE VIVIEN DE CHATEAUBRUN naquit à Angoulême en 1686. On n'a pu se procurer aucun détail sur son éducation ni sur la maniere dont il se produisit dans le monde; on sait seulement qu'à vingt-sept ans il présenta aux comédiens une tragédie qui fut représentée avec quelque succès l'année suivante. Les productions dramatiques de Chateaubrun, qui presque toutes offrent de grandes beautés, nous dédommageront dans cette notice des anecdotes que nous n'avons pu recueillir. Nous l'avons déja insinué plusieurs fois; dans un recueil consacré à la gloire des lettres françoises, il nous a paru beaucoup plus utile de parler avec quelque étendue des ouvrages des auteurs dont nous réimprimons les chefs-d'œuvre, que de rechercher avec une curiosité minutieuse dans les secrets de leur vie privée des faits peu importans par eux-mêmes; c'est dans les productions d'un homme de lettres que l'on doit trouver ses titres à l'estime publique. Comme particulier, il ne sort point de la classe des autres hommes, et il ne doit pas plus qu'eux au public un compte exact de sa conduite. Si nous avons quelquefois sacrifié au goût général que l'on témoigne aujourd'hui pour les anecdotes, on a dû remarquer que nous y avions été forcés, soit parce qu'elles étoient trop connues pour que nous pussions les passer sous silence, soit parce qu'elles avoient été altérées par les biographes : nous n'avons du moins reproduit que celles qui pouvoient honorer les poëtes qui nous ont fourni les matériaux de ce recueil. Les détails peu étendus que nous donnerons dans cette notice sur la longue carriere de Chateaubrun prouveront que s'il nous eût été possible de rassembler un plus grand nombre de faits, ils n'eussent servi qu'à faire partager au public l'estime qu'il inspira à tous ceux qui le connurent.

Mahomet second fut la premiere tragédie que donna Chateaubrun : elle eut onze représentations consécutives, et fit concevoir les plus grandes espérances. En examinant la tragédie que La Noue a faite sur le même sujet, nous avons remarqué les différences qui existent entre les conceptions générales des deux pieces, et nous avons indiqué les causes qui ont influé sur le succès de l'une et de l'autre. L'exposition de la tragédie de Chateaubrun est claire et méthodique. Un prince grec, frere d'Irene, a conçu le projet de faire une révolution en immolant

Mahomet, et en rétablissant les Comnenes sur le trône de Constantin : pour cacher sa conspiration, il a pris le turban, et s'est enrôlé dans l'armée musulmane, où, par des prodiges de valeur, il est parvenu, sous le nom d'Osmin, aux premiers grades militaires. Il communique ses desseins à un Grec qui lui est resté fidele, et lui demande quel est l'état de Constantinople depuis sa longue absence. Ce tableau des suites d'un grand changement dans les lois et dans les mœurs d'un peuple asservi à un joug étranger mérite d'être remarqué par l'énergie des pensées et par la fidélité des couleurs locales :

Les Grecs, toujours frappés de leur dernier malheur,
Attendent le moment d'une vengeance entiere.
En vain ce fier tyran, devenu populaire,
Sous un dehors serein tempérant sa fierté,
Offre encore à leurs yeux un air de liberté.
Pour faire aimer aux Grecs la main qui les enchaîne,
Par d'éclatans bienfaits il attaque leur haine;
Les Grecs sont sous son nom les arbitres des lois;
Leur mérite au sérail leur obtient des emplois.
Ses édits, dépeuplant le reste de la Grece,
Chaque jour, dans ces murs, attirent la noblesse;
Mais ses feintes bontés n'ont point gagné les Grecs :
Ses perfides bienfaits leur sont toujours suspects.
Ainsi, sans se flatter, seigneur, votre vengeance
Peut fonder dans ces murs une juste espérance;

Les Grecs, avec plaisir, suivront votre fureur :
Mais deux objets trop près captivent leur valeur;
A l'aspect du sultan leur ardeur ralentie,
Et ces murs, trop voisins d'une armée ennemie,
Retiennent sous le joug leurs esprits ébranlés,
Au moindre mouvement sûrs d'en être accablés.

Dans cette tragédie, l'auteur s'est moins attaché à peindre les grandes qualités de Mahomet second, qu'à faire ressortir la férocité qui accompagnoit toujours ses actions les plus brillantes. Irene le déteste, et ne répond aux témoignages de son amour qu'en lui rappelant les maux qu'il lui a faits. On trouve dans la quatrieme scene du second acte des imitations fort heureuses de l'Andromaque de Racine : les souvenirs terribles que donne à Irene la vue du palais de ses aïeux livré à un maître barbare ajoutent à l'effet de ce morceau :

Que craignez-vous, seigneur, des larmes d'une fille
Qui ne retrouve plus ni parens ni famille ?
Vos fureurs ont trop bien assuré vos exploits,
Et la mort de mon pere a consacré vos droits.
Après douze ans de fers, de pleurs et de misere,
Je voudrois fuir des lieux où tout me désespere.
Palais sacré, palais jadis si précieux,
Auguste sanctuaire où régnoient mes aïeux,
Vous n'êtes plus pour moi qu'une horrible demeure.

Tout retrace à mes yeux les malheurs que je pleure ;
L'image de Comnene y suit par-tout mes pas :
Je crois toucher encore au jour de son trépas.
Hélas ! c'est près d'ici que mon malheureux pere
Eprouva de vos coups la fureur meurtriere !
Dans l'ardeur du combat vous ne cherchiez que lui,
Sûr d'enlever aux Grecs leur plus solide appui.
Une foule incroyable environna Comnene ;
Ses fils, percés de coups, et respirant à peine,
Si j'en crois les témoins qui me l'ont raconté,
Couvrirent de leurs corps son corps ensanglanté :
Rien ne put apaiser votre soif sanguinaire ;
Votre bras animé, pour parvenir au pere,
Eprouva sa fureur sur ces héros naissans ;
Vous couvrîtes ses yeux du sang de ses enfans ;
Et, sous tant de douleurs la nature plaintive,
Arracha de son sein son ame fugitive.
Est-ce trop peu pour vous de causer mes malheurs,
Si vous n'êtes encor le témoin de mes pleurs ?

Le camp de Mahomet, indigné de ce qu'il interrompt ses conquêtes pour plaire à une captive, se révolte, et demande la mort d'Irene : Mahomet ne témoigne peut-être pas assez de fureur en apprenant le soulèvement de son armée. La Noue a beaucoup mieux rendu cette situation : dans sa tragédie, le farouche sultan, habitué à punir de mort le simple murmure, veut faire un massacre effroyable des janissaires qui osent blâmer sa passion; le dévouement sublime de l'aga est seul capable de suspendre les effets de sa rage. Chateaubrun en général a rendu beaucoup trop odieux son principal personnage; il ne paroît cruel qu'avec Irene : c'est de toutes les conceptions celle qui est le moins susceptible d'effet au théâtre. Cependant Mahomet veut tenter un dernier effort auprès de celle qu'il aime; il lui dit qu'il la défendra si elle consent à lui donner sa main : pour la décider il lui cite l'exemple de Mélisse, princesse grecque qui épousa Orcan. La réponse d'Irene est éloquente et énergique; elle fait sentir au sultan l'extrême différence de sa situation et de celle de Mélisse :

Quand l'hymen les unit, ce sultan en furie
Avoit-il à ses yeux embrasé sa patrie?
Avoit-il opprimé la liberté des Grecs?
Offrit-il à ses vœux de farouches respects?
Reçut-elle une main teinte du sang d'un pere?
La vit-on insulter au tombeau de sa mere?
Elle-même livrée à des fers odieux,
Se vit-elle contrainte à recevoir ses vœux?
Orcan fut pour Mélisse un vengeur nécessaire :
Par de puissans secours il protégea son pere;
Pour elle le sérail oublia ses rigueurs,
Et les nœuds de l'amour resserrerent leurs cœurs.

Mais toi, qui me retiens dans une affreuse chaîne,
Cruel dans ton amour, et cruel dans ta haine,
Tyran dans tes fureurs, tyran dans tes plaisirs,
Et toujours menaçant jusque dans tes soupirs,
Tu prétends m'épouser : le crime et l'innocence
Ont-ils jamais entre eux formé quelque alliance ?
Bien loin que tes grandeurs puissent tenter ma foi,
Le mépris que j'en fais est seul digne de moi.
Ton orgueil en chassa les maîtres légitimes :
Partager tes grandeurs, c'est partager tes crimes.

Le frere d'Irene la reconnoît ; et la voyant dans une situation aussi indigne de sa haute naissance, sa haine contre Mahomet devient plus forte. Il forme le double projet d'immoler le tyran et de sauver sa sœur : la conspiration est découverte; Irene et son frere se tuent. Ce dénouement, contraire aux traditions, est absolument sans effet : ce qui dès les premieres représentations nuisit beaucoup au succès de cette tragédie.

Quoique Chateaubrun eût reçu à cette époque des encouragemens qui auroient enivré un homme moins modeste que lui, il passa un grand nombre d'années sans faire représenter aucune piece. Il se livra à l'étude des poëtes grecs, qui ne lui étoient pas encore bien familiers ; et ce travail lui fit trouver un nouveau systême de tragédie, qui lui valut un succès distingué. Plusieurs poëtes avoient puisé dans la guerre de Troie les sujets de leurs pieces ; mais aucun n'avoit rassemblé dans un seul cadre les grandes infortunes qui accablerent la famille de Priam. Chateaubrun, dans la tragédie des Troyennes, réunit les personnages d'Hécube, d'Andromaque, de Cassandre et de Polyxene. Quel tableau touchant que celui qui présentoit ces foibles femmes qui n'avoient eu aucune part à la guerre, devenues captives, et exposées à l'insolence et aux cruautés des vainqueurs farouches ! Cette tragédie, qui eut un grand succès dans la nouveauté, s'est soutenue au théâtre toutes les fois qu'elle a été reprise.

Après avoir adapté à la scene françoise quelques beautés d'une des tragédies les plus touchantes d'Euripide, Chateaubrun essaya de soutenir la même lutte contre Sophocle. Philoctete avoit toujours été considéré comme un des sujets les plus pathétiques de l'antiquité ; on avoit sur-tout admiré la grande simplicité de cette tragédie, et tous les charmes d'une poésie éloquente et pittoresque l'avoient fait considérer comme un chef-d'œuvre. Fénélon, cet amateur si éclairé de la littérature ancienne, y avoit puisé un épisode de Télémaque. Cependant cette tragédie manquoit au théâtre françois. Chateaubrun n'osa pas traiter ce sujet avec toute la simplicité de son modele : une entreprise aussi difficile étoit réservée à M. de La Harpe, qui, avec quelques changemens très-légers, est parvenu à enrichir notre scene d'une tragédie entièrement dans le genre grec. Il falloit, pour surmonter tous les obstacles que ce travail présentoit, un goût épuré, une connoissance parfaite de l'art du dialogue, et sur-tout un talent distingué pour la poésie descriptive; qualités que Chateaubrun ne possédoit pas à un assez haut degré. Il ne trouva d'autre moyen, pour remplir le vide de l'action, que d'introduire une fille de Philoctete dont Pyrrhus devient amoureux en arrivant dans l'isle de Lemnos. Le caractere de Pyrrhus conserve toute la générosité que lui a donnée Sophocle : il s'indigne d'abord à la proposition que lui fait Ulysse de tromper Philoctete, et il ne cede qu'aux grandes considérations de l'intérêt public; mais, en faisant paroître dans sa tragédie Sophie, fille du héros abandonné, Chateaubrun s'étoit imposé une nouvelle difficulté, qu'il a surmontée avec un talent distingué. Il devenoit presque impossible à Ulysse de résoudre Pyrrhus à user de violence contre un héros dont il aimoit la fille : Chateaubrun suppose qu'Ulysse a arraché Achille mourant d'entre les mains des Troyens, et que ce grand homme lui a confié son fils en expirant. Les reproches qu'Ulysse adresse au fils d'Achille forment un morceau très éloquent : « Le jour « qu'il fut blessé, dit Ulysse,

Les Troyens à l'envi, le voyant renversé,
Sur lui de toutes parts fondoient avec furie,
Se disputant entre eux le reste de sa vie.
J'y courus ; je lui fis un rempart de mon corps ;
De ces fiers assaillans j'arrêtai les efforts :
Prodigue de mon sang dans ce péril extrême,
D'un si noble fardeau je me chargeai moi-même ;
Combattant d'une main, j'emportai ce héros.
Lorsqu'il vit ma douleur éclater en sanglots :
« Cher ami, me dit-il, cache-moi tes alarmes,
« Et laisse-moi mourir parmi le bruit des armes.
« Par tes soins je suis libre, et je respire encor ;
« Tu m'épargnes l'affront dont je flétris Hector :
« Que mon fils à jamais en garde la mémoire,
« Et te rende les soins que tu pris de ma gloire.
« Sers-lui de pere, ami ; qu'il te serve de fils. »
Voilà ses derniers vœux ; les avez-vous remplis ?
De ses fiers ennemis j'affrontai la furie ;
Vous, en m'abandonnant, vous leur livrez ma vie ;
Vous me persécutez, et je fus son soutien :
Je lui sauvai l'honneur, et vous m'ôtez le mien.

Pyrrhus, partagé entre une femme dont il est fortement épris et un héros qui a sauvé l'honneur de son pere, se trouve dans une situation très dramatique. Le rôle d'Ulysse paroît tracé d'après Homere ; il est beaucoup moins odieux que dans la tragédie de Sophocle. Le dénouement, inventé par Chateaubrun, mérite d'être remarqué. Le poëte grec, ayant peint Philoctete implacable dans sa haine, n'a d'autre moyen, pour le faire consentir à suivre Ulysse, que de faire intervenir Hercule qui fléchit son ami. Chateaubrun, sentant le défaut essentiel de ce dénouement, en a imaginé un autre beaucoup plus conforme aux regles de l'art; il suppose que la présence de Philoctete et de Pyrrhus dans le camp des Grecs est absolument nécessaire pour la destruction de Troie: les dieux l'ont ainsi décidé. Ulysse, après avoir épuisé toutes les ressources de son génie pour ramener Philoctete, voyant que Pyrrhus est prêt à embrasser sa défense, leur propose à l'un et à l'autre de rester lui-même à Lemnos, tandis qu'ils iront venger Achille. Ce dévouement absolu attendrit le compagnon d'Hercule, qui se résout enfin à retourner dans le camp des Grecs. Peut-être M. de La Harpe auroit-il pu profiter de l'idée vraiment dramatique de ce dénouement. Après avoir évité, par la contexture simple de sa piece, le défaut que nous avons reproché à Chateaubrun, il auroit eu l'avantage de corriger la derniere scene de Sophocle, qui est beaucoup plus invraisemblable pour des spectateurs françois qu'elle ne l'étoit pour les Grecs.

Chateaubrun donna encore au théâtre françois une tragédie d'Astyanax, dont les trois premiers actes furent très applaudis, mais dont les deux derniers furent mal reçus. Quoique ses amis l'engageassent à faire quelques corrections, et à appeler du premier jugement du public, il retira le soir même sa piece, qui n'a pas été remise depuis.

Chateaubrun fut long-temps attaché au duc d'Orléans comme maître d'hôtel. Ses qualités morales et ses talens lui procurerent des protecteurs puissans qui lui faciliterent souvent les moyens de faire une grande fortune; il s'y refusa toujours, préférant aux richesses l'honnête aisance dans laquelle il vivoit. Son caractere étoit doux et tolérant. A une époque où la littérature étoit partagée en plusieurs factions, il n'embrassa aucun parti : une piété ferme et éclairée le préserva des erreurs de la philosophie moderne. « M. de Chateaubrun, dit M. de Buffon, dans un « discours à l'académie françoise, homme juste et « doux, pieux, mais tolérant, sentoit, savoit que « l'empire des lettres ne peut s'accroître, et même « se soutenir, que par la liberté. Il approuvoit assez « volontiers, et ne blâmoit qu'avec discrétion. Ja« mais il n'a rien fait que dans la vue du bien, ja« mais rien dit qu'à bonne intention. »

Chateaubrun avoit été reçu à l'académie françoise en 1753 : il mourut à Paris, dans un âge très avancé, en 1775.

ACTEURS.

HECUBE, veuve de Priam.

ANDROMAQUE, veuve d'Hector.

ASTYANAX, fils d'Andromaque; on le suppose âgé de trois ou quatre ans.

CASSANDRE, POLIXENE, } filles de Priam et d'Hécube.

ULYSSE, roi d'Ithaque.

THESTOR, grand-prêtre des Troyens.

IPHIS, confident de Thestor, et sacrificateur chez les Troyens.

CEPHISE, gouvernante d'Astyanax.

IDAS, HILUS, } hérauts dans l'armée des Grecs.

UN ENFANT de l'âge d'Astyanax, ou à-peu-près.

VIEILLARDS, prêtres des dieux chez les Grecs.

TROUPE DE SOLDATS.

La scene est dans le camp des Grecs, sous les murs de Troie.

LES TROYENNES,

TRAGÉDIE.

ACTE PREMIER.

SCENE PREMIERE.

On voit, d'un côté du théâtre, le tombeau d'Hector, et de l'autre celui de Pâris, exhaussés à l'antique; le tombeau d'Hector est plus élevé et plus orné.

THESTOR, IPHIS.

IPHIS.

Sous les murs d'Ilion que cherchez-vous encore?
Le feu depuis trois jours l'embrase et le dévore;
Le carnage et l'horreur regnent de toutes parts,
Et le sang de Priam fume sur ces remparts.
Fuyez, craignez, seigneur, que les Grecs en furie...

THESTOR.

Calchas défend nos jours contre leur barbarie;
Pontife chez les Grecs, et moi chez les Troyens,
En consacrant mes droits il honore les siens :
Du glaive des vainqueurs nous n'avons rien à craindre.

IPHIS.

Faut-il de ce bienfait s'applaudir ou se plaindre?
Sommes-nous réservés à la honte des fers?

THESTOR.

Dussé-je m'exposer aux plus affreux revers,
Je déteste les cœurs qu'une amitié commune
Fait flotter incertains au gré de la fortune :
Je fus cher à Priam, tandis qu'il fut heureux ;
J'adore de son sang les restes malheureux,
Et je respecte en eux sa gloire anéantie.
Dans quel gouffre de maux sa veuve est engloutie,
D'autant plus exposée à de vives terreurs,
Qu'elle seule a creusé la source de ses pleurs!
Priam, que si long-temps éclaira la sagesse,
Succomba sous le poids de la triste vieillesse;
La reine gouverna le déclin de ses ans,
Ou plutôt sous son nom fit régner ses enfans.
Combien de fois Priam voulut-il rendre Hélene!
Mais les pleurs de Pâris attendrirent la reine ;
Le courage d'Hector, qui brûloit d'éclater,
Acheva malgré nous de tout précipiter :
Voilà de nos malheurs la source trop amere.
Hécube aimoit l'état, mais Hécube étoit mere;
Nos farouches vainqueurs ne l'ignorerent pas.

IPHIS.

Je crains que le courroux n'ensanglante leurs bras :
Que d'objets de pitié vont tourmenter la reine,
Andromaque et son fils, Cassandre et Polyxene!

THESTOR.

Calchas, sans s'expliquer sur leur triste destin,

M'a fait de nos vainqueurs entrevoir le dessein:
Ces rois, depuis trois jours plongés dans le carnage,
Ont laissé le soldat s'engraisser du pillage;
Et brûlant maintenant de hâter leur retour,
Vont de leurs prisonniers ordonner dans ce jour.
Vois-tu non loin de nous cette tente dressée,
Par l'orgueil du vainqueur avec pompe exhaussée?
C'est là qu'avec les chefs le fier Agamemnon
Va décider du sort des restes d'Ilion.
L'appareil de l'arrêt m'en fait craindre la peine;
C'est parmi ces tombeaux qu'on doit juger la reine:
Son sang doit-il baigner la tombe de ses fils ?
Est-ce celle d'Hector, ou celle de Pâris ?
Elle vient.

SCENE II.

HECUBE, THESTOR, IPHIS, GARDES.

HÉCUBE.

Est-ce vous, ami toujours fidele,
Dont le sort en courroux ne peut lasser le zele ?
Dans le sein du malheur vous osez nous chercher :
Ah! Thestor, sans frémir pouvez-vous m'approcher ?

THESTOR.

Madame, vous savez toute la bienveillance
Dont Priam m'honora dès ma plus tendre enfance:
J'ai joui quarante ans des bontés de mon roi;
Je mourrai, s'il le faut, victime de ma foi.

HÉCUBE.

C'est moi qui l'ai perdu ce roi trop magnanime,

C'est moi dont la fierté l'entraîna dans l'abyme,
Le jour que, malgré vous captivant ses esprits,
J'arrachai son aveu pour l'hymen de Pâris.
Dans cet affreux moment je croyois être mere;
Dès lors j'en démentis le sacré caractere.
Il a fallu, Thestor, pour dessiller mes yeux,
Que Troie eût épuisé les vengeances des dieux :
Puis-je les désarmer par des regrets stériles?

THESTOR.

Pourquoi vous y livrer puisqu'ils sont inutiles?
Des crimes des Troyens ce fut le châtiment.

HÉCUBE.

Eh! devois-je, Thestor, en être l'instrument?
Le ciel m'en a punie : épouse, mere, reine,
A chacun de ces noms il attache sa peine.
Pyrrhus, dont la fureur anime tous les coups,
Fit jaillir jusqu'à moi le sang de mon époux;
Comme de tendres fleurs au matin moissonnées,
Mes fils ont vu trancher leurs tristes destinées;
La guerre, dont j'ai seule allumé le flambeau,
Les a précipités dans la nuit du tombeau.
Reine! où sont mes sujets? qu'en reste-t-il? des femmes,
Des enfans, des vieillards, qu'ont épargnés les flammes,
Attendant comme moi d'un vainqueur irrité
Une mort trop tardive, ou la captivité.
O souvenir cruel de ma gloire passée!
J'ai vu dans un moment ma grandeur terrassée;
Epoux, enfans, sujets, il ne me reste plus
Que le remords vengeur de vous avoir perdus!

THESTOR.

Eh! madame, éloignez cette image terrible.

HÉCUBE.

Ah! trop d'objets présens me la rendent sensible!
Voyez-vous les débris de mes palais brûlans,
Ces temples embrasés et ces autels sanglans,
Ces enfans égorgés sur le sein de leur mere,
Et tout couverts du sang de leur malheureux pere;
Ces blessés dont les cris me déchirent le cœur,
Qu'insulte avec orgueil la rage du vainqueur?
Le fer de tous côtés m'entoure de victimes,
Et la terre est par-tout couverte de mes crimes.

THESTOR.

Madame...

HÉCUBE.

Si les dieux ne menaçoient que moi,
J'offrirois à leurs coups un cœur exempt d'effroi.
Mes filles, dont le sort est si digne de larmes,
C'est pour vous que je sens de mortelles alarmes;
C'est sur Astyanax que je verse des pleurs:
Andromaque, sa mere, a part à mes douleurs.
Ignorez-vous combien mes filles me sont cheres?
Oui, je me nourrirai de mes larmes ameres
Jusqu'à ce que la mort, que je demande aux dieux,
En tarisse la source, et me ferme les yeux.
Mais on guide vers moi ma famille éperdue:
Dans quel état, hélas! frappe-t-elle ma vue?
Combien dans leurs regards j'aperçois de terreurs!

SCENE III.

HECUBE, ANDROMAQUE, ASTYANAX, CASSANDRE, POLYXENE, THESTOR, CEPHISE, IDAS.

HÉCUBE.

Mes filles, puis-je encor vous mouiller de mes pleurs?
Dans vos embrassemens puis-je rendre ma vie?

POLYXENE.

Nos vainqueurs publioient qu'on vous l'avoit ravie;
Dans nos sombres prisons nous pleurions votre mort.

IDAS.

Quelques momens pourront éclaircir votre sort:
Vos vainqueurs, rassemblés dans la tente prochaine,
Vont signaler pour vous leur clémence ou leur haine;
Dans ces momens affreux où flottent leurs esprits,
Puissent-ils oublier jusqu'au nom de Pâris!
Puissé-je, de leurs lois interprete et ministre,
N'être chargé pour vous d'aucun ordre sinistre!

(*Il sort.*)

SCENE IV.

HECUBE, ANDROMAQUE, ASTYANAX, CASSANDRE, POLYXENE, THESTOR, CEPHISE.

HÉCUBE.

Ah! que puisse bientôt, pour finir mes remords,

Un équitable arrêt m'entraîner chez les morts !

CASSANDRE.

Hélas !

HÉCUBE.

Et pourquoi donc pleurez-vous une mere
A qui vous ne devez que haine et que colere?
De votre amour pour moi j'ai rompu les liens :
J'ai causé vos malheurs, et vous pleurez les miens.

ANDROMAQUE.

Madame, de l'erreur qui vous avoit séduite
Pouviez-vous de si loin apercevoir la suite?
Vos tendresses pour nous n'éclaterent pas moins.

HÉCUBE.

Oui, vous étiez l'objet de mes plus tendres soins;
Quoiqu'aux vœux de mes fils je me fusse asservie,
Pour chacune de vous j'aurois donné ma vie,
Il est vrai : mais, malgré mon amitié pour vous,
Qu'auriez-vous craint de plus d'un barbare courroux?
Voyez l'état horrible où je vous abandonne :
Un rempart éternel vous sépare du trône;
A de superbes rois notre empire est soumis;
Vous voici sous la main de vos fiers ennemis.

(*à Astyanax.*)

Et toi, fils malheureux du plus vaillant des hommes,
Maintenant insensible à l'état où nous sommes,
Combien gémiras-tu quand l'âge et la raison
T'auront développé le sort de ta maison?
Dieux, épuisez sur moi toute votre colere!
N'ajoutez point sa mort aux malheurs de sa mere!
De son sang racheté que le mien soit le prix!

Il n'a point eu de part au crime de Pâris.

THESTOR.

Non, ces cruels vainqueurs, dont vous craignez la rage,
Ont respecté ses jours dans l'horreur du carnage;
Rassasiés de sang, vont-ils s'y replonger?

SCENE V.

HECUBE, ANDROMAQUE, ASTYANAX, CASSANDRE, POLYXENE, THESTOR, CEPHISE, IDAS, *trois prêtres qui se tiennent au fond du théâtre.*

IDAS.

Princesse, vos vainqueurs viennent de vous juger:
Ils ont réglé d'abord le sort de Polyxene;
Idas ignore encor si c'est faveur ou haine.
Vous voyez ces vieillards consacrés aux autels,
Ministres révérés de nos dieux immortels;
Il faut que sans tarder Polyxene les suive.

HÉCUBE.

Où vont-ils l'entraîner en quittant cette rive?

IDAS.

C'est un secret pour moi; mais je sais que ces rois
Veulent que sur-le-champ tout fléchisse à leurs lois.

HÉCUBE.

Arrachez-moi le cœur, ou laissez-moi ma fille.

CASSANDRE.

Frappez d'un même coup notre triste famille.

ANDROMAQUE.

Ne nous séparez point.

IDAS.

Vos vœux sont superflus,
La Grece ainsi l'ordonne, et vous êtes vaincus:
Obéissez.

HÉCUBE.

Hélas!

POLIXENE.

Ah! mes sœurs, ah! madame,
Cachez-moi des regrets qui déchirent mon ame:
Ma naissance et mon nom sont présens à mes yeux;
Je vais vivre ou mourir digne de mes aïeux.

SCENE VI.

HECUBE, ANDROMAQUE, ASTYANAX, CASSANDRE, THESTOR, IPHIS, IDAS, CEPHISE.

IDAS, *à Hécube.*

Nos princes vous ont fait une autre destinée:
A des fers éternels vous êtes condamnée;
Vos filles sous le joug gémiront comme vous.

HÉCUBE.

La mort est à leurs yeux un supplice trop doux!
Ils font choix d'un tourment qui jamais ne finisse.

IDAS, *à Hécube.*

Vous vivrez dans les fers et sous les lois d'Ulysse.

HÉCUBE.

Moi, grands dieux! je vivrois dans ses indignes fers!

Cet opprobre est pour moi le comble des revers.

IDAS.

Andromaque à Pyrrhus est échue en partage.

ANDROMAQUE.

Pour la veuve d'Hector quel horrible esclavage!

IDAS.

Cassandre dans Argos va suivre Agamemnon.

CASSANDRE.

Le barbare m'arrache au culte d'Apollon;
Il brave le courroux du dieu qui me protege:
Affranchis-moi, grand dieu, de son joug sacrilege!

IDAS.

Les flots vont vous porter aux différens climats
Où vos maîtres bientôt reverront leurs états.
Après dix ans entiers d'une guerre sanglante,
Dont le succès si tard a rempli leur attente,
Ils brûlent de revoir leur patrie et leurs dieux:
Il faut les prévenir, et presser vos adieux.

SCENE VII.

HECUBE, ANDROMAQUE, ASTYANAX, CASSANDRE, THESTOR, CEPHISE, IPHIS.

(*Hécube paroît accablée de sa douleur, soupire, leve les yeux au ciel, et veut sortir sans prononcer une parole.*)

THESTOR.

Sont-ce là vos adieux? Où vous conduit, madame,

Le sombre désespoir qui dévore votre ame?
Quel sujet important presse votre départ?
Craignez-vous que vos fers ne vous chargent trop tard?

ANDROMAQUE.

Ah! madame, pourquoi priver notre tendresse
De ces momens trop courts que le vainqueur vous laisse?
Avant que loin de vous on entraîne nos pas
Attendez qu'on nous vienne arracher de vos bras.
Quels apprêts pour partir nous reste-t-il à faire?
Qu'emporté-je avec moi? Mon fils et ma misere.

HÉCUBE.

Pourquoi me forcez-vous à de tristes adieux?
Laissez-moi m'arracher à la haine des dieux.
Aux cendres de Priam je vais joindre les miennes:
J'ai vu l'affreux débris où reposent les siennes;
De mon retardement je l'entends qui se plaint;
Son funeste bûcher n'est pas encore éteint:
Je n'ai que trop rempli ma fatale carriere,
Mes yeux avec horreur s'ouvrent à la lumiere.

THESTOR.

Voilà du désespoir les déplorables fruits;
La mort paroît un bien à ceux qu'il a séduits;
Peu touchés des regrets de ceux qui leur survivent,
Ils pensent s'affranchir des maux qui les poursuivent,
Et que, dans la poussiere heureusement perdus,
Dans l'ombre du tombeau les dieux ne les voient plus.
Non, non, n'espérez point vous soustraire à leur haine.
L'enfer même frémit à leur voix souveraine:
L'épouvantable mort ne détruit que le corps,
Et les dieux, malgré nous, sont nos dieux chez les morts.

HÉCUBE.

Faut-il me replonger dans mes peines cruelles?

THESTOR.

C'est par le désespoir qu'on les rend éternelles.
Armez-vous de courage, et respectez vos jours:
Le ciel vous garde encor d'inespérés secours;
Peut-être a-t-il sur vous épuisé sa vengeance.
Dans l'isle de Samos j'ai reçu la naissance;
Des états de Priam pays seul indompté,
Ses bords couverts d'écueils en font la sûreté;
Mes aïeux furent grands dans ce pays fertile,
Et surent réunir l'honorable et l'utile;
Chacun d'eux ajoutoit au trésor amassé;
Leur ample patrimoine à moi seul a passé;
Priam l'accrut encor par d'immenses largesses,
Sa main versa sur moi la gloire et les richesses;
Mes jours furent marqués par autant de ses dons.
Mon trésor peut ici suffire à vos rançons:
Je vais à vos vainqueurs l'offrir sur ce rivage;
Ils pourront cependant me garder en otage.
J'espere que, pour prix d'un échange si doux,
Ils vont rendre à mes vœux votre famille et vous.

HÉCUBE.

Faut-il, pour affranchir ma famille asservie,
Sacrifier vos biens et livrer votre vie?

THESTOR.

Périssent à l'instant et ma vie et mes biens,
S'il le faut, pour briser vos indignes liens!
Pourrois-je de mon sang faire un plus noble usage?
Vivrois-je dans le faste, et vous dans l'esclavage?

Enfans infortunés et trop dignes des pleurs
Que ma compassion répand sur vos malheurs,
Plus je vois votre gloire éteinte, humiliée,
Et plus à votre sort mon ame s'est liée;
Au travers de ses fers je reconnois mon roi :
(*il se jette aux pieds d'Astyanax.*)
Oui, mon cœur pour toujours vous consacre sa foi,
Rejeton précieux de mes augustes maîtres;
J'adore à vos genoux les droits de vos ancêtres :
A mon plus tendre amour vous les retracez tous;
Jusqu'au dernier soupir tout mon sang est à vous.

SCENE VIII.

HECUBE, ANDROMAQUE, ASTYANAX, CASSANDRE, CEPHISE.

HÉCUBE.

O fidélité rare autant que magnanime,
Tu balances les coups dont le poids nous opprime!
Non, la foudre sur nous ne frappe qu'à demi,
Puisque dans nos malheurs il nous reste un ami.
En attendant qu'ici son zele le ramene
Allons nous informer du sort de Polyxene.

FIN DU PREMIER ACTE.

ACTE II.

SCENE PREMIERE.

HECUBE, ANDROMAQUE, CASSANDRE.

HÉCUBE.

Ma fille, vous voyez avec quelle noirceur
On cache à mes regards le sort de votre sœur;
Nos barbares vainqueurs s'obstinent à se taire,
Et pour moi sa prison est encore un mystere:
Mais vous que dès l'enfance instruisit Apollon,
Et dont il éclaira l'esprit et la raison,
A vos yeux comme aux siens l'avenir se découvre;
Vous ôtez au destin le voile qui le couvre;
Le sort de Polyxene est visible pour vous,
Et cette obscurité n'enveloppe que nous.

CASSANDRE.

Que me demandez-vous? Eh! plût aux dieux, madame,
Que je pusse calmer le trouble de votre ame!
Il est vrai qu'Apollon m'inspire quelquefois:
Mais ce n'est qu'à son gré qu'il anime ma voix;
De son souffle divin organe involontaire,
Il me force à parler, il me force à me taire:

Mais ce funeste don que me sert-il, hélas!
Pour prévoir l'avenir on ne le change pas.
Madame, respectons le voile impénétrable
Qu'oppose à nos regards un destin favorable.
Non, non, ce n'est qu'aux dieux qu'il est doux de prévoir:
Leur bonheur ne dépend d'aucun autre pouvoir;
Ils ne voient devant eux qu'une immortelle joie
Qu'aucun temps n'affoiblit, que chaque instant déploie;
L'avenir est pour eux un bien toujours présent:
Mais nous, pour qui la vie est un fardeau pesant,
Nous, mortels dont le cœur n'est qu'erreur, que foiblesse,
Et qu'un essaim de maux environne sans cesse,
Hélas! que verrions-nous dans le triste avenir?
Que de quoi nous confondre, et de quoi nous punir.
Laissons à chaque jour les chagrins qu'il amene,
Sans vouloir d'un coup-d'œil réunir notre peine:
L'homme le plus heureux ne le soutiendroit pas.
Les dieux, sur nos malheurs semant quelques appas,
Nous ont enveloppés d'une heureuse ignorance,
Et pour charmer nos maux nous laissent l'espérance;
Suivons aveuglément leurs ordres sur ce point,
Sans rapprocher des maux que nous ne sentons point.

ANDROMAQUE.

Madame, nous voyons un terme à nos alarmes:
Thestor peut rendre encor Polyxene à nos larmes;
Le zele qui l'embrase et ses trésors offerts
Peut-être dans nos mains brisent déja nos fers.
Samos peut nous offrir un asyle paisible,
Aux efforts ennemis toujours inaccessible;
Nous pourrions y goûter une profonde paix:

Mon fils y trouvera de fideles sujets :
Thestor nous est garant de leur obéissance.
Dieux! avec quel respect et quelle complaisance,
Par les plus tendres soins adoucissant vos jours,
Vos filles tâcheront d'en prolonger le cours!
Mon fils est pour vos yeux une source de joie;
Vous verrez croître en lui l'espérance de Troie;
Nous vous rassemblerons, Troyens infortunés
Que le fer du vainqueur n'aura point moissonnés;
Notre cœur et nos mains s'ouvrant à vos miseres,
Nous vous accueillerons moins en sujets qu'en freres:
Cet ami généreux, si prévoyant pour nous,
Nous comble de bienfaits qui s'étendront sur vous.
Mon Hector nous suivra, j'emporterai sa cendre;
Mon cœur se nourrira d'un souvenir si tendre.
Eh! n'est-ce pas un bien dans notre adversité
Que de pouvoir au moins pleurer en liberté?

SCENE II.

HECUBE, ANDROMAQUE, CASSANDRE, IPHIS.

IPHIS.

Madame, quel malheur! plût aux dieux que mon zele
N'eût point à vous porter cette affreuse nouvelle!...

HÉCUBE.

Ciel! sur combien d'objets se répand mon soupçon!
Parlez, expliquez-vous.

IPHIS.

Plus d'espoir de rançon :
Thestor est dans les fers; pour comble d'injustice
On l'ose menacer des horreurs du supplice
S'il ne livre pour lui l'or qu'il offroit pour vous.

HÉCUBE.

Malheureuses! faut-il qu'il s'immole pour nous?

ANDROMAQUE.

D'une pitié si noble on va lui faire un crime!

HÉCUBE.

On le croit innocent; mais mon destin l'opprime:
Le malheur qui me suit devient contagieux;
Hélas! en me plaignant on irrite les dieux.

IPHIS.

Thestor a cru d'abord son attente comblée;
Son offre et ses discours entraînoient l'assemblée;
Tous les cœurs se tournoient à la compassion;
La plupart acceptoient l'offre de la rançon,
Quand soudain Ménélas, animé par Hélene...

HÉCUBE.

Hélene! Quoi! ce monstre...

IPHIS.

Elle enflamme leur haine,
Et prenant en horreur ses amis malheureux,
Par des traits accablans se déchaîne contre eux.
Par combien de noirceurs sa bouche vous outrage!
Mais c'est Pâris sur-tout que déchire sa rage;
Qu'il ne fut à ses yeux qu'un lâche ravisseur,
Dont elle détestoit la flamme et la fureur;
Que, brûlant de revoir Ménélas et la Grece,

La reine et ses enfans l'en détournoient sans cesse;
Que d'affreux surveillans qui ne la quittoient pas
Traversoient ses desseins et retenoient ses pas.

HÉCUBE.

O monstre, que l'enfer tira de ses abymes
Pour couvrir l'univers de meurtres et de crimes!
Par combien de ressorts aigrissant les esprits
Elle éloignoit la paix dont elle étoit le prix!
Embrassant mes genoux et m'appelant sa mere,
Attestant un hymen qui me la rendoit chere,
Et prête, disoit-elle, à mourir dans mes bras,
Plutôt que de se voir dans ceux de Ménélas!

IPHIS.

La cruelle aujourd'hui devient votre furie.

HÉCUBE.

Le voilà donc l'objet de ton idolâtrie,
Pâris! voilà le prix qu'on gardoit à ta foi!
(elle s'approche du tombeau de Pâris.)
Sors du séjour des morts que tu remplis d'effroi;
Sors, viens la contempler ton infidele amante,
Et regarde à ses pieds ta patrie expirante,
Ton pere massacré, tes freres égorgés,
Dans le feu, dans le sang tes citoyens plongés;
Ta mere avec terreur pleurant sa complaisance,
Et maudissant le flanc où tu pris la naissance;
Le fils d'Hector chargé de ton crime odieux,
Et tes sœurs dans les fers n'osant lever les yeux.
Malheureux! falloit-il par tant de sacrifices
De ton barbare amour nourrir les injustices,

Et livrant ta patrie à tes feux détestés,
Payer à si haut prix des infidélités ?

SCENE III.

HECUBE, ANDROMAQUE, CASSANDRE, IPHIS, IDAS.

IDAS, *à Cassandre.*

Madame, Agamemnon demande sa captive :
Il est prêt de quitter cette sanglante rive;
De son heureux départ il hâte le moment,
Et vous devez répondre à son empressement.

CASSANDRE.

Allez; à son vaisseau j'aurai soin de me rendre,
Et sa flotte un moment n'attendra pas Cassandre :
Je brûle de me voir dans le palais d'Argos.

SCENE IV.

HECUBE, ANDROMAQUE, CASSANDRE, IPHIS.

HÉCUBE.

Me voici parvenue au comble de mes maux :
Cassandre avec transport va quitter sa famille !
Je suis donc le supplice et l'horreur de ma fille!
Votre joie importune est un reproche amer
Dont Hécube après tout n'oseroit vous blâmer.

CASSANDRE.

C'est mon amour pour vous qui fait naître ma joie.
L'indomptable destin à mes yeux se déploie :
Voici l'heureux moment où m'inspire Apollon.
Mes yeux vont décider du sort d'Agamemnon ;
Je vais venger les fers et les pleurs de ma mere.

HÉCUBE.

Dévoilez à mes yeux cet étonnant mystere.

CASSANDRE.

Il veut que dans Argos je couronne sa foi...

HÉCUBE.

Quel amant ! quel époux !

CASSANDRE.

Ah ! calmez votre effroi.
Sous l'appareil brillant de mes noces perfides
Je vais ensevelir la maison des Atrides :
Hélene a fait de Troie un abyme de maux ;
De carnage et de sang je vais remplir Argos ;
Et l'amour, au sortir des ruines de Troie,
Me suit pour s'assurer d'une nouvelle proie.
Au bruit de mon hymen la honte et la fureur
Vont saisir Clytemnestre et déchirer son cœur ;
A ses cris menaçans vole, jalouse rage,
Et conduis sur tes pas les larmes, le carnage,
Le fer, la soif du sang, les rapides transports ;
Dans son ame orgueilleuse étouffe les remords.
Pour qui sont ces réseaux que sa rage prépare ?
Et d'où vient qu'elle aiguise une hache barbare ?
La voyez-vous porter d'inévitables coups ?
Entendez-vous les cris que jette son époux ?

Voyez-vous dans son sang se rouler la victime?
C'en est fait, Clytemnestre a consommé son crime.
Ton sort, Idomenée, est encor plus affreux;
Hâte-toi d'accomplir tes sacrileges vœux....
Et toi Pyrrhus aussi, fier de tant d'homicides,
Tu péris sans honneur par des mains parricides :
Au malheur des Troyens ton bras eut trop de part.
Quoi! c'est l'amour encor qui guide le poignard!
Tu vas brûler d'un feu qu'Andromaque déteste :
Cours recevoir le prix de ta flamme funeste :
Oreste va punir tes crimes par les siens,
Et les Grecs que tu sers vont venger les Troyens.

HÉCUBE.

O favorable espoir!

CASSANDRE.

Mais toi, perfide Ulysse,
Je vois tout l'univers armé pour ton supplice;
La mer pour t'engloutir a soulevé ses eaux,
Et la foudre à tes yeux embrase tes vaisseaux;
Les ombres des enfers, les monstres de la terre,
Conspirent à l'envi pour te faire la guerre.
Sous quel horrible aspect verras-tu ta maison,
Où tu ne trouveras que trouble et trahison?
N'osant plus sous ton nom jouir de la lumiere,
Où vas-tu terminer ta fatale carriere?
La Parque te présente au glaive que tu fuis;
Misérable, tu meurs de la main de ton fils!
Télégone cherchoit le sang qui l'a fait naître,
Et c'est en le versant qu'il va le reconnoître....
Mais quel fantôme encor se présente à mes yeux!

J'ai peine à discerner son visage odieux....
C'est Hélene, grands dieux! qu'entraîne une Furie!
Ses charmes dangereux embraserent l'Asie;
Perfide, et respirant de nouvelles amours,
Une rivale enfin s'arme contre ses jours;
La rage dans le cœur, elle fond sur sa proie,
Lui montre en l'immolant une barbare joie,
Et d'un lien affreux qu'a tissu sa fureur
La rend pour son amant un spectacle d'horreur:
Voilà de tant d'attraits l'épouvantable reste!
L'univers est vengé de sa beauté funeste.

HÉCUBE.

Puisse le temps rapide avancer le moment
Qui doit à ses forfaits joindre son châtiment!

CASSANDRE.

Madame, quel que soit le sort qui nous accable,
Au sort de nos vainqueurs le nôtre est préférable.
Priam et ses enfans, par un noble destin,
Sont morts pour leur pays les armes à la main:
Leur nom vivra toujours; et toi, divine Troie,
Jamais du noir oubli tu ne seras la proie!
C'est peu que l'univers, dans un commun effroi,
Ait armé tous ses rois ou pour ou contre toi;
Nous avons vu les dieux entrer dans la carriere,
Et, dans le trouble affreux de la nature entiere,
Après neuf ans de guerre, ils combattoient encor
Pour renverser des murs que défendoit Hector.

HÉCUBE.

Vous soulagez les maux qu'Ulysse me prépare.

CASSANDRE.

Non, vous ne vivrez point sous le joug du barbare.
De mes propres malheurs je vous tairai la fin;
La mort doit me paroître un bienfait du destin...
Quel sort!... Mais épargnons la mere la plus tendre.
(elle sort.)

HÉCUBE, *à Andromaque.*

Ah! ma fille, arrachons ce secret à Cassandre.

FIN DU SECOND ACTE.

ACTE III.

SCENE PREMIERE.

ANDROMAQUE, ASTYANAX, CEPHISE.

ANDROMAQUE, *embrassant son fils.*

Il goûtoit les douceurs d'un tranquille sommeil:
N'aurai-je point, Céphise, avancé son réveil?
Que veux-tu? mais sitôt que je le perds de vue
Tout m'afflige, tout manque à mon ame éperdue.
De la reine et d'Iphis j'ai devancé les pas
Pour voir plutôt mon fils se jeter dans mes bras;
Tandis qu'autour de lui tout est triste et terrible,
Il offre à nos regards un sourire paisible:
Heureux âge, Céphise, où la réflexion
De ses traits dévorans n'atteint point la raison!
Je frémis pour mon fils des périls qu'il ignore.

CÉPHISE.

Il suivra votre sort: que peut-il craindre encore?
Mais de quelque rempart dont on pût l'entourer
A peine votre cœur voudroit se rassurer;
Il est pour vous l'objet d'une amitié si tendre!

ANDROMAQUE.

A quel titre, Céphise, il a droit d'y prétendre!
Hélas! nous n'avons plus de sceptre à lui donner,
Plus de Troie où ma main puisse le couronner :
Quels fruits recueille-t-il de son triste héritage?
Des cendres, un tombeau, des larmes, l'esclavage!
Pour adoucir son sort il est juste qu'au moins
Mon ardente amitié lui consacre mes soins.

CÉPHISE.

D'Agamemnon, dit-on, Cassandre est adorée;
L'hymen la fait entrer dans la maison d'Atrée:
Cassandre sur les siens réfléchit sa faveur,
Et donne à votre fils un puissant protecteur.

ANDROMAQUE.

A peine Agamemnon a daigné nous entendre;
Il ne prend, a-t-il dit, d'intérêt qu'à Cassandre:
Au nom de Polyxene interdit ou distrait,
Il garde sur son sort le plus profond secret.
Le barbare est parti; pour prix de notre zele
Nous n'avons remporté qu'une injure nouvelle.

SCENE II.

ANDROMAQUE, ASTYANAX, CEPHISE, IDAS.

IDAS.

Je viens avec douleur alarmer vos esprits;
Nos princes assemblés demandent votre fils.

ANDROMAQUE.

Mon fils! ah dieux!

CÉPHISE.

Hélas!

ANDROMAQUE.

Qu'en prétendent-ils faire?
Au vaisseau de Pyrrhus il va suivre sa mere;
Ne doit-il pas porter les mêmes fers que moi?

IDAS.

Quels que soient les soupçons qui vous glacent d'effroi,
Oubliez la fierté qui ne convient qu'au trône;
Vous êtes dans les fers.

ANDROMAQUE.

Puisque le sort l'ordonne
Portons le fils d'Hector à ces fiers ennemis.

(*Céphise fait quelques pas pour sortir avec Astyanax.*)

Arrête, ma Céphise; où portes-tu mon fils?

IDAS.

Vous craignez pour un fils les droits de la victoire?

ANDROMAQUE.

Non, non; puis-je penser, sans outrager leur gloire,
Que ces rois, de sang froid, injustes, inhumains,
Livrassent un enfant à de barbares mains?
C'est déja trop pour nous d'un honteux esclavage.

(*elle regarde Idas avec inquiétude.*)

Ai-je quelque raison d'en craindre davantage?

IDAS.

Venez donc.

ANDROMAQUE.

Oui... j'y vais... et de vaines terreurs...

(*Céphise fait encore quelques pas.*)

Arrête! que mon fils vienne essuyer mes pleurs:
Il doit me tenir lieu d'un époux que j'adore;
Céphise, rends-le moi, je ne pars point encore.
(*à Idas.*)
Vous pouvez à vos rois annoncer mes refus;
Mon fils n'a plus ici de maître que Pyrrhus.

SCENE III.

ANDROMAQUE, ASTYANAX, CEPHISE.

ANDROMAQUE.

Leur affreux tribunal respire le carnage;
Dois-je traîner mon fils au-devant de leur rage?
De son sang innocent qu'ils viennent s'enivrer:
Mais ce n'est pas à nous, Céphise, à le livrer;
Dans mes bras tout sanglans il faut que mon fils meure,
Et que ce même coup marque ma derniere heure.

CÉPHISE.

Mes yeux ne verront point ce spectacle d'horreur.

ANDROMAQUE.

Dieux, il verse des pleurs! pressent-il son malheur?
Dans ce danger affreux il semble qu'il m'implore.
(*il va se jeter dans les bras de sa mere.*)
Hélas! mon fils, pour toi que puis-je faire encore?
Mon bras, mon foible bras peut-il te conserver?
Nous n'avons plus d'Hector qui puisse nous sauver.
Mais j'aperçois Thestor que le ciel nous ramene.

SCENE IV.

ANDROMAQUE, ASTYANAX, THESTOR, IPHIS, CEPHISE, UN ENFANT DE L'AGE D'ASTYANAX.

ANDROMAQUE.

Quelle main secourable a rompu votre chaîne?

THESTOR.

Ma constance et Calchas ont ouvert ma prison:
Mais laissons ce détail pour une autre saison.
Nous n'avons pour agir que l'instant qui s'écoule:
Voici le fils d'un Grec dérobé dans la foule;
Le vôtre, par les Grecs déja trop redouté,
Doit d'une tour qui reste être précipité...

ANDROMAQUE.

Ah dieux!

THESTOR.

De ces cruels la sentence inhumaine
Semble n'avoir pour but que de punir la reine;
Idas va la placer vis-à-vis de la tour
D'où l'espoir des Troyens doit tomber sans retour:
Il faut substituer cet enfant à sa place.
Ulysse en frémissant s'avançoit sur ma trace;
Mais nos soins prévoyans lui cachoient cet enfant.
Dérobons votre fils à son regard perçant.

ANDROMAQUE.

Dans cet espace étroit comment tromper sa vue?

CÉPHISE.

Le seul chemin qu'il suit nous offroit une issue;

Sans perdre Astyanax vous ne pourriez encor...

ANDROMAQUE.

Donne, cachons mon fils dans le tombeau d'Hector:
Céphise, viens, suis-moi; je compte sur ton zele.

CÉPHISE.

Je descendrois pour lui dans la nuit éternelle.

ANDROMAQUE, *à son fils, en le remettant à Céphise qui est entrée dans le monument.*

Tu frémis! plonge-toi dans le sein de la mort;
Voici le seul asyle où te réduit le sort.
O mon fils! tu naquis pour régner sur l'Asie;
Il te reste un tombeau pour y sauver ta vie.
Et toi, mon cher Hector, sois sensible à mes cris,
De tes mânes sacrés enveloppe ton fils;
Creuse jusques au Styx ta demeure profonde,
Et cache mon dépôt sous l'épaisseur du monde:
Tu me l'as confié, j'attends aussi de toi
Que ton ombre le couvre et le rende à ma foi.

THESTOR. (*il la fait éloigner du tombeau.*)

Madame, éloignez-vous, de crainte que vos larmes
Ne fassent soupçonner d'où naissent vos alarmes.

SCENE V.

ULYSSE, ANDROMAQUE, THESTOR, IPHIS, L'ENFANT GREC, *à côté d'Andromaque*, TROUPE DE SOLDATS.

ULYSSE.

Madame, vos refus ne nous ont point surpris;

Mais déja vos terreurs ont jugé votre fils :
Plus vous appréhendez cet affreux sacrifice,
Et mieux vous nous prouvez quelle en est la justice.

ANDROMAQUE.

Et de quel crime, hélas ! prétend-on le punir ?

ULYSSE.

Son nom seul nous fait craindre un funeste avenir :
Vous tremblez pour un fils, nous en pleurons un nombre
Qu'Hector précipita dans le royaume sombre.

ANDROMAQUE.

Mais vos guerriers sont morts les armes à la main :
Hector fut leur vainqueur et non leur assassin ;
Son bras ne s'arma point contre un âge si tendre.

ULYSSE.

Ainsi pour l'accabler la Grece doit attendre
Qu'Hector, qui vit en lui, puisse se déployer,
Et que son bras un jour vienne nous foudroyer :
Quel conseil ! quelle erreur ! la saine politique
Veut qu'on immole tout à la cause publique :
Elle ne risque rien à perdre votre fils,
Et court en le sauvant des risques infinis.

(*montrant l'enfant.*)

Soldats, vous m'entendez ; voilà votre victime.

(*Deux soldats se saisissent de l'enfant. Andromaque, après avoir mis les mains au-devant comme pour empêcher qu'on ne l'enleve, paroît vouloir le suivre ; mais après quelques pas elle revient tout-à-coup, tandis que les soldats emportent le jeune Grec ; et s'adressant à Ulysse.*)

ANDROMAQUE.

Non, mes bras... Rois cruels dont la rage m'opprime,
Prenez, précipitez, dévorez cet enfant.
Dieux, écoutez les cris de son sang innocent!
Avec moins de douleur j'en fais le sacrifice
Si ce massacre affreux retombe sur Ulysse.

ULYSSE, *après un moment de silence.*

Madame...

ANDROMAQUE.

Que veux-tu? porte loin de mes yeux
L'épouvante et l'horreur dont tu remplis ces lieux:
Faut-il te ménager, pour combler mes alarmes,
Le barbare plaisir de jouir de mes larmes?

ULYSSE.

Interprete à regret d'un ordre souverain,
Le coup dont vous pleurez ne part point de ma main;
C'est un ordre absolu de la Grece assemblée:
Hélas! d'une autre crainte elle est encor troublée;
Mais non... vous chérissez la mémoire d'Hector;
Eloignez-vous, craignez que je ne parle encor.

ANDROMAQUE.

Faut-il de nouveau sang pour assouvir la Grece?

ULYSSE.

Madame, en rougissant j'avouerai sa foiblesse:
Quel honneur pour Hector, quelle honte pour nous,
Que même après sa mort nous en soyons jaloux!
Que tant de rois ne croient assurer leur victoire
Qu'en éteignant de lui jusques à sa mémoire!
Ils veulent l'abolir; et même son cercueil
Irrite leur colere et blesse leur orgueil.

Madame, ces soldats viennent pour le détruire.

ANDROMAQUE.

(*à part.*) (*haut.*)
O mon fils! sur les morts avez-vous quelque empire?
Avez-vous oublié qu'un immense trésor
Fut le prix éclatant du corps de mon Hector?
A sa cendre immortelle on vendit cet asyle:
Êtes-vous plus cruels ou plus puissans qu'Achille?

ULYSSE.

Ilion sous sa cendre ensevelit vos droits,
Et les Grecs à leur joug ont enchaîné vos lois:
Nos héros, disent-ils, victimes de la guerre,
A peine ensevelis couvrent encor la terre,
Tandis que les vaincus, traités avec honneur,
Jusque dans la poussiere insultent au vainqueur;
Ils osent nous braver jusque dans la mort même.
Soldats, obéissez à leur ordre suprême;
Frappez; que ce tombeau par vos mains dispersé
Trompe jusqu'aux regards de ceux qui l'ont dressé.

ANDROMAQUE, *se met entre le tombeau et les soldats.*

Barbares, arrêtez! votre bras téméraire
Osera-t-il souiller ce sacré sanctuaire?
Avez-vous oublié quel guerrier fut Hector?
Ses mânes furieux vous menacent encor:
Fuyez, traîtres; craignez que son ombre indignée
Ne punisse la main qui l'auroit profanée:
Les foudres qu'il lançoit vont éclater sur vous.

ULYSSE.

Ces soldats craindront-ils un impuissant courroux?

Hector est sous la tombe, et ses cendres paisibles...

ANDROMAQUE.

Pourquoi donc à vos yeux sont-elles si terribles?
Les Grecs de son vivant n'osoient l'envisager,
Et mort, jusqu'aux enfers ils osent l'outrager!
Ah! Thestor, je succombe à ma peine mortelle!
(elle s'appuie sur le bras d'Iphis.)

THESTOR.

Au nom des dieux, seigneur, daignez écarter d'elle
Les ombres de la mort qui vont l'envelopper!
Ce triste monument peut-il vous échapper?
Daignez devant les chefs conduire la princesse,
Qu'elle porte à leurs pieds sa profonde tristesse:
Peut-être que ces rois, touchés de sa douleur,
Voudront par quelque grace adoucir son malheur,
Et rendre à son amour des dépouilles si cheres;
Mais s'ils ne changent rien à leurs ordres séveres,
Qu'Andromaque se rende aux tentes de Pyrrhus,
Sans vous importuner par des cris superflus.

ULYSSE.

Je cede à ce conseil qu'inspire la prudence,
Quoique je sache assez comme la Grece pense.
(à Andromaque.)
Venez aux yeux des Grecs faire parler vos pleurs,
Madame: puissiez-vous désarmer leurs rigueurs;
Et libre désormais d'un trouble si funeste,
Des dépouilles d'Hector conserver ce qui reste!

ANDROMAQUE.

Ces farouches soldats, les laissez-vous ici?

ULYSSE.

Qu'importe à votre espoir, et d'où naît ce souci?

ANDROMAQUE.

Ah! seigneur, ces soldats pourroient dans notre absence
Même contre vos vœux tromper mon espérance:
Des soupçons importuns me rempliroient d'effroi;
Et je crains moins la mort qu'un doute...

ULYSSE, *aux soldats après un moment de réflexion.*

Suivez-moi.

SCENE VI.

THESTOR, IPHIS.

THESTOR.

Profitons du moment que son départ nous laisse;
Mais prends garde...

IPHIS.

A grands pas il guide la princesse.

(*Thestor court ouvrir la porte du tombeau.*)

SCENE VII.

ASTYANAX, THESTOR, IPHIS, CEPHISE.

THESTOR.

Céphise, il faut quitter ces profonds souterrains,
Et que le fils d'Hector soit remis dans mes mains.

CÉPHISE, *sortant du tombeau avec Astyanax.*

Pour l'éloigner d'ici la route est-elle sûre?

THESTOR.

Peut-elle l'être moins que cette voûte obscure?
(*à Céphise.*)
Vous, courez à la tour, dans un deuil simulé,
Ensevelir l'enfant par les Grecs immolé.
(*Thestor emporte Astyanax.*)

FIN DU TROISIEME ACTE.

ACTE IV.

SCENE PREMIERE.

Les deux tombeaux sont détruits dans l'entr'acte du IIIe au IVe acte.

ANDROMAQUE, *voyant le tombeau d'Hector détruit.*

IMPITOYABLES rois, voilà donc votre ouvrage?
Les morts et les vivans, tout ressent votre rage:
O tombeau! que n'a pu défendre ma douleur,
Receles-tu pour moi le comble du malheur?
Mon fils infortuné, que le sort persécute,
Aura-t-il prévenu les horreurs de ta chûte?
Thestor a-t-il trompé les yeux de son bourreau?

SCENE II.

ANDROMAQUE, CEPHISE.

CÉPHISE.

Oui, Thestor l'a tiré de la nuit du tombeau;
Hélas! n'en ressentez qu'une rapide joie,

L'inexorable mort redemande sa proie.

ANDROMAQUE.

Mon fils!... Céphise!... hélas! Eh! quel nouveau danger
Dans le sein de la mort va donc le replonger ?

CÉPHISE.

Idas, n'en doutez point rend sa perte certaine;
Vis-à-vis de la tour il entraînoit la reine,
Quand soudain devant lui l'enfant est apporté
Qui devoit par les Grecs être précipité.
« Quelle erreur, a-t-il dit, quel échange funeste
« D'un sang fatal aux Grecs conserve ce qui reste?
« L'esprit plein de ses traits, ils me frappent encor :
« Ce n'est point là le fils du redoutable Hector. »

ANDROMAQUE.

Ah dieux!

CÉPHISE.

Vous eussiez vu les Grecs frémir de rage,
S'amasser, s'écrier, s'apprêter au carnage :
Tout est en mouvement pour retrouver Thestor;
On croit qu'il guide seul les pas du fils d'Hector.
Ulysse est animé du feu de la vengeance;
Ulysse, confondu dans sa propre science,
D'artifices cruels si long-temps occupé,
Ne peut vous pardonner d'avoir été trompé.

ANDROMAQUE.

Thestor!... C'en est donc fait!...

CÉPHISE.

Vous connoissez son zele;
Mais que fera pour vous son amitié fidele?
Parmi tant d'ennemis ardens à le chercher,

Dans ce camp odieux pourra-t-il le cacher?

ANDROMAQUE.

Non; je vois son destin : non, il faut qu'il périsse!
Le ciel à ma tendresse égale mon supplice.
Céphise, qui m'eût dit, quand je pleurois Hector,
Qu'il étoit des douleurs que j'ignorois encor?
Tous les maux que jamais les dieux ont pu répandre
Ils les ont réservés pour l'ame la plus tendre.
J'adorois mon époux, ils l'ont abandonné;
Ils frappent dans mes bras mon fils infortuné :
Du plus grand des héros pourquoi l'ont-ils fait naître?
Et c'est Ulysse seul... Dieux! je le vois paroître.

SCENE III.

ANDROMAQUE, ULYSSE, CEPHISE.

ULYSSE.

Ce n'est point en vainqueur que je viens en ces lieux:
Un titre moins suspect me ramene à vos yeux.
Les Grecs sur votre fils ont changé de pensée :
Ne craignez plus pour lui; sa grace est prononcée.
Pyrrhus s'offre, madame, à garder votre fils;
Aux mains d'Idoménée il peut être remis.
Tous nos Grecs, à l'envi, briguent cet avantage :
Vous pouvez à nos soins le livrer en otage;
Dans le sein de la Grece élevé parmi nous,
Il prendra pour les Grecs des sentimens plus doux.

ANDROMAQUE, *à part.*

Ah! mon espoir renaît; Ulysse dissimule.

(*haut.*)
Seigneur, il n'est plus temps : ma tendresse crédule
Parmi tant de périls espéroit le sauver ;
Mais, proscrit par les dieux, qui l'eût pu conserver ?
Cessez contre mon fils une recherche vaine,
Un tombeau le dérobe aux traits de votre haine.

ULYSSE.

Il est mort ?

ANDROMAQUE.

Pour sauver mon unique trésor,
Je l'avois renfermé dans le tombeau d'Hector :
Mais qui peut fuir des dieux la volonté suprême ?
Mes pleurs n'ont pu tromper votre prudence extrême ;
Et ce tombeau fatal que l'on vient d'écraser...

ULYSSE.

La feinte désormais ne peut plus m'imposer ;
Je perce vos détours : non, le cœur d'Andromaque
N'eût pu, sans expirer, soutenir cette attaque :
La tendresse de mere eût réglé votre sort ;
Et, puisque vous vivez, votre fils n'est point mort.

ANDROMAQUE.

Quoi ! mon fils n'est point mort ! Ulysse m'en assure :
Heureux Grecs, triomphez ! je le vois sans murmure.
Mon fils respire : eh bien ! tous mes maux sont passés :
Partagez mon bonheur, vous qui me l'annoncez ;
Partagez... Mais vos yeux sont brûlans de colere :
M'envieriez-vous mon fils ? Hélas ! vous êtes pere,
Et vous offrez au sort, pour vous punir un jour,
Un cœur comme le mien rempli du même amour.

ULYSSE.

Non, non; de vos douleurs je saurai me défendre.
Où le cache Thestor? C'est ce qu'il faut m'apprendre:
Qu'il rende à ses vainqueurs votre malheureux fils,
Qu'il paroisse; on pourra l'épargner à ce prix.

ANDROMAQUE.

Où le cache Thestor! que prétend donc ta rage?
Quoi! que ma main te livre un si précieux gage!
Si je savois quel lieu cache un dépôt si cher,
Crois, pour le révéler, que le ciel, que l'enfer,
N'ont ni prix ni tourmens capables de séduire
Ou d'étonner ce cœur que sa tendresse inspire.
Moi te livrer!... Grands dieux, témoins de leurs excès,
Rendez à nos vainqueurs les maux qu'ils nous ont faits!
Des mains de ses enfans puisse périr le pere
Qui pour tuer un fils le demande à sa mere!

ULYSSE.

Thestor, au moins Thestor ne peut nous échapper;
Une enceinte de feu vient de l'envelopper.
Vous êtes de son sort justement alarmée:
On l'a vu dans le bois qui confine l'armée;
Et, partout nos soldats lui fermant les chemins,
Il ne peut en sortir sans tomber dans nos mains.

SCENE IV.

HECUBE, ANDROMAQUE, ULYSSE, CEPHISE.

HÉCUBE.

Ah, ma fille!

ANDROMAQUE.

Ma mere!

HÉCUBE.

Andromaque...

ANDROMAQUE.

Madame.

HÉCUBE.

Le fils d'Hector...

ANDROMAQUE.

Eh bien?

HÉCUBE.

Etouffé dans la flamme....

ANDROMAQUE.

Il est mort?

HÉCUBE.

Entouré de chefs et de soldats,
Thestor vient en pleurant d'annoncer son trépas.

ULYSSE.

Malgré moi je me sens attendri par leurs larmes.
Cessons en les voyant d'augmenter leurs alarmes;
Et pressant leur départ, dérobons à leurs yeux
Le douloureux aspect de ces funestes lieux.

SCENE V.

HECUBE, ANDROMAQUE.

HÉCUBE.

Epouse infortunée et mere déplorable,
Tous vos maux sont les miens; le même sort m'accable.

Que dis-je? tous les maux dispersés entre vous
Sur moi seule le sort les a réunis tous:
Chacun des miens gémit de son propre supplice;
Des supplices de tous il faut que je gémisse.
Ma fille, de vos pleurs vous inondez mon sein;
Eh! vos pleurs pourront-ils changer notre destin?

ANDROMAQUE.

D'un époux adoré tendre et parfaite image,
O mon fils!... les cruels t'immolent à leur rage!
Hector, mon cher Hector m'est ravi tout entier;
De mes jours malheureux ce jour est le dernier.
Du tombeau d'un époux, ô vous, débris funestes,
De tout ce qu'il aima recevez donc les restes!

(elle tire un poignard.)

Favorable ornement que je reçus d'Hector,
Et que mon sort présent me rend plus cher encor,
Tu vas dans cet instant me rendre à sa tendresse.

HÉCUBE.

O ciel!

SCENE VI.

HECUBE, ANDROMAQUE, THESTOR.

THESTOR, *saisissant le poignard.*

Que faites-vous, malheureuse princesse?
J'ai sauvé votre fils, j'en atteste les dieux;
Le vaisseau qui le porte a fait voile à mes yeux.

ANDROMAQUE.

Quoi? mon fils!

HÉCUBE.

Quoi? Thestor!

ANDROMAQUE.

Croirai-je mon oreille?
Il respire; ah! grands dieux! je doute si je veille.

THESTOR.

Ce n'est qu'à mon retour que les Grecs m'ont surpris,
Et déja vers Samos on guidoit votre fils :
J'avois déja couru sur les bords du Scamandre,
Jusqu'au sombre vallon où la mer vient se rendre;
Dans cet affreux désert combien de nos amis,
Fugitifs comme nous, je trouve réunis!
Enée étoit chargé de ses dieux, de son pere,
Plus léger sous le poids d'une charge si chere;
Ascagne le suivoit, que guidoit Antenor.
A peine à leurs regards j'offre le fils d'Hector,
Quels transports! quel amour! dans l'excès de leur joie
Ils pensent voir Hector que le ciel leur renvoie;
On se hâte, et bientôt on arrive aux vaisseaux
Qu'aux besoins d'Ilion avoit fournis Samos :
Un lamentable cri s'est fait alors entendre.
Quels soupirs! quels sanglots! en fuyant Troie en cendre!
L'aspect d'Astyanax soulageoit leurs douleurs :
Je le livre à leurs soins arrosé de mes pleurs;
Sûr de son sort, tremblant pour vous et pour la reine,
Je rentre dans le bois qui borde cette plaine.
Les Grecs y poursuivoient des enfans, des vieillards,
Que des feux dévorans pressoient de toutes parts :
Sur la foi des regrets qui partoient de mon ame,

On a cru votre fils consumé par la flamme;
Les cruels m'entraînoient.

ANDROMAQUE.

Ah! que j'ai craint pour vous
De leurs rois inhumains l'implacable courroux!

THESTOR.

Hélas! et que ne peut le zele qui m'anime
Détourner tous les traits du sort qui vous opprime!
Que ne puis-je bientôt vous rendre au fils d'Hector!

ANDROMAQUE.

Je ne le verrai plus! n'importe, il vit encor.
De mon unique bien digne dépositaire,
Ne l'abandonnez pas: tenez-lui lieu de pere.
Eh! qui peut mieux que vous l'élever en héros?
Si je pouvois un jour le revoir à Samos!
Si je pouvois franchir la mer qui nous sépare!
Mais non, je vais gémir dans un exil barbare;
Et ce fils fugitif, si cher à mon amour,
Pour mes yeux désolés est perdu sans retour.

THESTOR.

C'est pour le conserver que je consens à vivre;
Mais on vient.

ANDROMAQUE.

Que veut-on?

SCENE VII.

HECUBE, ANDROMAQUE, THESTOR, IDAS.

IDAS, *à Andromaque.*

Madame, il faut me suivre;
Il faut quitter ces lieux et vous rendre à Scyros:
Pyrrhus veut qu'avant lui vous traversiez les flots.
Son cœur va s'occuper d'une fête immortelle,
Que les mânes d'Achille exigent de son zele.

ANDROMAQUE.

C'en est donc fait, madame, il faut nous séparer!

HÉCUBE.

Me reste-t-il encor des malheurs à pleurer?

ANDROMAQUE.

O rives du Scamandre, ô divines contrées,
Par les exploits d'Hector autrefois consacrées,
Lieux chéris si long-temps, délices de mes yeux,
Recevez pour toujours mes plus tendres adieux!
Thestor, vous m'entendez et vous voyez mes larmes,
Thestor... mon cher Thestor!...

THESTOR.

Oui, partez sans alarmes.

ANDROMAQUE, *dans les bras d'Hécube.*

Adieu.

HÉCUBE.

Funeste adieu que je ne reçois pas;
Jusqu'au dernier moment je veux vous voir.

ANDROMAQUE.

Hélas

(*Elles sortent dans les bras l'une de l'autre.*)

SCENE VIII.

THESTOR, IPHIS.

IPHIS.

O jour vraiment affreux! ô vengeance inhumaine!
Voilà le dernier trait qu'on gardoit à la reine:
Elle en mourra, seigneur, et je n'en puis douter.

THESTOR.

De quel nouveau récit viens-tu m'épouvanter?
Quel est donc ce malheur que je ne puis comprendre?

IPHIS.

Vous frémirez d'horreur si vous osez l'entendre.
Les Grecs mettent Achille au nombre de leurs dieux;
Et, pour mieux lui marquer leurs soins religieux,
Ils souillent son tombeau d'une victime humaine.

THESTOR.

Et la victime?

IPHIS.

C'est...

THESTOR.

Acheve...

IPHIS.

Polyxene.

THESTOR.

O reine! en quels sanglots allez-vous éclater?

Dieux terribles! quels coups voulez-vous lui porter?
Pourriez-vous recevoir cette offrande exécrable?
Courons; Calchas encor me sera favorable;
Il pourra désarmer nos farouches vainqueurs:
Du zele qui m'anime embrasons tous les cœurs.

SCENE IX.

ULYSSE, THESTOR, IPHIS, GARDES.

ULYSSE.

Thestor, où courez-vous? Gardes, qu'on le retienne.

THESTOR.

Grace! grace! seigneur, il faut que je l'obtienne:
Polyxene...

ULYSSE.

Sa mort est juste, c'est assez;
Les Grecs à la hâter sont tous intéressés.
Retournez à Samos; la barque est toute prête:
Vos clameurs troubleroient l'éclat de cette fête.
Le sang d'Achille crie, et son ombre en courroux
N'a pas besoin ici d'un témoin tel que vous.

THESTOR.

Quelle fête, grands dieux! qu'un spectacle terrible
Où l'innocence meurt dans un supplice horrible;
Où, sans lois et sans frein, l'affreuse cruauté
Est poussée au-delà de l'inhumanité!
Honorez ce héros des titres les plus rares;
Mais, pour mieux l'honorer, faut-il être barbares?
Faut-il ne distinguer ni l'âge ni le rang,

Epouvanter la terre, et nager dans le sang,
Faire rougir le ciel de le croire capable
De se plaire aux fureurs d'un zele abominable?

ULYSSE.

Thestor!

THESTOR.

En le plaçant parmi les immortels,
Donnez-lui des vertus dignes de leurs autels;
Ne le supposez plus violent, sanguinaire,
Avide de carnage et bouillant de colere.
Les dieux jouiroient-ils d'un suprême bonheur
Si la rage barbare empoisonnoit leur cœur?
Tous les hommes n'ont plus qu'une même patrie,
Sitôt qu'ils ont franchi les bornes de la vie.
La mort également les marque de son sceau;
La haine et l'intérêt meurent dans le tombeau;
Les folles passions n'en troublent point l'asyle:
Hector, sans être ému, voit les mânes d'Achille.
Loin de leur imputer nos aveugles transports,
Prenons les sentimens de ces illustres morts.
Achille ne veut point la mort de Polyxene;
Et si vous le croyez susceptible de haine,
C'est à de vils mortels que vous le comparez;
Et, pour en faire un dieu, vous le déshonorez.

ULYSSE.

Les dieux peuvent-ils trop détester des perfides
Que n'étonnerent pas les plus noirs parricides?
La paix étoit signée, et pour la confirmer
Le flambeau de l'hymen tout près de s'allumer:
Achille, qu'embrasoient les yeux de Polyxene,

La guidoit à l'autel à côté de la reine;
De la main de Pâris atteint d'un coup mortel,
Ce héros tout sanglant tombe au pied de l'autel:
« Vengez-moi, nous dit-il, d'une injuste famille;
« Je voue à vos fureurs et la mere et la fille;
« Contraignez-les un jour à gémir de ma mort. »
Pourrions-nous oublier son déplorable sort?
L'implacable justice a poursuivi la reine;
Et si vous vous plaignez du sort de Polyxene,
Qui des Grecs ou d'Hécube en faut-il accuser?
C'est son noir attentat qui ne peut s'excuser.

THESTOR.

Pâris médita seul ce piege abominable,
Dont la reine, seigneur, fut toujours incapable.
Ce meurtre évidemment les perdoit toutes deux;
Et vous leur imputez ce sacrilege affreux!

ULYSSE.

Si Pâris n'eût point eu la reine pour complice,
Aux yeux de l'univers elle en eût fait justice;
Hécube avoit saisi toute l'autorité:
L'avez-vous vu punir ce crime détesté?

THESTOR.

Confondez-vous, seigneur, le crime et la foiblesse?

ULYSSE.

Eh! qu'importe à quel titre elle ait trahi la Grece!
Finissons des discours désormais superflus.
(*aux gardes.*)
Qu'on l'emmene.

THESTOR.

Seigneur...

ULYSSE.

Ne nous résistez plus.
Gardes, obéissez sans tarder davantage:
Conduisez-le au vaisseau qui l'attend au rivage;
Et même en le guidant cachez-le à tous les yeux:
Que son zele indiscret ne trouble plus ces lieux.

SCENE X.

ULYSSE.

L'intérêt de l'état me force d'être injuste:
Je viole à regret son caractere auguste.
Quand de son zele ardent j'ai paru murmurer,
Dans le fond de mon cœur j'aimois à l'admirer.
Quel sujet! quel ami! quel zele pour son maître!
Zele pur que Priam ne peut plus reconnoître.
Les rois seroient des dieux sur le trône affermis,
Si leur cœur ne s'ouvroit qu'à de pareils amis.

FIN DU QUATRIEME ACTE.

ACTE V.

SCENE PREMIERE.

HECUBE, CEPHISE, GARDES.

HÉCUBE, *à ses gardes.*

Fuyez, et redoutez la fureur qui m'entraîne.
Ah! Céphise, sais-tu le sort de Polyxene?
On déifie un monstre : à quel titre! à quel prix!
Il a de son vivant exterminé mes fils;
Il s'est rassasié du sang de ma famille:
A ma vive tendresse il restoit une fille,
Et l'on va l'immoler à ce monstre odieux,
Plus barbare pour moi que tous les autres dieux!
C'est des dieux infernaux qu'il augmente le nombre ;
Mais comme une furie attachée à son ombre,
J'irai dans les enfers surpasser sa fureur.
Thestor est-il instruit de mon nouveau malheur?
Sait-il?...

CÉPHISE.

Saisi d'horreur pour ce noir sacrifice,
Que n'a-t-il pas tenté pour désarmer Ulysse?
Ses efforts généreux ont été superflus.

Hélas! il est parti; nous ne le verrons plus!

HÉCUBE.

Qu'entends-je? Quoi! Thestor! Thestor nous abandonne

CÉPHISE.

Les Grecs l'ont éloigné; son zele les étonne.

HÉCUBE.

Voici donc le moment de la fureur des dieux;
Aucun rayon d'espoir ne luit plus à mes yeux:
Je vois toute l'horreur de mon sort déplorable.
Le coup le plus cruel, le plus irréparable
Que puisse nous porter le destin ennemi,
C'est de nous enlever un véritable ami.
J'ai tout perdu... Ma fille... hélas! c'est elle-même;
Sa vue ajoute encore à ma douleur extrême.

SCENE II.

HECUBE, POLYXENE, CEPHISE,
VIEILLARDS, GARDES.

POLYXENE, *courant se jeter dans les bras d'Hécube.*

Ah! madame... ah! ma mere! est-ce vous que je voi?
Combien votre présence a de charmes pour moi!
Malgré tous les chagrins dont nous sommes la proie,
Mon cœur, en vous voyant, s'ouvre tout à la joie:
Votre absence cruelle excitoit mes terreurs;
Ah! quel est votre sort et celui de mes sœurs?

HÉCUBE.

Les Grecs m'ont condamnée à vivre en servitude.

POLYXENE.

Ah! pour le cœur d'un roi que ce supplice est rude!
L'homme le plus obscur aime la liberté,
Et vous passez du trône à la captivité!
Et mes sœurs, puis-je apprendre où le sort les entraîne?

HÉCUBE.

Cassandre a déja pris la route de Mycene;
Andromaque à Scyros va précéder Pyrrhus.

POLYXENE.

Hélas! c'en est donc fait? nous ne les verrons plus!
N'importe, il faut au sort opposer du courage.
Ne puis-je point pour vous m'offrir en esclavage?
Je porterois vos fers; et, pour vous soulager,
Le poids le plus pesant me paroîtroit léger.

HÉCUBE, *à part.*

Elle ignore à quel sort les Grecs l'ont condamnée.

POLYXENE.

Eh! pourquoi me fait-on une autre destinée?
Pourquoi me distinguer de mes sœurs et de vous?
Je ne demande point un traitement plus doux:
On m'a remise aux mains de femmes révérées,
Au culte des autels de tout temps consacrées,
Qui, loin de m'offenser et de blesser mes yeux,
Me rendent des respects que l'on ne doit qu'aux dieux,
Comme un temple sacré regardent mon asyle,
Me nomment à genoux la compagne d'Achille;
Elles ornent mon sein de guirlandes de fleurs,
Et me parent d'habits des plus riches couleurs:
D'un superbe bandeau l'on doit ceindre ma tête.
A quoi bon ces honneurs que la Grece m'apprête?

Si l'on vous avilit, je les déteste tous,
Et mon cœur les fuira pour souffrir avec vous.

HÉCUBE.

Les perfides!

POLYXENE.

Pourquoi?

HÉCUBE.

Je me meurs.

POLYXENE.

O ma mere!
Daignez de vos terreurs m'expliquer le mystere.

HÉCUBE.

Je ne le puis.

POLYXENE.

Vos pleurs...

HÉCUBE.

Ah! laissez-les couler,
Et que puisse avec eux mon ame s'exhaler!

POLYXENE.

Ma mere, en me voyant votre douleur s'irrite;
Sans doute je rappelle à votre ame interdite
Mes sœurs, que le destin vous enleve en ce jour,
Bien plus dignes que moi d'exciter votre amour;
Mais, ma mere, croyez que toute leur tendresse
Revivra dans le cœur de celle qu'on vous laisse:
Ce qu'elles eussent fait pour calmer vos douleurs,
Mon zele le fera pour adoucir vos pleurs,
Et je vous aimerai plus que toutes ensemble.

HÉCUBE.

Tu m'arraches le cœur; laisse-moi.

POLYXENE.

Ciel! je tremble;
Non, je n'aime que vous : croyez-en mes sermens.
Pourquoi fuir mes regards et mes embrassemens?
Ma vue à chaque instant semble aigrir votre peine;
Hélas! vous n'aimez plus la triste Polyxene!

HÉCUBE.

Moi, je ne t'aime plus!

POLYXENE.

Vous frémissez!

HÉCUBE.

Ah! vien,
Jette-toi dans mes bras, ô mon unique bien!
D'une injuste froideur n'accuse point ta mere;
O ma fille! jamais tu ne me fus si chere!
Trop digne de ces pleurs que tu me fais verser,
Ton sort.... mais est-ce moi qui dois te l'annoncer?

POLYXENE.

C'est moi que vous pleurez! ah! parlez sans contrainte;
Est-ce au sang dont je sors à connoître la crainte?
Croyez-vous qu'à la peur mon cœur puisse s'ouvrir,
Et que la sœur d'Hector ne sache pas mourir?
Daignez vous expliquer, la feinte est inutile.

HÉCUBE.

Les Grecs vengent sur toi l'assassinat d'Achille;
Sous le couteau sacré tout ton sang va couler,
Et c'est sur son tombeau que l'on doit t'immoler.

POLYXENE.

Moi, m'immoler! hélas! et quel est donc mon crime?
Je vis avec douleur frapper cette victime;

Non, je ne trempai point dans son funeste sort;
Sa vie eût sauvé Troie, et je pleurai sa mort.

HÉCUBE.

Les cruels, pour combler l'horreur du sacrifice,
Me condamnent à voir ton injuste supplice;
Leurs rois, en me rendant le témoin de ton sort,
Ont cru me punir mieux qu'en me donnant la mort:
Ils ne se trompent point dans leur projet barbare:
Je meurs à chaque instant du coup qu'on te prépare.

POLYXENE.

Peut-on pousser plus loin la haine et le courroux?
Ah! je sens maintenant tout le poids de leurs coups:
Ils veulent m'égorger: je mourrois sans murmure;
Mais de braver en vous les cris de la nature,
Mais de me faire voir vos larmes, vos terreurs,
Et de fixer vos yeux sur le coup dont je meurs...
O fille infortunée! ô mere malheureuse!
Hélas! que cette mort va me paroître affreuse!

HÉCUBE.

Non, tu ne me verras ni pleurer, ni souffrir.
Hilus vient nous chercher, ma fille; allons mourir.

SCENE III.

HECUBE, POLYXENE, HILUS, CEPHISE, GARDES.

HILUS.

Gardes, vers le tombeau conduisons Polyxene;
Mais Calchas veut qu'ici l'on retienne la reine:

(*à Hécube.*)

Calchas n'approuve point que vos yeux soient témoins
Du sacrifice affreux qu'on commet à ses soins.

HÉCUBE.

Non, je n'accepte point cette odieuse grace.
Les Grecs n'ont pas encore éprouvé mon audace;
Sans relâche livrée aux traits les plus perçans,
La douleur, l'épouvante avoit glacé mes sens :
Ce coup, ce dernier coup m'en redonne l'usage.
Aux fureurs de Pyrrhus j'opposerai ma rage;
Je préviendrai ses coups, je percerai son sein,
J'arracherai ma fille à sa sanglante main.
Mais on l'entraîne.... O fille! ô mere désolée!
Que je l'embrasse encore, et je meurs consolée.

(*Céphise suit Polyxene.*)

Hélas! à ma tendresse accordez un moment...
Monstres! que ma douleur implore vainement,
L'enfer vous enseigna l'art affreux des vengeances.
Cruels! si vous n'osez terminer mes souffrances,
Si jusqu'à m'épargner vous poussez vos dédains,
Par pitié, d'un poignard armez mes foibles mains;
Je ne puis plus suffire aux excès de ma peine...
Quoi! je vis, et tu meurs, ma chere Polyxene!
Je vois ton sang mouiller un sacrilege autel.
Où m'éloigner? où fuir ce spectacle cruel?

(*à Iphis.*)

Que vient-on m'annoncer?.... sans doute Polyxene....

SCENE IV.

HECUBE, IPHIS, GARDES.

IPHIS.

Hélas! sa destinée est encore incertaine.
Calchas a réuni presque tous les esprits
Que la pitié naissante avoit déja saisis :
« Que d'Achille, dit-il, on célebre la gloire;
« Par des honneurs divins consacrons sa mémoire;
« Que sur son tombeau même un temple édifié
« Soit à son nom sacré par nos soins dédié.
« A son culte éternel il faut une prêtresse;
« Ce choix ne peut tomber que sur une princesse :
« Neptune, Jupiter, nos dieux les plus puissans
« Des mains d'une princesse ont reçu votre encens.
« Achille a mérité leur grandeur souveraine :
« De cet emploi sublime honorez Polyxene ;
« Par là vous l'immolez aux mânes d'un époux,
« Vous la sacrifiez par des moyens plus doux ;
« Qu'à veiller près de lui jour et nuit attentive,
« Dans ses chants immortels le nom d'Achille vive.
« Les vainqueurs d'Ilion sont devenus des dieux ;
« Pardonnez comme ils font, vous serez grands comme eux.»
Mais le cruel Pyrrhus, frémissant de colere,
Réclame sa victime et veut venger son pere.

HÉCUBE.

Le barbare!... Grands dieux, favorisez Calchas!
Ah ! s'il m'étoit permis... Iphis, guide mes pas,
Hâtons-nous...

SCENE V.

HECUBE, IPHIS, CEPHISE.

CÉPHISE.

Arrêtez, malheureuse princesse!

HÉCUBE.

Ma fille?...

CÉPHISE.

Vous voyez la douleur qui me presse.

HÉCUBE.

Non, Calchas nous protege, et je dois à ses soins....

CÉPHISE.

Que mes yeux ne sont-ils d'infideles témoins!
Pyrrhus....

HÉCUBE.

O nom fatal!

CÉPHISE.

Dans sa fureur extrême
Il vient de l'immoler aux yeux de Calchas même.

HÉCUBE.

(*elle tombe sur le tombeau de Pâris.*)
Ma fille!... je succombe... Hélas! elle n'est plus...
De ruines, de morts, ciel! quel amas confus!
Je me meurs. Rois, tremblez; ma peine est légitime:
J'ai chéri la vertu; mais j'ai souffert le crime.

FIN DES TROYENNES.

EXAMEN

DES TROYENNES.

On a reproché à cette tragédie de renfermer trois actions qui, séparées, pourroient former chacune le sujet d'un ouvrage dramatique. Ce reproche seroit bien fondé, si, dans les Troyennes, il ne se trouvoit pas un personnage auquel tous les incidens viennent se rattacher, qui prend à tous le plus vif intérêt, et dont la situation change à mesure que ces incidens se multiplient : ce personnage est celui d'Hécube, mere malheureuse, qui est témoin de l'esclavage, de l'avilissement et de la mort de ses enfans. Il faut convenir que ce genre de tragédie est bien inférieur à celui dans lequel une seule action habilement nouée fixe l'attention des spectateurs ; mais il peut avoir de grandes beautés. Euripide en a donné un exemple que Chateaubrun a imité avec succès.

L'auteur moderne a profité des conceptions des anciens. Le rôle de Cassandre, alors neuf au théâtre françois, est puisé dans Eschyle, dans Euripide et dans Séneque. Abandonnée au fier Agamemnon, dont elle est aimée, elle prédit les malheurs qui menacent la famille des Atrides. Il nous semble que Chateaubrun n'a pas donné à ce rôle le ton mystérieux et sublime que l'on admire dans l'Agamemnon d'Eschyle : un exemple suffira pour le prouver. Dans la tragédie grecque, Cassandre annonce le crime de Clytemnestre : « Que vois-je ? dit-elle ; quel est ce réseau « funebre ? Ah ! c'est sous ce voile nuptial, sous ce voile « déployé par la main même d'une épouse, que le crime

« va se consommer ! » Voici comment Chateaubrun a imité ce morceau :

Pour qui sont ces réseaux que sa rage prépare ?
Et d'où vient qu'elle aiguise une hache barbare ?
La voyez-vous porter d'inévitables coups ?
Entendez-vous les cris que jette son époux ?

Il est aisé de remarquer combien l'auteur moderne est inférieur au poëte grec. Le voile nuptial, déployé par la main d'une épouse, ne présente-t-il pas une image plus terrible que la hache barbare qu'elle aiguise ?

L'épisode d'Andromaque est celui qui produit le plus d'effet dans la tragédie de Chateaubrun. Le moment où Ulysse ordonne la destruction du tombeau qui cache Astianax, fait une grande impression, et peut être regardé comme une des plus belles situations dramatiques. Lorsqu'à force de prieres, la veuve d'Hector a obtenu que cet ordre soit suspendu, et qu'elle s'inquiete de ce qu'Ulysse laisse des soldats pour garder le tombeau, on partage la douleur et la crainte de cette malheureuse mere, et l'attendrissement est porté au plus haut degré. En général, le caractere d'Andromaque est celui que l'auteur a le mieux tracé. Il faut convenir qu'il avoit de grands modeles à imiter. Homere, Euripide et Racine avoient répandu sur ce personnage tout ce que la vertu, le chaste amour, la douce modestie, ont de simple et de touchant. Euripide peint ainsi la tendresse d'Andromaque pour son fils, lorsqu'elle craint qu'Ulysse ne le lui enleve : « Mon « fils, je vois couler tes pleurs : tu sens les maux qu'on « te prépare. Pourquoi tes mains m'embrassent-elles ? « pourquoi t'attacher à ma robe et te réfugier comme un « oiseau jeune et timide sous l'aile de ta mere tremblante ? »

On regrette que Chateaubrun n'ait pas employé ce mouvement si naturel et si tendre dans la scene où Astyanax se trouve avec sa mere. Euripide a peint le caractere d'Andromaque d'une maniere plus détaillée qu'Homere. Plusieurs traits de ce tableau jetteront quelques lumieres sur le parti que Chateaubrun a su en tirer. Andromaque étoit très sédentaire : « La femme, dit-elle à Hécube, qui sort « souvent de sa famille, lors même qu'elle est innocente, « s'expose à la médisance. Je vécus retirée, et n'eus pas « même le desir de quitter la maison de mon époux; ja- « mais il ne me vit chercher à briller par de beaux dis- « cours : mes sentimens et ma conduite étoient ma seule « éloquence ; un œil soumis, une bouche silencieuse, « étoient mes seules armes, et je sus toujours distinguer « quand il falloit céder ou disputer la victoire... Je mé- « prise celle qui, perdant un premier époux, peut donner « son cœur à un autre. O mon Hector ! en toi je trouvai « l'éclat de toutes les vertus ; tu me reçus innocente et « pure des mains de mon pere. » Chateaubrun a mis en action ce personnage si intéressant ; il a fait ressortir quelques-unes de ses qualités touchantes ; mais il nous semble que le seul Racine a su le développer et le présenter sous ses véritables couleurs.

Le style de Chateaubrun est souvent dur et incorrect : quelquefois il manque aux premieres regles de la versification ; c'est ainsi qu'il fait rimer *heureux* avec *malheureux*. Dans une des situations les plus belles de sa piece, il exprime ainsi la priere qu'Andromaque fait à Hector de cacher leur fils dans son tombeau :

Creuse jusques au Styx ta demeure profonde,
Et cache mon dépôt sous l'épaisseur du monde.

Le premier de ces vers est d'une dureté insupportable; le second présente une image gigantesque.

> L'affreuse cruauté
> Est poussée au-delà de l'inhumanité,

offre une image fausse exprimée d'une maniere commune; car il n'y a point de cruauté qui ne soit renfermée dans les bornes de l'inhumanité : on ne peut aller au-delà.

> Mais laissons ce détail pour une autre saison,

est un vers de comédie. Lorsque la reine parle de ses regrets stériles, et que le grand-prêtre lui répond :

> Pourquoi vous y livrer, puisqu'ils sont inutiles?

on croit entendre une soubrette qui essaie de consoler une jeune veuve de la perte d'un vieux mari. Ces défauts de Chateaubrun sont rachetés par une grande connoissance de la scene, beaucoup de rapidité dans le dialogue, et une sensibilité vive et entraînante. Il n'en faut pas plus pour réussir à la représentation.

FIN DE L'EXAMEN DES TROYENNES.

IPHIGÉNIE
EN TAURIDE,
TRAGÉDIE
DE GUIMOND DE LA TOUCHE,

Représentée, pour la premiere fois, le 4 juin 1757.

NOTICE

SUR

GUIMOND DE LA TOUCHE.

Claude Guimond de La Touche naquit à Château-Roux en Berri, en 1729. Son pere, procureur du roi au bailliage de cette ville, et jouissant d'une honnête aisance, lui donna une excellente éducation : il en profita; et son esprit vif et impétueux s'enrichit avec ardeur des connoissances que l'on acquiert par l'étude des auteurs anciens. Son caractere enthousiaste et mélancolique le porta d'abord vers les spéculations religieuses; les exemples continuels qu'il avoit sous les yeux dans sa famille, qui étoit très pieuse, contribuerent à lui donner cette direction, et il s'y livra avec un excès qui pouvoit faire craindre qu'un jeune homme aussi passionné ne persistât point dans sa vocation. Ses parens n'aperçurent point ce danger; et, loin de chercher à contenir dans de justes bornes son zele et sa ferveur, ils l'encouragerent à se dévouer à la vie religieuse. La dévotion de Guimond de La Touche n'avoit point étouffé son goût pour la littérature; l'état d'inaction dans lequel il falloit vivre dans presque tous les couvens n'auroit pas convenu au desir qu'il avoit de perfectionner ses études, et de produire quelque ouvrage d'imagination. A cette époque les jésuites étoient dans une situation florissante; l'emploi des talens, loin d'être interdit à ceux d'entre eux qui en annonçoient, étoit encouragé et soutenu de tout le crédit d'une société puissante : leur regle n'étoit pas rigoureuse, et leur constitution, en les destinant spécialement à l'éducation de la jeunesse, leur donnoit la faculté de prendre dans le monde les connoissances nécessaires pour mettre leurs éleves à l'abri de ses dangers. Plusieurs membres de cette société s'étoient acquis une réputation méritée, soit par de bonnes histoires, soit par des productions littéraires pleines de goût; enfin elle offroit en même temps un asyle monastique et une retraite favorable aux études à tout homme qui joignoit à une grande piété le goût de la belle littérature. Il paroît que Guimond de La Touche ne balança pas dans son choix : voulant concilier le double penchant qui s'étoit emparé de sa jeunesse, il entra chez les jésuites à l'âge de quatorze ans. Pour se mettre en état d'obtenir des succès dans une société renommée par ses vastes connoissances, il se livra d'abord à de grandes recherches sur l'histoire et sur la théologie : il avoit malheureusement une sorte d'esprit pour qui de semblables études ne sont pas sans quelque danger; incapable de juger rien avec froideur et impartialité, il s'égara dans ses méditations, et le résultat de ses travaux immenses fut de concevoir des doutes que dans l'inquiétude continuelle de son imagination il lui fut impossible de résoudre. Les passions qui, dans sa retraite, le troubloient souvent, contribuerent avec son nouveau septicisme à lui inspirer des dégoûts pour son état, auquel heureusement il ne s'étoit pas lié par des vœux indissolubles: une imprudence inexcusable finit par le rendre l'implacable ennemi de la société qui l'avoit reçu dans son sein. Les jésuites avoient coutume de faire représenter dans leurs colleges, à la fin de chaque année, des pieces qu'ils composoient eux-mêmes; cet usage, qui donnoit de l'agrément aux exercices et aux distributions de prix, avoit été blâmé non seulement par les ennemis de la société, mais par plusieurs personnes sages et impartiales : on pensoit qu'il pouvoit donner aux jeunes gens un goût prématuré pour des spectacles dont il est prudent d'éloigner l'enfance, et l'on observoit que des moines, parmi lesquels il existe souvent des inimitiés secretes, pouvoient profiter de ce moyen pour traduire leurs ennemis sur la scene. Cet inconvénient se fit sentir lorsque Guimond de La

Touche fut chargé de composer une piece pour le college de Rouen, auquel il étoit attaché. Il fit une comédie dans laquelle plusieurs Peres crurent se reconnoître; et les désagrémens qu'il essuya de la part des nombreux ennemis qu'il s'étoit faits lui rendirent bientôt son état insupportable. Il le quitta, et il entra dans le monde à vingt-huit ans, sans avoir d'autres moyens de succès que de grandes connoissances littéraires, dont le défaut de goût et d'usage l'empêcha d'abord de profiter.

Cependant on ne tarda point à remarquer que sous des dehors peu avantageux Guimond de La Touche cachoit un mérite distingué. Madame de Graffigni, chez laquelle il eut le bonheur d'être présenté, l'admit dans sa société, où il se lia avec plusieurs hommes de lettres qui lui firent bientôt connoître le ton et le goût du jour. A une époque où la fatigue et le dégoût de ce qui avoit fait l'admiration de l'Europe sous le regne de Louis XIV, portoit à épuiser tous les moyens de distraction, l'imagination sombre et ardente de Guimond de La Touche devoit réussir dans quelques sociétés; les lectures qu'il faisoit d'un poëme intitulé *les Soupirs du cloître*, ouvrage qui n'a paru qu'après sa mort, contribuoient à rendre sa situation plus piquante. En effet, quel intérêt ne devoit pas inspirer le tableau des passions d'un jeune homme qui dans un couvent s'afflige de ne pas trouver les jouissances du monde, et qui, consacré à la religion, croit que l'on exerce sur lui la plus affreuse cruauté en l'empêchant de se livrer à tous les raffinemens de la volupté et des plaisirs! Quel champ vaste pour la *sensibilité* qui étoit alors à la mode! aussi Guimond de La Touche devint-il un personnage digne de fixer l'attention de toutes les personnes *sensibles*. Le poëme des *Soupirs du cloître* est le seul ouvrage où le poëte donne une idée de son caractere et de ses principes. Il est peut-être utile de l'examiner sous ce rapport; il servira en même temps à faire connoître le talent de l'auteur pour ce genre de poésie, et les opinions philosophiques qui étoient en faveur à l'époque à laquelle il écrivoit. Guimond de La Touche s'adresse à un ami qui vit dans le monde, et dont les goûts ne sont retenus par aucun frein:

Heureux mortel! tu n'as pour maître,
Pour loi, que le présent desir;
Libre, tu jouis de ton être
Dans le calme d'un doux loisir.

On voit que l'auteur aspire à cet état heureux où l'homme n'a pour maître et pour loi que le *présent desir*. Il est sûr que cette situation est un peu éloignée de celle des religieux, dont le devoir est de lutter sans cesse contre leurs passions. Ne nous étonnons donc point de l'indignation du poëte. Il annonce qu'il va prendre la raison pour guide; mais ce n'est pas cette raison vulgaire à laquelle les peuples ont la foiblesse de se soumettre, c'est une raison beaucoup plus élevée:

Du moins je t'offrirai les traits
D'une raison mâle, intrépide,
Qui, s'élançant d'un vol rapide
Loin de tout sentier fréquenté
Du peuple et du cagot stupide,
Cherche et saisit la vérité.

Il promet de ne se permettre aucun écart, et de rester dans les bornes d'une sage modération:

Dans mon essor, prudemment libre,
Je saurai garder l'équilibre;
Ami du vrai, suivant ses pas,
Voler sans lui donner atteinte,
Et me renfermer dans l'enceinte
Qu'aux sages prescrit le compas.

Nous allons voir l'usage que Guimond de La Touche fait du *compas* du sage. Il parle de sa vocation qui, comme nous l'avons déja remarqué, avoit été parfaitement libre:

Je cours lui demander des fers :
J'entre dans son temple homicide,
J'embrasse l'autel parricide,
Du meurtre des rois ruisselant,
Où du barbare fanatisme
Reposoit le couteau sanglant,
Sous la garde du bigotisme ;
Je le saisis pâle et tremblant,
Et, sans songer au sacrifice
Que m'arrachoit son artifice,
Pensant plaire au ciel irrité,
Aux pieds de l'infernale idole,
Dévot et furieux, j'immole
La nature et l'humanité.

Qui ne reconnoît dans cette tirade, où le délire est porté au plus haut degré, le disciple de ces prétendus philosophes qui entassoient calomnies sur calomnies pour détruire la religion et ses ministres? On verra à la fin de cette notice comment M. de Voltaire récompensa le dévouement de cet adepte.

Cependant le poëte invoque toujours la raison ; il pense, comme les philosophes, qu'elle n'existe point en France, et il va la chercher dans les états du Nord :

Descends pour un moment du trône
D'où tu dictes au Nord des lois,
Où tu regnes sous la couronne
D'un roi qui fait aimer les rois.

On ne relevera point l'extrême dureté du second vers et la tournure bizarre du troisieme ; on remarquera seulement que l'auteur se conformoit à la mode de son temps, qui consistoit à rabaisser continuellement la France pour prodiguer de fades éloges aux étrangers.

Après avoir peint l'atrocité des hommes qui l'empêchoient de se livrer à ses *présens desirs*, le poëte donne une idée de sa philosophie. Il faut convenir qu'elle n'est pas sévere, et que les jeunes gens qui pensent et qui philosophent le moins s'en accommoderoient très-volontiers ; c'est celle de Lucrece et d'Epicure :

J'irois sur-tout avec Lucrece
Dans ces jardins toujours fleuris,
Dont son maître embellit la Grece,
Où, dans le char de la Paresse,
Nonchalamment avec les Ris
Vient se promener la Sagesse,
Qui lui prodigue avec largesse
Ses dons suivis d'un doux souris.
Là, roi, libre de servitude,
Exempt des préjugés des sots,
Foulant aux pieds la multitude,
Riant des terreurs des cagots,
Brisant les fers de l'habitude,
Bravant l'erreur et ses complots ;

Sans remords, sans inquiétude,
M'élevant au-dessus des flots
Du doute et de l'incertitude,
Régnant sur le sombre chaos,
Au sein de la béatitude,
Sur les roses, sur les pavots,
Sans dégoût et sans lassitude,
Je distribuerois mon repos
Entre l'indolence et l'étude,
Les jeux du Pinde et de Paphos,
Mes amis et la solitude.

Il y a de la facilité et une certaine grace dans cette tirade, quoique les idées en soient trop souvent disparates. L'auteur reprend bientôt sa dignité philosophique : il mépriseroit la royauté si l'on venoit la lui offrir :

Je ne me baisserois pas même
Pour ramasser le diadême
Qui brilleroit sur mon chemin.

Les résultats de tous ces principes, que vient d'étaler Guimond de La Touche, sont la dissolution et la ruine des sociétés policées : mais on ne peut s'empêcher d'être étonné de sa conclusion. Il pousse ses conséquences jusqu'à dire sérieusement que l'on ne doit nul sacrifice à l'honneur : jamais aucun philosophe moderne n'a fait ouvertement un semblable aveu :

Instruit par la philosophie,
Je vois un tyran dans l'honneur;
Je vois que qui lui sacrifie,
S'il est heureux, perd son bonheur.

L'Epître à l'amitié, autre poëme du même auteur, est d'un ton beaucoup moins tranchant : quoique l'on y trouve des vers durs, des idées entortillées, elle plaît par la douceur du sentiment qui l'a inspirée. En général la recherche des rimes très-exactes, l'envie de les redoubler, nuisent dans ces deux poëmes à l'aisance qui doit caractériser la poésie légere.

Guimond de La Touche n'auroit acquis aucune réputation s'il n'avoit fait que ces deux ouvrages : sa tragédie d'Iphigénie en Tauride, restée au théâtre, l'a placé au rang des poëtes tragiques dignes d'être nommés immédiatement après les grands maîtres. L'étude approfondie qu'il avoit faite des poëtes grecs, les réflexions que leurs chefs-d'œuvre lui avoient suggérées, l'aiderent beaucoup dans la composition et dans le coloris de cette tragédie : cependant, à l'exemple de La Grange Chancel, il avoit introduit un amour épisodique dans ce sujet terrible.

Collé, à qui il communiqua son ouvrage, obtint de lui qu'il corrigeroit ce défaut. Cette piece étant achevée, il étoit très difficile à un homme absolument inconnu dans ce genre de la faire recevoir par les comédiens, et d'obtenir qu'ils la représentassent. Heureusement madame de Graffigni connoissoit mademoiselle Clairon; elle lui fit entendre la tragédie de Guimond de La Touche, et cette grande actrice sentit aussitôt tout le parti qu'elle pouvoit tirer du rôle principal : l'influence qu'elle avoit à la comédie françoise fit admettre et jouer la piece très promptement. Elle eut beaucoup de succès : « L'affluence « a été presque aussi grande à toutes les représen- « tations qu'à la premiere, dit un journaliste du « temps : il y a vingt ans que l'on n'a vu un succès « aussi brillant et aussi soutenu; c'est en été une « réussite d'hiver; tout est plein à quatre heures, et « les loges sont retenues d'avance. »

Mademoiselle Clairon raconte, dans ses mémoires, qu'à la derniere répétition les comédiens s'aperçurent d'un défaut essentiel dans le cinquieme acte : cette réflexion un peu tardive effraya l'auteur, qui entreprit dans le foyer même de refondre cet acte. « Il étoit près d'une heure, dit mademoiselle Clai- « ron; cet acte fut refait en entier, appris, et répé-

« té : on leva la toile à cinq heures et demie, et la « piece eut le plus grand succès. »

M. de Voltaire eut de l'humeur en apprenant ce succès ; et, quoiqu'il sût que l'auteur avoit des principes parfaitement conformes aux siens, il ne put cacher son dépit à ses amis intimes. « Vous pensez « comme il faut sur l'Iphigénie en Crimée, écrivoit- « il à M. d'Argental ; mais ce n'est pas la premiere « fois que les badauds de Paris se sont trompés, et « ce ne sera pas la derniere.... » « Peut-être, dit-il « dans une autre lettre, Alexandre auroit récom- « pensé Iphigénie en Crimée comme il récompensa « Chérile. »

Guimond de La Touche ne survécut pas longtemps à son succès. Il travailloit à une tragédie de Régulus, dont il avoit déja fait quatre actes, lorsqu'il fut attaqué par une fluxion de poitrine, qui l'enleva le 14 février 1760.

A SON ALTESSE SÉRÉNISSIME

MADAME LA DUCHESSE

D'ORLÉANS.

MADAME,

Sans les bontés dont VOTRE ALTESSE SÉRÉNISSIME *m'honora aux premieres représentations d'Iphigénie en Tauride, je n'aurois osé former le dessein de vous la présenter. L'accueil que vous daignâtes lui faire m'inspira une reconnoissance vive et respectueuse, que je ne puis exprimer que par un hommage public à* VOTRE ALTESSE SÉRÉNISSIME *de ce premier fruit de mes veilles.*

Après m'être efforcé de le rendre moins indigne d'elle, je sens qu'il ne peut mériter de vous plaire que par les sentimens de bienfaisance et d'humanité qu'il exprime, et qui sont dans votre cœur.

Puisse-t-il, à l'ombre de votre nom, apprendre à la postérité qu'une auguste princesse, dès l'âge le plus tendre, honora les arts et les talens de sa protection, les encouragea par ses bontés, et les éclaira par son goût et son esprit!

Je suis, avec un très profond respect,

MADAME,

DE VOTRE ALTESSE SÉRÉNISSIME,

Le très humble et très obéissant serviteur,

GUIMOND DE LA TOUCHE.

IPHIGÉNIE

EN TAURIDE,

TRAGÉDIE.

ACTEURS.

THOAS, chef de la Tauride.

ORESTE, roi d'Argos et de Mycene, frere d'Iphigénie.

PYLADE, roi de la Phocide, ami d'Oreste.

IPHIGENIE, grande prêtresse de Diane.

ISMENIE, prêtresse de Diane, attachée à Iphigénie.

EUMENE, autre prêtresse.

ARBAS, officier des gardes de Thoas.

UN ESCLAVE, attaché à Isménie.

PRÊTRESSES.

SOLDATS d'Oreste et de Pylade.

GARDES de Thoas.

La scene est en Tauride, dans le temple de Diane.

IPHIGÉNIE
EN TAURIDE,
TRAGÉDIE.

ACTE PREMIER.

SCENE PREMIERE.

IPHIGENIE, *prosternée au pied de l'autel.*

GRANDS dieux, dont en tremblant j'implore l'assistance,
Daignez en l'éprouvant soutenir ma constance!
Du songe qui m'accable éclaircissez l'horreur;
De vos profonds décrets est-il l'avant-coureur?

SCENE II.

IPHIGENIE, ISMENIE.

ISMÉNIE, *au fond du théâtre.*
Quels douloureux accens me remplissent d'alarmes?
N'entends-je pas la voix d'Iphigénie en larmes?

IPHIGÉNIE, *se levant.*

Est-ce toi, dont les soins me deviennent si chers,
Qui seule à ma douleur restes dans l'univers?

ISMÉNIE.

Vous me faites frémir. Vers ces autels funebres,
Rendus plus effrayans par l'horreur des ténebres,
Pâle et tremblante, hélas! que venez-vous chercher,
Vous qui le jour osez à peine en approcher?
Aucun ordre sanglant n'a frappé mon oreille:
Du farouche Thoas la cruauté sommeille;
Son cœur qui veille, en proie aux superstitions,
Avide par devoir du sang des nations,
Au pied de ces autels, du trouble qui le tue
N'assiege point encor Diane et sa statue.
Mais que vois-je? vos sens d'épouvante frappés!
D'un nuage de pleurs vos yeux enveloppés!...

IPHIGÉNIE.

A la gloire des Grecs et du fils de Pélée,
Diane, que n'étois-je en Aulide immolée?
Ou que n'ai-je du moins, quand ta puissante main
Me transporta loin d'eux sous ce ciel inhumain,
Subi la loi sanglante en ton nom établie
Contre les étrangers qu'elle te sacrifie,
O déesse!

ISMÉNIE.

Pourquoi lui reprocher toujours
La trop juste pitié qui défendit vos jours?
Craignez que sa bonté, si mal récompensée,
A la fin, de vos pleurs ne se trouve offensée.
Mais en ce jour naissant qui peut les redoubler?

Est-ce le sang qui doit sous votre main couler?
D'un cœur compatissant victime déplorable,
Hélas! auriez-vous vu l'étranger misérable,
Au pied du temple hier trouvé sans mouvement,
Sur le sable étendu, privé de sentiment,
Que, dans l'horrible excès du zele qui l'enivre,
Par d'homicides soins Thoas a fait revivre?

IPHIGÉNIE.

Pourquoi l'aurois-je vu? n'ai-je donc pas assez
De la crainte des maux qui me sont annoncés?
A quels pleurs éternels je semble être livrée!
D'un trop crédule espoir me serois-je enivrée?
O destin! n'ai-je dû naître que pour souffrir?
Me verrai-je toujours, sans vivre ni mourir,
Dans ce temple de sang, au meurtre assujettie,
Traîner avec effort ma chaîne appesantie,
Victime à chaque instant d'un devoir odieux,
L'horreur de la nature, et peut-être des dieux?

ISMÉNIE.

Quoi! ne comptez-vous plus sur votre frere Oreste?
Avez-vous oublié cet espoir qui vous reste?

IPHIGÉNIE.

Vain espoir! son trépas ne m'est que trop prédit!
Un songe encor présent à mon cœur interdit...

ISMÉNIE.

Pourquoi vous alarmer sur la foi d'un mensonge?
Fille du roi des rois, devez-vous craindre un songe?

IPHIGÉNIE.

Le cœur des malheureux a tout à redouter.
Mais quel ressouvenir vient encor m'agiter?

Quand, dans l'espoir flatteur d'un brillant hyménée,
Je fus aux champs d'Aulide en triomphe amenée,
De mes affreux destins fatal avant-coureur,
Un songe également vint me remplir d'horreur:
J'y vis d'Agamemnon la sanglante imposture;
Je le vis à l'autel, outrageant la nature,
D'un titre qu'il souilloit avidement jaloux,
Me présenter la mort, au lieu de mon époux!

ISMÉNIE.

Quel fantôme aujourd'hui, quel sinistre présage
De vos sens égarés suspend encor l'usage?
Osez me le tracer; soulagez votre cœur:
Le récit de nos maux adoucit leur rigueur.

IPHIGÉNIE.

Quel mélange inouï d'horreur et d'allégresse!
Je revoyois les lieux si chers à ma tendresse;
Au sein de la nature et de l'humanité
Je respirois le calme avec la liberté;
Au fond de leur palais rempli de leur puissance,
Je cherchois les auteurs de ma triste naissance,
Quand un bruit effrayant des gouffres du trépas
S'éleve, et fait trembler le marbre sous mes pas.
D'une sombre vapeur l'air à l'instant se couvre;
La voûte du palais à longs sillons s'entr'ouvre:
Je fuis; et la lueur d'un pâle et noir flambeau
Ne me laisse plus voir qu'un horrible tombeau.
En ce même moment un nouveau bruit s'éleve;
De ce vaste débris, qu'avec peine il souleve,
Sort un jeune inconnu, sanglant, pâle, meurtri;
Il m'appelle en poussant un lamentable cri:

J'accours ; et, pleine encor du fatal ministere
Dont je porte le joug, esclave involontaire,
Ornant son front de fleurs et du bandeau mortel,
Je le traîne en pleurant aux marches de l'autel.
Ce jeune infortuné, grands dieux ! c'étoit mon frere...
Sorti du sein des morts, mon parricide pere
Sembloit, brûlant encor de la soif de son sang,
Forcer ma main tremblante à lui percer le flanc.

ISMÉNIE.

Chassez ces vains objets, effacez-en l'empreinte.

IPHIGÉNIE.

N'es-tu plus, cher espoir ? en croirai-je ma crainte ?
Es-tu, comme ta sœur, à l'orgueil immolé ?
Pour une autre Ilion ton sang a-t-il coulé ?
Hélas ! tu soutenois mon timide courage !
J'attendois chaque jour qu'un favorable orage
Me livrât, sur ces bords de mes larmes trempés,
Quelques malheureux Grecs au naufrage échappés,
Pour instruire par eux Argos et ta tendresse
Du cours de mes destins ignoré de la Grece ;
Sûre que ton grand cœur, pénétré de mon sort,
M'affranchiroit d'un joug plus cruel que la mort.
Inutiles projets ! les dieux dans leur vengeance
M'ont voulu tout ravir, jusques à l'espérance !

ISMÉNIE.

Croyez-en moins un songe et vos pressentimens :
Il n'est d'oracles sûrs que les évènemens.
Quel barbare plaisir, quelle fureur extrême
D'irriter vos ennuis sans pitié pour vous-même !
D'ailleurs souvent les dieux, qu'accusent nos douleurs,

Annoncent leurs bienfaits sous l'aspect des malheurs.
Jusqu'au dernier moment que votre cœur espere:
Je peux encor pour vous nommer ici mon pere;
Votre rang, vos vertus, mes pleurs, et vos bienfaits,
Jusqu'au fond de son cœur ont porté vos regrets;
Caché sous l'humble toit qu'honore sa vieillesse,
Du soin de vos malheurs il se remplit sans cesse:
Hélas! que votre sort lui fait sentir le sien!
Mais, madame, parlez; nos jours sont votre bien.

SCENE III.

IPHIGENIE, ISMENIE, EUMENE.

EUMENE.

Votre tyran, pressé par ses sombres alarmes,
Vient, madame, rouvrir la source de vos larmes;
Inquiet, éperdu, croyant tout ce qu'il craint,
Redoutant l'étranger qui ne doit qu'être plaint,
Il vient, en ses terreurs aussi cruel qu'extrême,
L'immoler par vos mains au ciel moins qu'à lui-même.

IPHIGÉNIE.

A quoi me réduit-il? Fatale extrémité!
Et quel moment encor choisit sa cruauté!

ISMÉNIE.

Ah! si, brisant le joug d'une triste contrainte,
Vous essayiez de vaincre et son zele et sa crainte!
Si de l'humanité vous réclamiez les droits,
Et le courroux des dieux, et le devoir des rois!
Si vous faisiez parler sa gloire et la nature!...

IPHIGÉNIE.

Que peut-on sur un cœur en proie à l'imposture,
Que sa religion et la crédulité
Remplissent d'épouvante et de férocité?
Grands dieux! si cependant votre gloire s'oppose
A ces meurtres sacrés qu'un faux zele m'impose,
Du sang des malheureux si ces autels baignés
Sont un objet d'horreur à vos yeux indignés,
Daignez alors, daignez descendre dans mon ame,
Et l'embraser des traits d'une divine flamme.
A ma timide voix prêtez ces fiers accens
Qui subjuguent l'esprit et captivent les sens:
Que je puisse dompter l'illusion farouche
D'un barbare que tout effraie et rien ne touche;
Et qu'en vous honorant, mes pacifiques mains
Ne servent désormais qu'au bonheur des humains.

ISMÉNIE.

Votre tyran paroît; renfermez votre trouble.

IPHIGÉNIE.

Son aspect, malgré moi, l'excite et le redouble.

SCENE IV.

THOAS, IPHIGENIE, ISMENIE, EUMENE, ARBAS, GARDES.

THOAS.

Vous à qui l'avenir se doit manifester,
Sur mon sort en tremblant je viens vous consulter.
Je ne peux plus long-temps dans l'ombre du silence

De mes noires terreurs cacher la violence :
Sans être criminel j'éprouve des remords ;
J'entrevois sous mes pieds le rivage des morts ;
La foudre autour de moi dans la nuit étincelle ;
Sur mon front innocent ma couronne chancelle.
Des dieux, qu'avec effroi j'évite d'offenser,
Jusqu'au sein du repos je m'entends menacer :
Diane, par mes vœux vainement combattue,
Semble vouloir ailleurs transporter sa statue ;
De ce revers fatal, dont dépendent mes jours,
Je ne sais quelle voix vient m'avertir toujours.
Vous, qu'approche des dieux votre saint ministere,
Daignez de ces objets m'éclaircir le mystere ;
En apaisant le ciel, daignez l'interroger
Dans le flanc entr'ouvert du sinistre étranger.
L'état où je l'ai vu m'afflige et m'importune :
Tout m'est suspect en lui jusqu'à son infortune ;
Ses regards furieux vers le ciel élancés,
Sur son front pâlissant ses cheveux hérissés,
Ses mouvemens affreux, ses cris mêlés d'alarmes,
Perdus dans un torrent de sanglots et de larmes,
Son visage altéré, sans forme et sans couleur,
L'oubli de sa raison qu'égare la douleur,
Son calme ténébreux après sa rage éteinte,
De l'horreur qui le suit frappe mon ame atteinte.
De ses gardes tremblans si j'en crois les rapports,
Dans l'effroyable accès de ses brûlans transports,
Parmi les cris qu'il pousse en sa douleur amere,
Il semble articuler les noms d'ami, de mere ;
Un d'eux même a cru voir des spectres l'entourer,

Armés de longs serpens prêts à le déchirer.
Quel peut être le nom de ce barbare impie ?
Dans son farouche cœur quel crime affreux s'expie?
Condamné par les dieux et tout près d'expirer,
D'où peut naître l'effroi qu'il semble m'inspirer ?
D'où vient que tout me nuit et sert à me confondre ?

IPHIGÉNIE.

Sur vos troubles secrets que puis-je vous répondre,
Seigneur ? Les dieux sont sourds à mes tristes accens;
Diane avec horreur repousse mon encens;
Sous mes genoux tremblans l'autel fuit et s'entr'ouvre;
La statue à mes yeux d'un voile épais se couvre;
Dans son propre aliment le feu sacré s'éteint.
Je ne sais, mais le sang dont cet autel est teint,
Ce sang de l'innocence aveuglément proscrite,
Loin d'apaiser les dieux, peut-être les irrite ;
La vapeur de ce sang, par devoir répandu,
A peut-être formé l'orage suspendu.
Je l'avouerai, je crains d'outrer leur privilege ;
Je crains d'être à la fois barbare et sacrilege :
Si l'organe qui parle à mon cœur éperdu
Du vôtre également pouvoit être entendu,
Votre zele, seigneur, plus pur et moins austere,
Ne feroit plus du meurtre un auguste mystere;
Et ces autels de sang, effroi des malheureux,
Seroient contre le sort un asyle pour eux ;
Même pour l'étranger qui vous paroît à craindre,
Et qui peut-être, hélas! quel qu'il soit, n'est qu'à plaindre.
Enfin je ne sais trop si c'est les offenser;
Mais, pour l'honneur des dieux, je n'oserois penser

Qu'au gré des noirs transports d'une bizarre haine,
Faisant de leurs autels une sanglante arene,
Ils se plaisent sans honte à voir le sang humain
Couler à longs ruisseaux sous ma tremblante main.
A ces farouches traits peut-on les reconnoître?
Se pourroit-il, grands dieux! qu'avilissant votre être,
Vous nous ordonnassiez, capricieux tyrans,
D'expier nos forfaits par des forfaits plus grands;
Et que nous n'eussions droit à vos bienfaits augustes,
Qu'en osant mériter vos vengeances plus justes?

THOAS.

Eh quoi! l'illusion d'un cœur compatissant
Vous fait-elle oublier l'oracle encor récent
Qui m'ôte avec le jour le sceptre et la statue,
Si par l'humanité mon ame combattue
Dérobe au glaive saint un seul des étrangers
Qu'auront fait échouer le sort et les dangers?
C'est donc en me rendant à ces arrêts contraire
Qu'aux vengeances du ciel l'on prétend me soustraire?
Protecteur, dites-vous, des mortels innocens,
Peut-il nous demander leur trépas pour encens?
Sans doute qu'il le peut, puisqu'il vous le demande;
Et cet hommage est dû dès-lors qu'il le commande.
Est-il quelque devoir qui l'oblige envers nous?
Ne peut-il pas frapper sans mesurer ses coups?
Quoi! les peuples, armés du glaive de la guerre,
De flots de sang humain pourront couvrir la terre!
Leurs chefs ambitieux au soin de leur grandeur
Pourront tout immoler dans leur aveugle ardeur!
Nous-mêmes, dans le creux de nos antres sauvages,

Nous pourrons subsister de meurtre et de ravages,
Nous pourrons dévorer nos ennemis vivans,
Et nous désaltérer dans leurs crânes sanglans!
Et les dieux en courroux, ces dieux par qui nous sommes,
Ne pourront demander pour victimes des hommes!
Le sang que nous faisons couler à notre gré
Sera-t-il donc pour eux uniquement sacré?
Mais vous, de leurs décrets l'instrument et l'organe,
Quel tribunal en vous les juge et les condamne?
De quelle autorité, bornant ici leurs droits,
Aux maîtres du tonnerre imposez-vous des lois?
Tremblez de vos discours; qu'un prompt retour expie
Les murmures secrets de votre cœur impie:
Malgré les mouvemens dont il est combattu,
Adorer et frapper, voilà votre vertu.

IPHIGÉNIE.

Eh bien! seigneur! eh bien! envoyez la victime.
Puissé-je ne remplir qu'un devoir légitime!

THOAS.

La victime de près va vous suivre à l'autel.
Je retourne la voir dans mon trouble mortel:
Qui que ce soit, frappez; soyez inexorable:
C'est être criminel que d'être misérable.
En un mot c'est ma loi, c'est ma religion;
Et votre seul devoir est la soumission.

(Thoas sort avec sa suite.)

SCENE V.

IPHIGENIE, ISMENIE, EUMENE.

IPHIGÉNIE.

Il faut donc la remplir cette loi rigoureuse!...
Allons, puisqu'il le faut... Où vais-je? malheureuse!
Tout mon sang se souleve, et tout mon corps frémit;
Dans mon cœur palpitant l'humanité gémit.

ISMÉNIE.

Vous dépendez d'un maître aux pleurs inaccessible,
En ses fausses terreurs d'autant plus inflexible,
Que, par le poids des ans courbé vers le tombeau,
Il voit de ses longs jours pâlir le noir flambeau.
Craignez son zele affreux, et que dans la Tauride
Il ne vous fasse enfin trouver une autre Aulide;
De ses ordres plutôt remplissez la rigueur :
C'est le crime du sort, et non de votre cœur.

IPHIGÉNIE.

Quelque esclave qu'il soit du destin qui l'opprime,
Va, pour qui le commet le crime est toujours crime;
Et la nécessité, qui semble l'excuser,
Ne peut vaincre son cœur constant à l'accuser.

ISMÉNIE.

Mais si le ciel enfin, si le ciel le commande?
Si c'est un sang impur que son courroux demande?

IPHIGÉNIE.

Eh! de quel vain effroi prétends-tu me frapper?
La nature me parle, et ne peut me tromper :

C'est la premiere loi... c'est la seule peut-être...
C'est la seule du moins qui se fasse connoître,
Qui soit de tous les temps, qui soit de tous les lieux,
Et qui regle à la fois les hommes et les dieux.

EUMENE.

Ah! madame, pensez...

IPHIGÉNIE.

Je sens que je m'égare.
Mais que le ciel enfin me parle et se déclare :
Suit-il dans ses décrets les mœurs des nations?
Est-il pere ou tyran selon leurs passions?
Mais non : peuples cruels, il n'a point votre rage;
Auteur de la nature, il chérit son ouvrage;
Tout homme à ses bienfaits a droit également;
Aucun dans l'univers n'est né pour son tourment.

FIN DU PREMIER ACTE.

ACTE II.

SCENE PREMIERE.

ORESTE, *enchaîné*, GARDES.

ORESTE, *dans le fond du théâtre.*

AH! laissez-moi jouir du moment qui me reste,
Et respectez mon sort.

(*Les gardes s'éloignent.*)

SCENE II.

ORESTE, *s'avançant sur le bord du théâtre.*

Ah! malheureux Oreste!
Pour m'accabler encor quel bras appesanti
Rappelle au sentiment mon cœur anéanti?...
Cieux! quel enfer me suit! quels tourmens effroyables!...
Laissez-moi respirer, spectres impitoyables!
C'est le crime des dieux... je n'ai fait qu'obéir...
Mais vous, qui me donnez le droit de vous haïr,
Auteurs de mon forfait, auteurs de mon supplice,
Dieux bizarres, parlez; quel est votre caprice?

Du fond de mon exil vous m'arrachez tremblant;
Vous mettez dans mes mains un glaive étincelant;
De mon pere égorgé par sa fureur jalouse
Vous marquez à mes coups la parricide épouse:
Je recule, je crains... Cruels! vous menacez:
Je me soumets, je frappe... et vous me punissez!
C'est peu: n'apercevant dans la nature entiere
Qu'un gouffre épouvantable, et l'ombre de ma mere,
N'en pouvant soutenir le fantôme odieux,
Je cours vous implorer, impitoyables dieux!
Vous me nommez ces lieux qu'au meurtre on prostitue;
Vous m'annoncez qu'il faut en ravir la statue,
Et transporter ailleurs ses autels profanés,
Pour m'arracher au trouble où vous me condamnez:
Je pars, et tu me suis, ami fidele et rare;
Mais entrant dans le port l'orage nous sépare;
Poussé sur les écueils, par la foudre embrasé,
Mon vaisseau loin du tien vole en éclats brisé;
Englouti sous les flots, privé de la lumiere,
J'ignore qui me rend à ma fureur premiere.
Mais sur quelles horreurs s'arrêtent mes regards?
Sur ces marbres cruels quels traits de sang épars?
Mes plus affreux malheurs sont-ils ceux que j'ignore?
Pylade... Acheve, ô ciel! frappe, je vis encore...
O rage! oui, c'est son sang; me laissant mon ami,
Les dieux ne m'auroient cru malheureux qu'à demi.

SCENE III.

ORESTE, PYLADE, *enchaîné.*

PYLADE, *au fond du théâtre.*

Que vois-je? à mon transport puis-je le méconnoître?
(il court embrasser Oreste.)
Revois entre tes bras, ô moitié de mon être,
Revois Pylade.

ORESTE.

Où suis-je? en croirai-je mes yeux?
Pylade dans mes bras! Pylade dans ces lieux!
Je sens mon ame errer sur mes levres tremblantes...

PYLADE.

Rappelle en me voyant tes forces chancelantes.

ORESTE.

Dans ces barbares lieux, fermés à la pitié,
Quel démon ou quel dieu t'a conduit?

PYLADE.

L'amitié.
Ayant par tes débris connu ton infortune,
Voguant aux cris des tiens, luttant contre Neptune,
Les sauvant tous, croyant te voir dans chacun d'eux,
Je te cherchois, rempli des promesses des dieux;
N'osant et ne pouvant, sans leur faire un outrage,
Te croire enseveli sous ton propre naufrage,
Au milieu des rochers qui défendent ce port
J'aborde, sans autre art, qu'un aveugle transport;
De mon vaisseau caché sous leur cime avancée

J'abandonne le soin au sage et brave Alcée,
Et cherche avec effort la trace de tes pas
Dans des antres voisins des portes du trépas.
Près de ces murs sanglans le jour vient me surprendre;
J'allois, pour tout tenter, vers mon vaisseau me rendre,
Quand tout un peuple accourt et vient m'envelopper.
Je m'arme avec fureur, je crois le dissiper;
Mais le nombre m'accable, et je deviens la proie
De ces monstres remplis de terreur et de joie :
Ils me traînent en foule et d'un commun transport
Devant leur chef tremblant qui m'envoie à la mort...
Mais quels profonds sanglots?...

ORESTE.

Dans quel gouffre d'alarmes
Replongez-vous mes sens, dieux, témoins de mes larmes!
Quel est mon sort! Faut-il toujours me reprocher
Le malheur de tous ceux qui m'osent approcher?...
(*se tournant vers Pylade.*)
Ah! falloit-il, quittant le trône et la Phocide,
T'associer sans honte au sort d'un parricide?
Et ne devois-tu pas, à l'exemple des dieux,
Abandonner un monstre à lui-même odieux?

PYLADE.

Pylade, ô ciel! Pylade abandonner Oreste?
Quel langage accablant pour l'ami qui te reste!

ORESTE, *furieux.*

Effroyable ascendant d'un pouvoir ennemi,
J'ai donc assassiné ma mere et mon ami!
Ciel exterminateur, anéantis mon être,
Anéantis le jour, le lieu qui m'a vu naître!...

Mais quel vide effrayant se forme sous mes pas?...
Graces au ciel, je vois les gouffres du trépas...
Dans leur profonde nuit courons cacher mes crimes...
Mais quel spectre se meut au fond de ces abymes?...
C'est ma mere, grands dieux!... Fuyons... Mais la voici...
Egisthe l'accompagne... et toi, Pylade, aussi!
Comme eux tu me poursuis, toi, mon dieu tutélaire!
Tu sers de mes bourreaux l'implacable colere!
L'ami qui me restoit devient mon assassin!
Il s'arme de serpens, il les jette en mon sein!
Ciel! où fuirai-je? Arrête, ombre chere et terrible...
Vois mes remords, mes pleurs, mon désespoir horrible...
Ah! je succombe...

(*il tombe dans les bras de Pylade.*)

PYLADE.

O ciel! et ne me vois-tu pas
Te soutenir, ami, te serrer dans mes bras?...

ORESTE, *revenant à lui.*

C'est toi!

PYLADE.

Vois ton ami, que ta fureur offense...
Barbare! voilà donc l'effet de ma présence!
Si tu n'étois encor plus digne de pitié,
Quels reproches amers te feroit l'amitié!

ORESTE.

Excuse un malheureux étonné de lui-même:
Mais peux-tu le blâmer? il perd tout ce qu'il aime.

PYLADE.

Où s'égare ton cœur? ose lui commander:
Illustre l'amitié, loin de la dégrader;

Pense moins à Pylade, et t'occupe d'Oreste :
Du plus beau sang des rois n'avilis point le reste;
Sois homme, et me fais voir le fils d'Agamemnon.
Oublie et tes remords, et ton crime, et ton nom;
Que notre honneur soit seul présent à ta pensée.

ORESTE.

Du moins si nos soldats, si le fidele Alcée,
Si de nos premiers ans ce guide et ce soutien
Savoit quel est ton sort, savoit quel est le mien...
Mais mon malheur peut-être en ce moment l'opprime;
Il est de mon destin que ta mort soit mon crime...
Ah malheureux !

PYLADE.

On vient. Au nom de ton ami,
Cesse d'être en ces lieux ton premier ennemi.
Pourquoi se plaindre tant du sort qui nous rassemble?
Est-il donc si cruel? Nous périssons ensemble.

ORESTE.

Au moins veille sur moi : maître de mes remords,
Que je puisse, inconnu, descendre chez les morts ;
Aux yeux de mes bourreaux que mon ame affermie
Marque mon infortune, et non mon infamie :
Je mourrois doublement mourant déshonoré.

SCENE IV.

ORESTE, PYLADE, IPHIGENIE, ISMENIE, EUMENE, PRÊTRESSES.

IPHIGÉNIE, *à part.*

Qu'à leur aspect touchant mon cœur est déchiré!

ORESTE, *à Pylade.*

Quelle femme vers nous avec effort s'avance?
Je sens que ma fureur se calme en sa présence.

IPHIGÉNIE.

Des soins que me prescrit la céleste rigueur
Osons du moins remplir le seul cher à mon cœur.
(*aux prêtresses.*)
Que l'on ôte les fers des mains de ces victimes :
Accomplissez du ciel les ordres légitimes.
Ces fers injurieux, désormais superflus,
Dans ce temple sacré ne leur conviennent plus.
(*pendant qu'on détache leurs fers.*)
Quels traits et quel maintien!... O devoir inflexible!...
Qu'il est cruel de naître avec un cœur sensible!
(*après que les prêtresses se sont retirées au fon du théâtre.*
Etrangers malheureux, dont la noble douleur
Accuse en vous des rois le sang et la valeur,
Daignez répondre aux soins de mon ame attendrie :
Quels sont vos dieux, vos lois? quelle est votre patrie?
Sur les devoirs sanglans d'un emploi rigoureux,
Ne jugez point mon cœur infortuné par eux;
Des barbares rigueurs d'un culte illégitime,
Mon bras est l'instrument, mon cœur est la victime.
Parlez; ne craignez point ici de vous trahir :
Vous êtes malheureux, je ne peux vous haïr.

PYLADE.

Ah! qui que vous soyez, au malheur qui nous presse,
Quand vous l'allez combler, quel soin vous intéresse?
S'il faut mourir, frappez : votre pitié nous nuit;

Précipitez nos jours dans l'éternelle nuit,
Sans exiger de nous un aveu déplorable.
Qui périt inconnu, périt moins misérable.

IPHIGÉNIE.

O sentimens trop chers à mon cœur combattu!
Puise-t-on l'infortune au sein de la vertu?

PYLADE.

Plaignez moins nos destins, la mort fait notre envie :
L'homme apprend tous les jours à mépriser la vie.

IPHIGÉNIE.

Quel sort si rigoureux vous en fait un malheur?

PYLADE.

Tout homme a ses revers, tout homme a sa douleur;
Le plus heureux mortel a connu les alarmes :
Hélas! il n'en est point qui n'ait versé des larmes!

IPHIGÉNIE. (*à Oreste.*)

Mais qui donc êtes-vous?... Parlez, vous dont le front...

PYLADE.

Pourquoi d'un vain aveu solliciter l'affront?

IPHIGÉNIE, *à Oreste.*

C'est vous que j'interroge : ah! daignez me répondre;
Et ne m'outragez pas jusques à me confondre
Avec un peuple aveugle, à moi-même odieux,
Dont un sort inouï me fait servir les dieux.
Parlez : à vos malheurs il importe peut-être
Que je sache du moins quels lieux vous ont vu naître...
Vous ne répondez rien ; toujours vous me cachez
Vos douloureux regards à la terre attachés.

ORESTE.

Quel fruit attendez-vous de cette connoissance?

IPHIGÉNIE.

Dans le sein de la Grece auriez-vous pris naissance ?
Mycene, Argos... Où vont mes esprits prévenus ?...
Ah! sans doute ces lieux ne vous sont pas connus ?

ORESTE.

Plût au barbare ciel qu'un désert m'eût vu naître,
Et qu'il m'eût fait périr avant de les connoître !

IPHIGÉNIE.

Comment! Argos a-t-il été votre berceau ?

ORESTE.

Hélas ! que n'étoit-il en naissant mon tombeau!

IPHIGÉNIE.

Ah ! s'il est vrai, comblez ou dissipez ma joie:
Au milieu de la gloire et des trésors de Troie,
Quel est dans son palais le sort d'Agamemnon ?
Jouit-il d'un bonheur égal à son grand nom?

ORESTE.

O ciel ! que dites-vous? une main parricide....

IPHIGÉNIE.

L'auroit livré, grands dieux! à la Parque homicide?
Et quelle main?

ORESTE.

Madame...

IPHIGÉNIE.

Achevez.

ORESTE.

Je ne puis.

IPHIGÉNIE.

Parlez ; que craignez-vous?

ORESTE, *à part.*

Je ne sais où je suis.

IPHIGÉNIE.

Quel fut son assassin?

ORESTE.

Son épouse adultere.

IPHIGÉNIE.

Clytemnestre?

ORESTE.

L'amour trama ce noir mystere;
Il l'arma d'un poignard.

IPHIGÉNIE.

O crime! affreux transport!
De son assassinat quel est le fruit?

ORESTE.

La mort.

IPHIGÉNIE.

Comment?

ORESTE, *troublé.*

Son fils...

PYLADE, *bas à Oreste.*

Arrête... Ah! qu'il me désespere!

IPHIGÉNIE.

Eh bien! son fils! parlez.

ORESTE.

Il a vengé son pere.

IPHIGÉNIE.

Qu'entends-je?

PYLADE.

Au nom des dieux, madame, remplissez

Notre plus cher espoir, qu'ici vous trahissez:
Quel soin...

IPHIGÉNIE, *à Oreste.*

Qu'est devenu ce fils?

ORESTE.

L'horreur du monde.

IPHIGÉNIE.

Grands dieux!

ORESTE.

Las de traîner sa misere profonde,
Il a cherché la mort, qu'il a trouvée enfin.

IPHIGÉNIE, *à part.*

O déplorable sang! implacable destin!
(*à Oreste.*)
Mycene n'a donc plus du grand vainqueur de Troie....

ORESTE.

Que la plaintive Electre à sa douleur en proie.

IPHIGÉNIE.

Prêtresses... conduisez ces deux infortunés
Aux lieux où pour l'autel ils doivent être ornés.
(*à part.*)
Je ne peux plus long-temps devant eux me contraindre.
(*Les prêtresses emmenent Oreste et Pylade.*)

SCENE V.

IPHIGENIE, ISMENIE, EUMENE.

IPHIGÉNIE.

Oreste est mort!

ISMÉNIE.

Hélas! que vous êtes à plaindre!

IPHIGÉNIE.

Il est mort! C'en est fait, tout est fini pour moi.

ISMÉNIE.

Ah! madame, quel est l'état où je vous voi?

EUMENE.

De quel saisissement êtes-vous pénétrée?

IPHIGÉNIE.

Quelle confusion dans le palais d'Atrée!
Quel cours d'assassinats l'un par l'autre punis!...
Poursuivez, dieux cruels, contre mon sang unis;
Dans mon flanc déchiré cherchez le triste reste
De ce coupable sang qu'avec vous je déteste....
Horrible perspective, effroyable avenir,
Que mes regards tremblans ne peuvent soutenir!
Eh quoi! traîner sans cesse un joug fatal au monde!
Ne m'abreuver jamais que du sang qui m'inonde!
Ne voir pour tout objet que morts et que mourans,
Avec de longs sanglots sous mes mains expirans!
Ce jour encor, malgré le remords qui me ronge...
Ah! plutôt dans mon cœur que le couteau se plonge!
Cessons de respecter l'ouvrage des humains :
Dans un temple de paix eux seuls arment mes mains;
Suivons le désespoir où ma vertu me livre :
Où l'innocent périt c'est un crime de vivre.

ISMÉNIE.

Ah! pour vous arracher d'un rigoureux séjour,
Le sort vous réduit-il à renoncer au jour?
Quoi donc! oubliez-vous qu'Électre encor vous reste,

Et peut vous tenir lieu de votre cher Oreste?
Osez-vous dans vos fers au trépas recourir,
Au mépris d'une sœur qui peut vous secourir ?
Elle-même, grands dieux! mortellement atteinte,
Parmi l'affreux débris de sa famille éteinte,
Au milieu des ruisseaux du sang dont elle sort,
Rampe et succombe en proie aux horreurs de son sort.
Ah! pour elle du moins supportez la lumiere;
Vivez, et rappelez votre force premiere,
Avec l'espoir certain de fuir votre oppresseur,
Et d'adoucir sur-tout les maux de votre sœur.

IPHIGÉNIE.

Hélas!

ISMÉNIE.

Dans cet espoir le ciel vous autorise;
Moins rigoureux enfin le sort vous favorise,
Et livre à vos projets un citoyen d'Argos :
Osez rompre par lui la chaîne de vos maux;
De ces sauvages mers ouvrez-lui le passage;
Qu'il retourne à Mycene, et qu'un heureux message
Instruise votre sœur du secret de vos jours,
Qui sans doute des siens vont ranimer le cours.
Eh quoi! vous balancez?

IPHIGÉNIE.

Eh bien! je m'abandonne
Au dangereux conseil que ta pitié me donne...
Au moins d'un malheureux j'adoucirai le sort;
Mais, captive en ces lieux, par quel secret ressort...

ISMÉNIE.

Approuvez seulement le zele de mon pere,
Celui de ses amis.

IPHIGÉNIE.

Je crains que ma misere,
Que sa contagion ne s'étende sur eux.
Ah ! si j'allois leur faire un sort plus rigoureux !

ISMÉNIE.

Fuyant l'œil du tyran, sans titre et sans fortune
Qui les rendent suspects à sa crainte importune,
Croyez qu'enveloppés dans leur obscurité,
Ils vous pourront servir avec impunité.

IPHIGÉNIE.

Tu crois...

ISMÉNIE.

De l'un des Grecs, cher à votre espérance,
Vous allez voir bientôt les jours en assurance :
Je cours...

IPHIGÉNIE.

Arrête : écoute, et que ton amitié
Se prête encore aux soins d'une juste pitié.
Ces deux infortunés, qu'un même sort rassemble,
Pourquoi les séparer ? Délivrons-les ensemble :
Un sentiment secret me rend plus cher l'un d'eux ;
Mais l'autre également est homme et malheureux.

ISMÉNIE.

Mon cœur vous prévenoit ; le même soin l'anime.

IPHIGÉNIE.

L'effroi vient me saisir sur le bord de l'abyme...
Des vengeances du ciel si j'offensois les droits !
Si j'étois malheureuse et coupable à la fois !...
Va, ne m'écoute plus, et cours trouver ton pere :
Je vois qu'il n'est plus temps que mon cœur délibere ;

Mais qu'il ne tente rien qu'à l'abri du danger :
C'est redoubler mes maux que de les partager.
(*Isménie sort.*)

SCENE VI.

IPHIGENIE, EUMENE.

IPHIGÉNIE.

Toi, cours trouver Thoas : qu'une innocente feinte
L'éloigne de ces lieux, et commande à sa crainte;
Qu'elle force son zele à différer la mort
De ces infortunés, dignes d'un meilleur sort.
Flatte l'illusion qui les lui peint coupables ;
Prête-leur des forfaits dont ils sont incapables ;
Dis que Diane, avant de les sacrifier,
Vient de nous ordonner de les purifier...
Je sens avec effroi, dans le rang où nous sommes,
Combien il est affreux d'en imposer aux hommes ;
Mais le motif m'excuse en cette extrémité :
Qui sert les malheureux sert la divinité.

FIN DU SECOND ACTE.

ACTE III.

SCENE PREMIERE.

ORESTE, PYLADE.

ORESTE.

Enfin nous voilà seuls et libres de contrainte;
Je peux et respirer et te parler sans crainte,
Avant qu'un même sort, trop long-temps attendu,
Fasse couler mon sang dans le tien confondu.
Un soin nouveau se mêle au trouble qui me presse;
O mon ami! dis-moi: quelle est cette prêtresse
Dont le sensible cœur, digne de sa beauté,
Sait dans les malheureux chérir l'humanité?
Quel intérêt secret, que je ne peux comprendre,
Au sort d'Agamemnon ici peut-elle prendre?
D'où vient qu'à son aspect s'éclaircissoit la nuit
Qu'autour de moi répand le malheur qui me suit?
Par quel charme inconnu la terreur qui me glace
A d'autres soins plus chers dans mon sein faisoit place?
Quels sont les sentimens dont j'éprouvois l'attrait?
Enfin de mes remords qui peut m'avoir distrait?

PYLADE.

En cet instant fatal, que ton honneur réclame,
Quel méprisable soin vient agiter ton ame?
De quoi va s'occuper ton esprit égaré,
Tandis que sur l'autel le glaive est préparé?
Où t'emportent les pleurs d'une femme étrangere,
Qu'aura versés sur nous sa pitié passagere?
Déja trop ébranlé par tes premiers tourmens,
Veux-tu perdre l'honneur de tes derniers momens?
Remplis plutôt ton cœur du soin de ta mémoire;
Meurs sans honte du moins, s'il faut mourir sans gloire;
Maître de tes transports, impose à tes bourreaux,
Et ne leur laisse voir, de toi, que le héros:
Un grand cœur ne connoît de tourment que la honte;
Il cede à sa rigueur, le reste il le surmonte.

SCENE II.

ORESTE, PYLADE, IPHIGENIE.

IPHIGÉNIE.

Je vois vos fronts troublés; mon douloureux aspect,
O dignes étrangers! vous seroit-il suspect?
Ah! jugez mieux d'un cœur qui prend votre défense:
Il ne mérite pas que le vôtre l'offense...
Changeant mon ministere en un plus cher emploi,
Je viens vous affranchir des rigueurs de la loi;
Je l'espere du moins: l'humanité, plus forte,
Après de longs combats, sur mon devoir l'emporte;
Je sens même les dieux dans mon cœur s'opposer

Au mystere sanglant qu'ils semblent m'imposer;
Et, suspendant pour vous leurs volontés suprêmes,
A votre aspect touchant m'en faire un crime eux-mêmes.
J'ose vous l'avouer, un soin cher et pressant
Se joint à la pitié que mon ame ressent.
Ce ciel m'est étranger; ma patrie est la Grece:
J'y veux écrire à ceux que mon sort intéresse;
Je veux fixer par vous leurs esprits incertains,
Et leur communiquer mes étonnans destins.

SCENE III.

ORESTE, PYLADE, IPHIGENIE, ISMENIE.

ISMÉNIE.

Madame...
(*apercevant les étrangers, elle lui fait signe de les faire retirer.*)

IPHIGÉNIE.

(*aux étrangers.*) (*à Isménie.*)
Eloignez-vous... Ciel! que viens-tu m'apprendre?
(*Oreste et Pylade se retirent au fond du théâtre.*)

ISMÉNIE.

Qu'à sauver les deux Grecs vous ne pouvez prétendre,
Alors qu'un seul suffit au succès de vos vœux:
Tous nos amis, tremblant pour vous comme pour eux,
Disent que c'est se rendre inutile victime,
Et c'est peut-être en vain commettre un double crime.
Ils ajoutent encor que Thoas veut du sang,
Dût-il l'aller chercher jusque dans votre flanc;

Qu'il faut, ainsi qu'aux dieux, qui peut-être l'exigent,
Céder une victime aux terreurs qui l'affligent;
Qu'avec plus de succès vous pourrez imposer
A son zele sanglant qu'il vous faut abuser;
Et que son cœur enfin, s'il voit un sacrifice,
Alors de vos discours verra moins l'artifice.
D'un invincible effroi tous en un mot surpris,
Ne veulent seconder mon pere qu'à ce prix :
Aux prieres en vain son zele a joint les larmes...
Madame, il a fallu céder à leurs alarmes.

IPHIGÉNIE.

Quelles extrémités!...

ISMÉNIE.

Ils vous ôtent le choix;
La nécessité parle : il faut suivre sa voix.

IPHIGÉNIE.

Je suis, puisqu'il le faut, l'exemple de ton pere;
Je cede à son danger, aux dieux, à ma misere.

ISMÉNIE.

Je cours le retrouver. Hâtez-vous.

(*Elle sort.*)

SCENE IV.

IPHIGENIE, ORESTE, PYLADE, *dans le fond du théâtre.*

IPHIGÉNIE, *sur le devant.*

Sort cruel,
Quelles sont tes rigueurs! Ah! d'où vient que le ciel

Ote presque toujours aux cœurs qu'il a fait naître
Humains et bienfaisans, l'heureux pouvoir de l'être?
(*à Oreste et à Pylade.*)
Approchez.... Je frémis.... Par mon trouble apprenez
L'excès de vos malheurs, et me les pardonnez:
De mes foibles efforts oubliant l'impuissance,
N'ayant le cœur rempli que de votre innocence,
J'ai cru que je pouvois, douce et cruelle erreur!
De vos destins communs diminuer l'horreur;
Je vous en ai flattés, je m'en flattois moi-même;
Trop aisément le cœur se livre à ce qu'il aime:
Ma pitié m'aveugloit; ses efforts hasardeux
Ne peuvent tout au plus sauver qu'un de vous deux;
Et telle est la rigueur de mon sort et du vôtre,
Qu'il faut que l'un, hélas! meure pour sauver l'autre.
Vous partagez mon cœur, et vous le déchirez....
(*à Oreste.*)
Mais puisqu'il faut choisir.... c'est vous qui partirez:
Mes ordres sont donnés; le danger, le temps presse;
Je cours en profiter pour vous, pour ma tendresse,
Et je reviens.
(*Elle sort.*)

SCENE V.

ORESTE, PYLADE.

ORESTE, *éperdu.*
Où suis-je?... Et je la laisse aller!...
Mais quelle voix pour moi, grands dieux! peut lui parler?

PYLADE.

Le voilà donc rempli ce vœu si légitime!
De l'amitié je meurs honorable victime.
O mon unique ami! souscris à mon bonheur;
Souscris au choix des dieux, si cher à mon honneur:
Laisse-moi mourir seul, et d'un ami fidele
Donner à l'univers l'exemple et le modele;
Qu'avec étonnement il apprenne d'un roi
Jusqu'où de l'amitié s'étend l'auguste loi.
Tu ne peux mieux payer les soins de ma tendresse
Qu'en remplissant mes vœux et ceux de la prêtresse...

ORESTE.

O fureur!.... M'aimes-tu?

PYLADE.

Quel étrange discours
Dont tes sanglots pressés interrompent le cours?
Si je t'aime!

ORESTE.

Réponds.

PYLADE.

Ton air affreux me glace!
Parle; que me veux-tu?

ORESTE.

Que tu prennes ma place.

PYLADE.

Moi, renoncer au choix!...

ORESTE.

Et c'est là me chérir!
Dis-moi, qui de nous deux doit en ces lieux périr?
Consulte l'amitié par mes crimes flétrie;

Ai-je quitté pour toi le trône et ma patrie?
L'horreur de tes forfaits, ta rage, et tes remords
T'ont-ils ici conduit à travers mille morts?
Parricide vengeur du meurtre de ton pere,
Ton bras dégoutte-t-il du meurtre de ta mere?
Vois-tu des traits de sang et des spectres dans l'air
Au jour que font éclore et la foudre et l'éclair?
Vois-tu fuir devant toi la terre épouvantée?
Marcher à tes côtés ta mere ensanglantée?
Vois-tu d'affreux serpens de son front s'élancer,
Et de leurs longs replis te ceindre et te presser?...
Le seul trépas est-il ta derniere ressource?
Lui seul de tant d'horreurs peut-il combler la source?
Tu m'aimes! et tu veux qu'en cet horrible état,
Qu'écrasé sous le poids de mon noir attentat,
Fuyant le coup fatal que ma fureur implore,
Je recherche le jour, que je souille et j'abhorre!
Proscrit, désespéré, sans asyle, sans dieux,
Misérable par-tout, et par-tout odieux,
Tu m'aimes! et tu veux, ô comble de l'outrage!
Tu veux dans ton ardeur, ou plutôt dans ta rage,
Que je me souille encor du plus noir des forfaits,
Pour racheter mes maux, et payer tes bienfaits!
Tu veux que, redoublant l'excès de mes alarmes,
Afin de t'épargner quelques frivoles larmes,
Déja de la nature exécrable bourreau,
Au sein de l'amitié je plonge le couteau!
Ah! barbare! peux-tu jusque-là méconnoître
L'ame de ton ami, le sang qui l'a fait naître?
Avec quels traits affreux dans ton cœur me peins-tu?

Pour être criminel, me crois-tu sans vertu?

PYLADE.

Où t'égare l'horreur du trouble qui t'opprime?
Quel noir transport te fait de mon trépas un crime?
Pour racheter ta vie as-tu vendu mon sang?
Dois-tu, le glaive en main, me déchirer le flanc?
Ton cœur, ton foible cœur, étonné du supplice,
Du choix de la prêtresse a-t-il été complice?

ORESTE.

En suis-je moins, cruel! l'instrument de ta mort?
Qui t'a conduit ici?

PYLADE.

La rigueur de ton sort.

ORESTE.

Eh bien!...

PYLADE.

Mais malgré toi, malgré ta résistance,
Qui n'a jamais cessé d'éprouver ma constance.
Que ta triste fureur cesse de t'imputer
Ma mort, qu'en vain ici tu veux me disputer;
Ose plutôt par elle, ose briser ta chaîne.
Je peux fléchir des dieux l'inexorable haine;
Le sang de l'amitié sur l'autel répandu
Peut expier l'erreur de ton bras éperdu.

ORESTE.

Malheureux! t'es-tu joint à ma barbare mere
Pour redoubler l'excès de ma douleur amere?
Pourquoi veux-tu des dieux m'ôter le seul bienfait,
Et me charger encor d'un indigne forfait?
Horrible au monde entier, d'où ma fureur m'exile,

Eh! quel seroit, dis-moi, quel seroit mon asyle,
Si, de concert avec le destin ennemi,
Tu m'ôtois à la fois la mort et mon ami?

PYLADE.

Meurs donc, cruel! au gré de ta farouche envie
Fais donc à ton ami perdre une double vie.
Hélas! je me flattois qu'aux choix des dieux soumis,
Que, respectant leur sang dans tes veines transmis,
Ton cœur s'éleveroit au-dessus de lui-même,
Et me feroit enfin revivre en ce que j'aime;
Mais tu ne veux que suivre en furieux mes pas,
Et me ravir, ingrat! le prix de mon trépas.
Ah dieux!... mon cher Oreste! ah! par pitié, par grace,
Daigne pour ton ami survivre à sa disgrace!
Qu'au gré des dieux, contens du supplice où je cours,
De tes tristes fureurs je termine le cours!
Faut-il pour triompher de ton humeur altiere,
Qu'avec Agamemnon et sa famille entiere,
Qu'avec toute la Grece unie à tes malheurs,
Je tombe à tes genoux, et d'un torrent de pleurs...

ORESTE.

Arrête. Jusque-là peux-tu pousser l'injure?
Au pied de ces autels veux-tu qu'enfin j'abjure
Tous ces sermens si chers et si multipliés,
Par qui nos cœurs s'étoient l'un à l'autre liés?
Barbare!... Ah! je succombe à ce dernier outrage...
Vois mon horrible état, vois ton horrible ouvrage...
Je ne me connois plus... Mais, loin de s'adoucir,
Ton inflexible cœur semble encor s'endurcir...
Eh bien! je vais, sauvant un crime à la prêtresse,

Lui découvrir le mien, et l'horreur qui me presse,
L'obliger par devoir à révoquer son choix.

PYLADE.

Ami, que vas-tu faire? Ah, ciel!

ORESTE.

Ce que je dois.

PYLADE.

Ah! quel délire affreux! quelle rage ennemie!
Achete-t-on la mort au prix de l'infamie?
De toi-même, grands dieux! porteras-tu l'oubli
Jusqu'à vouloir mourir dans l'opprobre avili?

ORESTE.

C'est toi qui m'y contrains; ton aveugle injustice
Impose à ma vertu ce honteux sacrifice.

PYLADE.

Moi, juste ciel!

ORESTE.

Tranchons d'inutiles discours;
Ou jure-moi de fuir le trépas où tu cours,
Ou j'achete à ce prix la mort que je mérite:
J'en atteste les dieux, que mon aspect irrite.

PYLADE.

Peux-tu jurer ta honte?

ORESTE.

Eh! c'est toi qui la veux!
Oui, je la jure encore, ou réponds à mes vœux:
Je me déclare un monstre abhorrant la lumiere,
Qui s'est fait un tombeau de la nature entiere;
Je dis qui m'a fait naître, et qui j'ai fait périr;
Et si de cet aveu je ne dois pas mourir,

Si la prêtresse encore est pour moi combattue,
J'accepte ses bienfaits... je m'immole à ta vue:
Si cette main balance, ô terre! entr'ouvre-toi;
Et vous qui m'entendez, ô cieux! écrasez-moi.

PYLADE, *à part.*

Je frémis! Qu'opposer à sa rage insensée?
Inspirez-moi, grands dieux!... Ah! sans doute qu'Alcée...

ORESTE.

La prêtresse paroît.

PYLADE.

Je cede à ta fureur;
Tes jours me sont encor moins chers que ton honneur.

SCENE VI.

ORESTE, PYLADE, IPHIGENIE, EUMENE.

IPHIGÉNIE, *une lettre à la main.*

(*à Oreste.*) (*à Pylade.*)
Voici... Retirez-vous... Guide ses pas, Eumene;
Au lieu que j'ai prescrit, hélas! qu'on le remene.

ORESTE.

(*à Iphigénie.*) (*retenant Pylade.*)
Ah! madame, arrêtez. Non! il ne mourra pas;
C'est à moi seul ici de subir le trépas:
Votre pitié se trompe au choix de la victime.

IPHIGÉNIE.

Cessez. Que faites-vous?

ORESTE.

Je vous épargne un crime.

(*montrant Pylade.*)
Ah! détournez sur lui l'effet de vos bontés,
Et réservez pour moi vos justes cruautés.

IPHIGÉNIE.

Pourquoi repoussez-vous la main tendre et propice
Que la pitié vous tend au bord du précipice?

ORESTE.

Cet héroïque ami m'a tout sacrifié,
Malheureux seulement par ma triste amitié.

IPHIGÉNIE.

Eh quoi! vous préférez une mort rigoureuse
Au soin de me servir et de me rendre heureuse?

ORESTE.

D'un reproche honteux n'accablez point mon cœur;
De mes destins plutôt accusez la rigueur.
Dans cet ami si cher souffrez que je vous serve;
Souffrez pour vos desseins que je vous le conserve:
Confiez sans soupçons vos lettres à sa foi,
Et me laissez enfin mourir digne de moi.

IPHIGÉNIE.

Quel généreux transport! et quel effort insigne!...
Allez; de mes bontés vous n'êtes que plus digne:
Vivez et me servez. Je ne sais quelle voix
Parle à mon cœur pour vous, et confirme mon choix.

ORESTE.

Ah dieux!...Ne rendez point mon sort plus déplorable;
Laissez, sans s'avilir, mourir un misérable:
La mort est mon espoir, n'allez point le trahir;
Et ne me forcez pas peut-être à vous haïr.

IPHIGÉNIE, *à Pylade.*

Mais vous, consentez-vous au transport qui l'anime?
N'allez-vous pas, non moins barbare et magnanime,
Signalant contre moi votre triste amitié,
Combattre également les soins de ma pitié,
Leur préférer la mort?

PYLADE, *à part.*

Hélas! que lui répondre?

ORESTE, *éperdu.*

(*bas à Pylade.*)

Madame... Ah! souviens-toi...

IPHIGÉNIE.

Vous semblez vous confondre;
Parlez, expliquez-vous.

PYLADE.

Son cruel désespoir
M'a fait de lui survivre un rigoureux devoir.

IPHIGÉNIE.

Comment?

ORESTE.

Ah! n'allez point d'une lâche foiblesse
Soupçonner de son cœur l'héroïque noblesse!
C'en est un digne effort s'il me laisse mourir;
En osant vivre il fait pour moi plus que périr...
Mais, madame, cessez de vous nuire à vous-même,
Et me laissez enfin vous sauver ce que j'aime.
Hélas! pour vous servir je suis trop malheureux...
Tournez vers mon ami ces regards généreux;
Ne me refusez pas: ce cœur vous en conjure;
Vous feriez de tous trois et la perte et l'injure.

IPHIGÉNIE.

Suivez donc, j'y consens, votre noble fureur,
Que mon ame tremblante admire avec horreur...
Mourez.

PYLADE, *à part.*

Ciel! je frémis!

IPHIGÉNIE, *à Pylade.*

Me serez-vous fidele?
Puis-je compter sur vous?

PYLADE.

Vous connoîtrez mon zele...
Daignez de cet ami d'un seul jour différer
Le sacrifice affreux qu'il vous faut préparer...
Qu'au moins de son bûcher la flamme étincelante
Ne me poursuive point sur cette mer sanglante...
Me le promettez-vous?

IPHIGÉNIE.

Comptez sur ma pitié.

PYLADE.

Excusez les terreurs d'une tendre amitié ;
Il faut que votre cœur par un serment s'engage :
Je ne peux consentir à partir sans ce gage.

IPHIGÉNIE.

Puisque vous l'exigez, j'en atteste les dieux ;
Puissent-ils m'épargner un devoir odieux!...
Mais ne laissons pas fuir le moment favorable.
(*à Oreste.*)
Etranger malheureux, encor moins qu'admirable,
Embrassez votre ami, que vous ne verrez plus.

ORESTE, *embrassant Pylade.*

Adieu. Retiens, ami, tes sanglots superflus.
Ne vois point mon trépas, n'en vois que l'avantage:
L'opprobre et les malheurs étoient tout mon partage...
Adieu. Conserve en toi, fidele à l'amitié,
De ton ami mourant la plus digne moitié.
Prends soin à ton retour d'une sœur qui m'est chere;
Daigne essuyer ses pleurs, et lui rendre son frere.
(*montrant Iphigénie.*)
Sois fidele sur-tout au vertueux objet
A qui je dois ici de tes jours le bienfait.
Adieu.

PYLADE.

Je meurs.

ORESTE, *s'arrachant des bras de Pylade.*

Allons.

PYLADE.

Mon ami m'abandonne...
Arrête!

ORESTE, *se précipitant de nouveau dans ses bras, puis s'en arrachant.*

O mon ami!... Mais mon destin l'ordonne.

PYLADE, *le retenant.*

Je ne puis m'arracher...

IPHIGÉNIE, *tout éplorée.*

Il faut vous séparer.

PYLADE.

Madame...

IPHIGÉNIE, *à Pylade.*

Dans ses bras voulez-vous expirer?

(*elle conduit Oreste jusqu'au fond du théâtre.*)

PYLADE, *à part, sur le devant.*

Ami, va, je saurai te sauver ou te suivre;
Eh! quand je le voudrois, pourrois-je te survivre?

(*Oreste sort.*)

SCENE VII.

PYLADE, IPHIGENIE.

IPHIGÉNIE.

Hélas! que je vous plains!... Mais les momens sont chers:
Partez, et me servez ainsi que je vous sers.
Voici l'écrit enfin que j'adresse à Mycene:
Du sort qui vous poursuit si vous domptez la haine,
Ne trompez point l'espoir qui peut m'être permis;
Qu'aux mains d'Electre il soit fidèlement remis.

PYLADE.

Qu'entends-je? et quel rapport vous unit l'une à l'autre?

IPHIGÉNIE.

Laissez-moi mon secret; j'ai respecté le vôtre.

PYLADE.

Pardonnez; j'obéis.

SCENE VIII.

PYLADE, IPHIGENIE, ISMENIE, UN ESCLAVE.

ISMÉNIE.

Le navire est tout prêt,
Il flotte au gré du vent qui sert votre intérêt;
A travers les rochers, cet esclave s'engage
A conduire en secret l'étranger au rivage:
Le temps presse.

IPHIGÉNIE, *à Pylade.*

Venez. Puissiez-vous sans témoins
Quitter ces bords sanglans, et mériter mes soins!

FIN DU TROISIEME ACTE.

ACTE IV.

SCENE PREMIERE.

IPHIGENIE, EUMENE.

IPHIGÉNIE.

L'ESCLAVE ne vient point. O mortelles alarmes!
Mes yeux, sans le vouloir, se remplissent de larmes...
Qu'est devenu le Grec si cher à ma douleur?
Est-il environné de mon propre malheur?
Faut-il encor languir dans les tourmens du doute,
En proie à tous les maux que mon ame redoute?...
Cruels délais! Combien tout sert à confirmer
Les noirs pressentimens qui viennent m'alarmer!
O ciel! encoure-t-on ta haine rigoureuse,
Pour tendre à l'innocence une main généreuse?
Lorsque j'ai dû te plaire, ai-je pu t'irriter;
Et me puniras-tu de t'oser imiter?

EUMENE.

Pourquoi vous effrayer de quelque vain obstacle?

IPHIGÉNIE.

Le trouble de mon cœur m'est un fidele oracle.

EUMENE.

Aux maux que vous craignez que sert de vous livrer?
Que sert avant le temps de vous désespérer?

IPHIGÉNIE.

Va, j'ai comblé l'horreur du destin qui m'opprime;
J'ai fait des malheureux... peut-être par un crime!

EUMENE.

Calmez de vos frayeurs l'inutile transport,
Et d'Isménie au moins attendez le rapport...
Je l'aperçois.

SCENE II.

IPHIGENIE, ISMENIE, EUMENE.

IPHIGÉNIE.

Eh bien! que faut-il que j'espere?
L'esclave et l'étranger ont-ils rejoint ton pere?

ISMÉNIE.

Tous deux au lieu prescrit n'ont point encor paru :
Mon pere impatient en vain a parcouru
Tous les sombres détours que l'esclave a dû prendre;
Il n'a rien vu; tous deux sont encore à se rendre :
Il n'ose interpréter leurs sinistres délais.
Le calme cependant regne dans le palais;
Et vos desseins, cachés dans la nuit du silence,
De l'œil qui vous poursuit trompent la vigilance...
Mais que vois-je?

SCENE III.

IPHIGENIE, ISMENIE, EUMENE, L'ESCLAVE.

IPHIGÉNIE.

Approchez, soyez moins effrayé.
Qu'est devenu le Grec à vos soins confié?

L'ESCLAVE.

Il n'est plus.

ISMÉNIE.

Ciel!

IPHIGÉNIE.

Comment?

L'ESCLAVE.

Sous de flatteurs auspices,
Rampant avec effort le long des précipices,
Nous avancions déja vers l'asyle écarté,
Où flotte le vaisseau pour sa fuite apprêté;
Je précédois ses pas, et lui frayois la route.
Alarmé d'un bruit sourd, il m'arrête, il écoute;
Et, le moment d'après, il pense voir de loin
S'avancer à pas lents quelque indiscret témoin.
Son cœur se trouble : il veut qu'à l'instant je le quitte,
Et que j'aille éclaircir le danger qui l'agite.
Je cede à la terreur dont je le vois frappé;
Et, moi-même tremblant, sous un roc escarpé,
Au fond d'un antre où l'onde, en mugissant, se brise,
Le faisant retirer, de crainte de surprise,
Je cours voir en effet si son œil abusé

Pouvoit n'en avoir pas l'un à l'autre imposé.
Reconnoissant bientôt l'illusion fatale
Qu'avoit produite en nous une frayeur égale,
Je revole vers lui... Mais, ô soins superflus!
Dans le creux du rocher je ne le trouve plus;
Les flots, en s'y brisant, selon toute apparence,
L'ont englouti, madame, avec votre espérance.

IPHIGÉNIE.

(*à l'esclave.*) (*à Isménie.*)
O sort!... Allez... Et toi, de ces bords ennemis
Fais éloigner ton pere ainsi que ses amis:
Conserve à ta tendresse une tête si chere;
Qu'il rentre en son asyle, et moi dans ma misere.

(*Isménie et l'esclave sortent.*)

SCENE IV.

IPHIGENIE, EUMENE.

IPHIGÉNIE.

C'en est donc fait! il faut renoncer pour toujours
Au trop crédule espoir qui prolongeoit mes jours!
Jaloux des soins sanglans que sa rigueur m'impose,
Le ciel impitoyable à mon retour s'oppose...
Argos a disparu pour moi de l'univers!...
Ces lieux seront toujours de mes larmes couverts!
Ah! puisque sans espoir, en esclave asservie,
J'y dois traîner le poids d'une mourante vie,
Au moins contentons-nous: voyons l'autre étranger;
Sur mes tristes destins osons l'interroger:

C'est le dernier des Grecs que m'offriront sans doute
Ces bords qu'avec horreur l'humanité redoute;
Il faut en profiter.

EUMENE.

Eh! quel funeste bien
Attend votre douleur d'un si triste entretien?
Voulez-vous renoncer au devoir de prêtresse?
Voulez-vous, de vos sens moins que jamais maîtresse,
Ranimant la pitié qu'il vous faut étouffer,
Céder à ses transports, au lieu d'en triompher?

IPHIGÉNIE.

Les dieux, en reprenant leur premiere victime,
Ne m'apprennent que trop mon devoir et mon crime!

EUMENE.

Ne voyez donc ce Grec, madame, qu'à l'autel,
Le front déja baissé sous le couteau mortel.

IPHIGÉNIE.

Quel qu'en soit le péril, je ne peux m'en défendre.
Sers ma douleur : je veux absolument l'entendre,
Et voir enfin par lui détruit ou confirmé
Le doute affreux qui tient mon esprit alarmé.
Mais ne redoute rien à mon devoir contraire;
Je promets tout son sang aux mânes de mon frere;
Sous le couteau fatal tu le verras couler,
Dans mon triste transport dût le mien s'y mêler!

(*Eumene sort.*)

SCENE V.

IPHIGENIE.

Daignez me rendre au moins mon devoir légitime,
Et me laisser frapper sans remords ma victime,
Grands dieux, que ma douleur implore en frémissant,
Vous qui m'épouvantez en vous obéissant!
Et toi, jeune héros, ombre plaintive et tendre,
Reste du grand Pélops, dont j'osois tout attendre,
Frere d'autant plus cher encore à ma douleur,
Que tu n'eus point de part à mon premier malheur,
Qu'au contraire, rempli d'innocentes alarmes,
Dans mes bras défaillans tu lui donnas des larmes;
Pour suprêmes devoirs, de mon amour tremblant
Reçois avec mes pleurs cet hommage sanglant;
Reçois... Mais quel présent mon amour va lui faire!
Le sang des malheureux peut-il le satisfaire?
Hélas! il étoit né pour être leur soutien;
Du sort des malheureux un grand cœur fait le sien.

SCENE VI.

ORESTE, IPHIGENIE, EUMENE.

ORESTE, *à part.*

O mort! à tant d'horreurs arrache enfin mon ame!
(à Iphigénie.)
Pour vous suivre à l'autel m'appelez-vous, madame?

Allons, avec transport je marche sur vos pas:
Les dieux ont su me faire un bonheur du trépas;
Allons... Quoi! vous pleurez?

IPHIGÉNIE.

Respectez ma foiblesse:
A mes yeux, s'il se peut, montrez moins de noblesse;
N'ébranlez plus un cœur toujours moins affermi,
Qui veut et qui ne peut être votre ennemi;
Cachez-vous tout entier à mon ame sensible:
Votre vertu me rend mon devoir impossible.

ORESTE.

Ah! ne prolongez point l'excès de mes malheurs!
Que sert de m'accabler de vos propres douleurs?
Ne m'en présentez plus, par pitié, le spectacle:
Venez; à mon bonheur cessez de mettre obstacle...
Mais, madame, parlez: qui peut vous arrêter?
Frémissez-vous du coup que vous allez porter?
Armez mon bras; du vôtre il va faire l'office,
Il va vous épargner ce sanglant sacrifice.

IPHIGÉNIE.

Qu'à ce noble transport mon cœur se sent presser!
Et quel est donc le sang que vous voulez verser?
Quel sein vous l'a transmis? quel rang vous a vu naître?
Mais je veux l'ignorer; je crains de vous connoître...
Laissant votre secret entre vous et les dieux,
Seulement sur un point satisfaites mes vœux:
Que sait-on dans Argos du sort d'Iphigénie
Qui vit contre ses jours la Grece entiere unie?

ORESTE.

De quel ressouvenir déchirez-vous mon cœur!

Que me demandez-vous? ah! mortelle rigueur!

IPHIGÉNIE.

Et d'où naît à son nom le trouble qui vous presse?
Brillant encor des fleurs d'une tendre jeunesse,
Vous n'avez pu la voir; vous n'avez pu tremper
Dans le complot des Grecs ardens à la frapper;
Vous n'avez pu parer l'autel pour son supplice!

ORESTE.

Mais quel soin?...

IPHIGÉNIE.

Répondez, n'étant point leur complice.

ORESTE.

Que voulez-vous? je vais subir le même sort,
Par le même chemin descendre au même bord.
Heureux si je pouvois, victime obéissante,
Offrir aux dieux, comme elle, une tête innocente!

IPHIGÉNIE.

Quoi donc! vous ignorez encore qu'elle vit,
Qu'aux cruautés des Grecs Diane la ravit,
Et que, la transportant sur un rivage horrible...

ORESTE.

Qu'entends-je? Iphigénie... ô dieux! est-il possible...
Elle vit?... Achevez; je meurs moins malheureux...
Dites... le savez-vous?... sur quels bords rigoureux
Respire une victime et si chere et si tendre?

IPHIGÉNIE.

En ces lieux.

ORESTE.

Juste ciel!... Et pourrez-vous m'apprendre
Quel est son sort?

IPHIGÉNIE.

Hélas! plus à plaindre que vous,
Le sort qui vous attend lui paroîtroit trop doux!

ORESTE.

Ah dieux! que ce discours me fait naître d'alarmes!...
Et ne puis-je la voir, l'arroser de mes larmes?
Si vous saviez... Mais non... je lui ferois horreur...
Elle détesteroit mon crime et ma fureur...
Voyant d'un sang si cher ma main fumante encore,
Pourroit-elle m'aimer? moi-même je m'abhorre...
Cieux! quels sont mes tourmens! puis-je les supporter?
Mais le plus grand de tous, c'est de les mériter.

IPHIGÉNIE.

Quoi! vous êtes coupable, et mon cœur vous excuse!
Vous méritez la mort, et ma main s'y refuse!
De vos affreux transports quand je devrois frémir,
Mon cœur s'en attendrit; je ne sais que gémir!
Et qu'êtes-vous? parlez : il y va de ma vie.

ORESTE.

D'Oreste infortuné que pense Iphigénie?

IPHIGÉNIE.

C'étoit tout son espoir... Elle sait qu'il est mort.

ORESTE.

Non, madame, il survit aux horreurs de son sort.

IPHIGÉNIE.

Que dites-vous?

ORESTE.

Il vit, mais sans espoir pour elle!

IPHIGÉNIE.

Comment?

ORESTE.

O destinée! ô rigueur éternelle!
Elle ignore qu'ici...

IPHIGÉNIE.

Je vous vois fondre en pleurs!
Ah! qui que vous soyez, ah! parlez, ou je meurs!

ORESTE.

Mon trouble et mes sanglots ne font que trop connoître...

IPHIGÉNIE.

Dans mon cœur éperdu quel soupçon fait-il naître?
Sa jeunesse... ses traits... un secret sentiment...
Se peut-il?... Achevez; finissez mon tourment.

ORESTE, *éperdu.*

Eh bien! à ses malheurs reconnoissez Oreste.

IPHIGÉNIE, *tombant évanouie dans les bras d'Eumene.*

Mon frere!

ORESTE.

Iphigénie!... Oui; tout mon cœur m'atteste...
(*avec transport.*)
Iphigénie!...

IPHIGÉNIE, *revenant à elle.*

Oreste... Ah! tous mes sens charmés...
Mon frere!... ô nom si cher!...

ORESTE.

Ma sœur! quoi! vous m'aimez?...
Vous n'avez point horreur... je vois couler vos larmes...
Ma chere Iphigénie...

IPHIGÉNIE.

O moment plein de charmes!...

Mon frere est dans mes bras... et j'allois l'égorger !...
(elle retombe dans les bras d'Eumene.)

ORESTE.

Cessez... dans quels ennuis m'allez-vous replonger?

IPHIGÉNIE.

Eh! qui vous a conduit sur ce bord homicide?

ORESTE.

Le ciel, l'injuste ciel, qui m'a fait parricide,
Et qui, m'en punissant, déchaîne sur mes pas
Tous les monstres vengeurs des gouffres du trépas;
Et, pour m'en délivrer, le cruel me condamne
A ravir en ces lieux l'image de Diane!

IPHIGÉNIE.

Ce ciel impénétrable, et qui me fait trembler,
Veut-il finir nos maux, ou les veut-il combler?...
Mais comment imposer au tyran qui m'observe?
Comment vous dérober au sort qu'il vous réserve?
Qu'en ce moment fatal je découvre d'horreurs!...
O superstition! quelles sont tes fureurs!...
(à Oreste.)
J'entends du bruit... Fuyez... Cache ses pas, Eumene.
Dieux! si c'étoit Thoas! si sa rage inhumaine!...
Allez.

ORESTE.

Moi, vous quitter!... que j'expire en vos bras:
C'est mon espoir.

IPHIGÉNIE.

Cruel, voulez-vous mon trépas?
(Oreste sort avec Eumene.)

SCENE VII.

IPHIGENIE, ISMENIE.

ISMÉNIE.

Fuyez Thoas, fuyez sa rage forcenée:
Il sait de l'étranger la fuite infortunée.
L'esclave est expirant; il cherche dans son sein
A démêler le nœud d'un malheureux dessein.
Sans être encor suspects à sa barbare rage,
Mon pere et ses amis ont prévenu l'orage;
Du vaisseau pour le Grec vainement préparé
Ils ont couru se faire un asyle assuré.

IPHIGÉNIE.

La mort est à présent le seul dieu que j'implore:
Je me sauve en ses bras d'un crime que j'abhorre.

ISMÉNIE.

Vous me faites frémir! Parlez.

IPHIGÉNIE.

L'autre étranger,
Que j'allois, que j'ai dû de ma main égorger...

ISMÉNIE.

Eh bien?

IPHIGÉNIE.

Il est mon frere.

ISMÉNIE.

O ciel!

IPHIGÉNIE.

Tu vois mon trouble,
Mes pleurs, mon désespoir, que son danger redouble.

ISMÉNIE.

Madame, il faut...

SCENE VIII.

IPHIGENIE, ISMENIE, EUMENE.

EUMENE.

Oreste est au pouvoir d'Arbas ;
Il vient de s'en saisir par l'ordre de Thoas.

IPHIGÉNIE.

De quels traits, ciel vengeur, ta main appesantie
Vient frapper coup sur coup mon ame anéantie!
Un courroux éternel semble-t-il t'animer?
Mes pleurs ne pourront-ils jamais te désarmer?
Veux-tu donc me forcer d'assassiner mon frere?...
Dans ses embrassemens terminons ma misere:
Courons...

ISMÉNIE.

Où vous égare un aveugle transport?

EUMENE.

Ah! madame, arrêtez! Que cherchez-vous?

IPHIGÉNIE.

La mort.

FIN DU QUATRIEME ACTE.

ACTE V.

SCENE PREMIERE.

THOAS, GARDES.

THOAS.

QUEL art à me tromper employoit l'infidele!
Sous quel prétexte saint elle m'éloignoit d'elle!
O mystere fatal!... Pour m'en imposer mieux,
Oser impunément faire parler les dieux!
De son perfide cœur éludant l'artifice,
Que n'ai-je sous mes yeux pressé le sacrifice!
Devois-je sur sa foi déposer ma terreur?
Qui peut m'avoir plongé dans ce sommeil d'erreur?
De ma religion vengeant le privilege,
Que ne puis-je porter dans son cœur sacrilege
Avec tous mes tourmens le fer et le poison!
Faut-il de tout mon sang payer sa trahison?...
Mais qui suspend mon bras? Frappons qui nous opprime:
Jusque sur les autels on doit punir le crime.

SCENE II.

THOAS, ARBAS, GARDES.

ARBAS.

Tout est avec effroi rentré dans le devoir,
Seigneur. L'autre étranger reste en votre pouvoir :
Celui dont les fureurs vous remplissoient d'alarmes,
Je l'ai repris des mains de la prêtresse en larmes...
Mais quel trouble nouveau ?...

THOAS.

Tout me devient suspect;
Tout s'offre à mes regards sous un sinistre aspect.
O toi, fidele Arbas, dont les soupçons propices
Sont venus m'éveiller au bord des précipices,
Crois-tu que l'étranger, aux autels échappé,
Dans les flots en effet soit mort enveloppé,
Et que le traître obscur, qui lui servoit de guide,
N'ait point dans les tourmens fait un récit perfide?

ARBAS.

Je ne crois pas, seigneur, qu'il vous ait imposé;
Mourant, sur quel espoir vous eût-il abusé?
L'on auroit su d'ailleurs trouver votre victime
Parmi ces malheureux connus par leur seul crime,
Que ma prudence au port vient de faire arrêter
Sur le vaisseau caché qui dut la transporter;
Eux-mêmes, dans les fers attendant leur supplice,
Confirment le récit de leur lâche complice;
Ils gardent sur le reste un silence profond.

THOAS.

Quel noir pressentiment m'agite et me confond!

ARBAS.

Eh bien! sur ce soupçon, peut-être légitime,
Faites dans les rochers chercher votre victime;
Nous saurons l'y trouver, et la rendre au trépas,
Si l'abyme des flots ne la recele pas.

THOAS.

Va, cours, délivre-moi du trouble qui me presse.
(*Arbas sort.*)

SCENE III.

THOAS, GARDES.

THOAS, *à l'un des gardes.*

Et vous, faites venir l'infidele prêtresse.
(*Le garde sort.*)

SCENE IV.

THOAS, GARDES.

THOAS.

Contre mes derniers jours l'oracle prononcé
Revient en traits de sang frapper mon cœur glacé:
Je sens qu'à mon destin Diane m'abandonne;
La trahison me suit, et la mort m'environne:
En vain sur mes périls je voudrois m'aveugler...
Mais quel prodige affreux vient encor m'accabler!

Par tous les malheureux qu'a fait périr mon zele,
Je m'entends appeler dans la nuit éternelle;
Je vois se ranimer leurs membres desséchés
Qu'autour de ces autels mes mains ont attachés...
Comment interpréter ces effrayans miracles?
Grands dieux! démentez-vous la foi de vos oracles?...
Mais n'écoutons ici que ma propre fureur,
Et méprisons l'effet d'une aveugle terreur.

SCENE V.

THOAS, IPHIGENIE, GARDES.

THOAS.

Approchez et tremblez; que votre ame éperdue
Sente déja la peine à ses crimes trop due...
Mais répondez, perfide, à mon courroux trahi,
Prêt à venger sur vous le ciel désobéi.
Malheureuse! pourquoi cet étranger funeste
Ravi, mais vainement, à la rigueur céleste?
Quels étoient vos projets? quel mystere odieux
Vous faisoit contre moi trahir l'ordre des dieux?

IPHIGÉNIE.

Quand aux plus noirs soupçons votre ame abandonnée
Semble m'avoir déja sur leur foi condamnée,
Que sert de m'abaisser à me justifier?...
Mais à la vérité s'il faut sacrifier,
Je n'eus d'autre dessein, quand je brisai la chaîne
De l'un de ces captifs que poursuit votre haine,
Que d'informer par lui mes parens affligés

Du secret de mes jours malgré moi prolongés;
Et ce cœur innocent, que noircit l'imposture,
Ecouta seulement la voix de la nature.

THOAS.

Par ce lâche discours croyez-vous m'abuser?
Et, fût-il vrai, qui peut d'ailleurs vous excuser,
Quand vous savez sur-tout qu'un oracle terrible
Me menace toujours du sort le plus horrible
Si je n'immole aux dieux, de leurs autels jaloux,
Tout profane étranger proscrit par leur courroux?

IPHIGÉNIE.

Ah! cet oracle obscur, autant qu'épouvantable,
Pour le malheur du monde est-il si véritable?
Ceux qui vous l'ont rendu n'ont-ils pu vous flatter?
Au gré de votre cœur n'ont-ils pu le dicter?
Les ministres des cieux sont-ils incorruptibles?
D'erreurs ni d'intérêt ne sont-ils susceptibles?
Hélas! pour approcher des dieux et des autels,
En ressemblons-nous moins au reste des mortels?
Je ne veux point ici pousser plus loin le doute
Sur ces décrets confus que votre ame redoute;
Mais la raison du moins doit les interpréter:
C'est l'oracle qu'il faut avant tout écouter.

THOAS.

Quel perfide détour et quel affreux langage!
A me l'oser tenir quel motif vous engage?
Pouvez-vous, au mépris des dieux, de votre rang,
Excuser vos forfaits par un crime plus grand?...
Par une piété, peut-être criminelle,
Faut-il, Diane, encor te respecter en elle?

Et ne devrois-je pas, de crainte dépouillé,
Venger ici l'honneur de ton temple souillé?

IPHIGÉNIE.

Eh bien! de vos fureurs comblez donc la mesure;
Epargnez-moi des maux dont frémit la nature,
Et que mon œil tremblant découvre avec horreur:
Au gré de vos soupçons et de votre terreur,
Frappez ce cœur, de crime et de crainte incapable,
Ce cœur que vous voulez en vain rendre coupable;
N'attendez pas qu'en pleurs je tombe à vos genoux:
Je n'y voudrois tomber que pour hâter vos coups.

THOAS, *aux gardes.*

Que l'on fasse à l'autel venir l'autre victime.
(*à Iphigénie.*)
Dans son cœur tout sanglant mon courroux légitime
Va d'un œil scrupuleux, sur votre châtiment,
Interroger le ciel et son ressentiment.

(*l'intérieur du temple s'ouvre. Oreste paroît, et s'avance au milieu des prêtresses vers l'autel.*)

IPHIGÉNIE, *à part.*

Où suis-je? et quel spectacle! ô nature! ô mon frere!
O sacrifice affreux d'une tête si chere!

SCENE VI.

THOAS, ORESTE, IPHIGENIE, ISMENIE, EUMENE, PRÊTRESSES, GARDES.

THOAS, *à Iphigénie.*

Venez remplir les soins de votre emploi sacré,

Et prendre sur l'autel le couteau révéré.

IPHIGÉNIE.

Seigneur...

THOAS.

Obéissez au ciel qui vous commande;
Versez à son courroux le sang qu'il vous demande.

IPHIGÉNIE, *à part.*

Moment terrible! O dieux! venez me secourir!
(*haut.*)
Je succombe... Seigneur... je ne peux que mourir...

THOAS.

Quoi! vous osez encore ici contre vous-même
Trahir des dieux présens l'ordre saint et suprême?

ORESTE.

Que lui commandes-tu, tyran, dont la terreur
Fait de ce temple saint un théâtre d'horreur?
A la honte des dieux, que ton erreur atroce
Rabaisse au vil néant de ton être féroce,
Monstre! peux-tu penser qu'ivres de sang humain,
On ne peut les fléchir qu'un poignard à la main?
Cesse de faire enfin ces dieux à ton image,
Et d'ériger le meurtre et le crime en hommage;
Si ton cœur altéré cherche à boire mon sang,
Tigre! que ne viens-tu me déchirer le flanc?

THOAS.

Qu'entends-je? Oses-tu bien, insensé, téméraire...
(*à Iphigénie.*)
Obéissez; frappez.

IPHIGÉNIE.

Seigneur... il est mon frere!

ORESTE.

Oui, je le suis... Devant le fils d'Agamemnon,
Lâche, baisse les yeux, et respecte ce nom;
Rentre dans les horreurs du trouble qui te tue.
Je voulois te ravir le jour et la statue:
C'est à la voix du sang des malheureux humains,
Dont s'abreuve ton cœur par d'innocentes mains;
C'est à ces cris plaintifs, qu'au défaut du tonnerre
Mon bras venoit venger et consoler la terre,
Et de l'atrocité d'un culte destructeur
Laver dans tout ton sang et l'homme et son auteur.

IPHIGÉNIE, *à Oreste.*

Cessez...

ORESTE.

Soyez ma sœur, soyez Iphigénie:
Votre terreur pour moi m'est une ignominie;
Ayez la fermeté qui sied à la vertu:
C'est mériter son sort que d'en être abattu.

THOAS.

A cet excès d'orgueil et d'audace effrénée
L'étonnement encor tient ma langue enchaînée...
Pour me braver ici, parle, quel es-tu?

ORESTE.

Roi.
Si je t'avois puni, j'en remplissois la loi.

THOAS, *troublé.*

(*à Iphigénie.*)
Je cede à ma fureur... Frappez, quel qu'il puisse être;
Faites votre devoir, et me vengez d'un traître.

IPHIGÉNIE.

O cieux! vous l'entendez et vous ne tonnez pas!
Et vous tenez fermé l'abyme sous ses pas!
Parricide jouet d'une aveugle imposture,
Tu m'oses commander d'outrager la nature!
De mon frere tu veux que je sois le bourreau,
Qu'en son cœur tressaillant j'enfonce le couteau!
Que, respirant encor, mes mains, ces mains sanglantes
Arrachent de son flanc ses entrailles fumantes,
Et que d'un œil affreux, plein de ta cruauté,
J'y consulte pour toi le ciel épouvanté!
Ah! cet excès d'horreur me rend tout mon courage.
Mais de quel droit ici me commande ta rage?
Es-tu mon maître? Es-tu le dieu de ces autels?
Dois-je en tribut mon sang au dernier des mortels?

THOAS.

Sans doute tu le dois : oses-tu méconnoître...

IPHIGÉNIE.

Frappe: sois mon bourreau; mais le ciel est mon maître.
(*elle s'élance vers l'autel, s'empare de la victime, puis s'adresse aux prêtresses.*)
Et vous, ne souffrez point qu'on attente à vos droits :
N'obéissez qu'aux dieux, n'écoutez que ma voix;
Rentrez dans les devoirs de votre ministere;
Défendez l'innocent, soulagez sa misere.
(*leur montrant Oreste.*)
Veillez sur ce pur sang du maître des humains;
Ses jours sont par le ciel confiés à vos mains.
(*les prêtresses forment un cercle autour d'Oreste.*)

THOAS.

Gardes!

ORESTE, *à Iphigénie.*

Laissez, ma sœur, laissez à mon courage
Le soin de m'immoler à sa barbare rage.

THOAS, *aux gardes interdits.*

Quoi donc! à son aspect vous reculez d'effroi!
(les gardes font un mouvement.)

IPHIGÉNIE, *s'avançant vers les gardes.*

Profanes! arrêtez, et respectez un roi!

SCENE VII.

THOAS, ORESTE, IPHIGENIE, ISMENIE, EUMENE, ARBAS, PRÊTRESSES, GARDES.

ARBAS, *éperdu.*

Ah! paroissez, seigneur; une effroyable escorte...

THOAS.

Quel bruit horrible! ô ciel! on enfonce la porte:
Courons... Mais immolons avant à mon courroux...

IPHIGÉNIE, *s'avançant.*

Viens-tu braver les dieux qui combattent pour nous?

ORESTE, *repoussant avec force derriere lui Iphigénie, et s'offrant aux coups de Thoas.*

Ah! laissez dans mon sang noyer sa barbarie.

THOAS, *le bras levé sur Oreste.*

Sois le premier objet, traître! de ma furie...

SCENE VIII.

THOAS, ORESTE, PYLADE, IPHIGENIE, ISMENIE, EUMENE, ARBAS, PRÊTRESSES, GARDES, TROUPE DE GRECS.

PYLADE.

(il s'élance à la tête des Grecs sur la scene; il arrête d'une main Thoas, et le frappe de l'autre.)

Arrête, et meurs, barbare! au pied de ces autels...
(aux gardes et prêtresses.)
Fuyez, tyrans sacrés des malheureux mortels!
(il se précipite dans les bras d'Oreste.)
Ne crains plus rien: tout fuit; la garde est dispersée:
J'ai su tromper mon guide et j'ai rejoint Alcée.
Guidé par l'amitié, secondé par les dieux,
Je rentre avec les miens triomphant dans ces lieux.

IPHIGÉNIE, *à Isménie avec transport.*

Cours délivrer ton pere!

SCENE IX.

ORESTE, PYLADE, IPHIGENIE, TROUPE DE GRECS.

ORESTE.

O moitié de ma vie!

PYLADE.

Vivez!

ORESTE.

Ah! digne ami, revois Iphigénie.

PYLADE.

Iphigénie! ô ciel!

IPHIGÉNIE.

Vous apprendrez mon sort...
Mais les momens sont chers; de ce temple de mort,
Où la vertu gémit sous le glaive abattue,
Allons avec respect enlever la statue:
Tantôt vous m'avez dit qu'à son enlèvement
Les dieux bornoient le cours de votre affreux tourment.

ORESTE.

J'en sens déja l'effet: quel changement j'éprouve!
Dans quel calme profond soudain je me retrouve!
Je sens tous mes forfaits dans mon cœur expiés;
L'abyme dévorant se ferme sous mes pieds:
L'horreur me fuit; tout semble autour de moi renaître;
Dans un monde nouveau je prends un nouvel être.

IPHIGÉNIE.

O bienfaits inouïs! je reconnois les dieux:
La loi de la nature est donc la loi des cieux.

PYLADE.

Alcée impatient, avec le vent propice,
Nous attend sur ces bords. Marchons; et, sous l'auspice
Du ciel fécond pour nous en miracles divers,
Allons en étonner la Grece et l'univers.

FIN D'IPHIGÉNIE EN TAURIDE.

EXAMEN

D'IPHIGÉNIE EN TAURIDE.

CETTE piece a mérité son succès par quelques scenes où le dévouement de l'amitié est porté à un degré de chaleur qui ne convient ordinairement qu'à d'autres passions. C'étoit pour la premiere fois que ce sentiment, ordinairement plus paisible que les autres affections de notre ame, étoit offert sur la scene françoise avec toute l'énergie que peuvent fournir l'exaltation d'une imagination ardente et la force des situations. Cette combinaison dramatique, aussi neuve qu'intéressante, ne pouvoit manquer de trouver grace devant un public avide de tous les genres d'émotion. La Grange Chancel, ainsi que nous l'avons déja remarqué, avoit gâté ce sujet si terrible, en y introduisant une intrigue d'amour, et son succès passager n'avoit laissé aucune trace dans la mémoire des amateurs. Guimond de La Touche seroit malheureusement tombé dans le même défaut, si les conseils d'un ami éclairé ne l'avoient convaincu qu'en ôtant à la fable d'Euripide sa touchante simplicité, on s'exposoit à lui faire perdre tout l'intérêt dont elle est susceptible.

En rejetant les conceptions romanesques de La Grange, l'auteur d'Iphigénie en Tauride a fait quelques fautes qui tiennent au goût du temps où il écrivoit, et que, par cette raison-là même, il est utile de faire remarquer. Sa piece en général est trop remplie de déclamations : les imprécations contre le fanatisme y reviennent trop souvent; et le poëte moderne, au lieu de les puiser dans la nature de la situation, dans les sentimens que doivent inspirer à ses personnages les mœurs du temps où ils vivoient, s'efforce de donner à des héros grecs l'allure et les expressions des philosophes modernes. Le mot *humanité* est reproduit dans le rôle d'Iphigénie jusqu'à la satiété : elle dit aux dieux qu'ils *avilissent leur être*, en demandant des sacrifices humains, et cependant elle se soumet sans résistance à cet affreux ministere. Sans doute il entroit dans le plan de cette piece de provoquer l'indignation des spectateurs contre la cruauté superstitieuse des habitans de la Tauride, et les plaintes ne pouvoient être mieux placées que dans la bouche des victimes dévouées à l'autel de Diane; mais l'auteur ne devoit pas mettre en discussion la légitimité d'un usage reçu alors dans toute la Grece : il ne devoit employer dans les rôles d'Iphigénie et d'Oreste que des motifs tirés des mœurs du temps; et les regles du théâtre lui prescrivoient de conserver scrupuleusement le coloris local : d'ailleurs il auroit dû remarquer que la force de la situation, les caracteres donnés, lui fournissoient beaucoup plus d'expressions touchantes, que les raisonnemens déja rebattus de la doctrine nouvelle. M. de Voltaire, qui avoit souvent blâmé la galanterie introduite dans nos anciennes tragédies, étoit quelquefois tombé dans le défaut de prêter aux personnages de ses pieces les maximes modernes. Ce défaut, qui se fait beaucoup moins sentir dans ses ouvrages que dans ceux de ses imitateurs, fut, pour Guimond de La Touche un exemple dangereux, et l'empêcha de répandre, dans toutes les parties de son ouvrage, cette éloquence passionnée que l'on admire dans le troisieme acte. Pour obtenir un triomphe facile, il flatta les idées dominantes; mais il n'observa pas que la tragédie, considérée avec raison comme un tableau d'histoire, ne peut obtenir un succès durable que par une fidélité de mœurs et de costume qui plaise dans tous les temps. Telle étoit l'opinion de Boileau, qui recommandoit aux poëtes de ne jamais s'écarter de cette regle fondamentale de l'art :

> Conservez à chacun son propre caractere ;
> Des siecles, des pays étudiez les mœurs :
> Les climats font souvent les diverses humeurs.

On remarque, dans le rôle d'Iphigénie, une combinaison vicieuse dont il est difficile de deviner le motif : le poëte moderne la représente comme égorgeant elle-même les étrangers qui sont jetés sur le rivage de la Tauride ; il la peint *s'abreuvant du sang dont elle est inondée,* et ne voyant *pour tout objet*

> que morts et que mourans
> Avec de longs sanglots sous ses mains expirans.

Quelle idée donne-t-il d'une jeune princesse qui, sans mourir d'horreur, peut se prêter à cet effroyable ministere? quel intérêt doit-elle inspirer? Euripide a eu grand soin d'écarter ces images affreuses, et de conserver à la fille d'Agamemnon cette pureté et cette douceur qu'elle n'auroit pu manquer de perdre, en consommant tous les jours des meurtres. Iphigénie, dans la tragédie grecque, ne voit pas même l'assassinat des victimes : « C'est à moi, « dit-elle, d'initier ceux qui doivent être sacrifiés, tel est « mon triste emploi ; c'est à d'autres qu'est confié le soin « d'achever, dans l'intérieur du temple, des sacrifices dont « je ne puis parler sans frémir. »

Peut-être Guimond de La Touche, en chargeant Iphigénie de l'exécution de ces sacrifices sanglans, a-t-il voulu augmenter la force de sa situation, lorsqu'elle est prête à immoler son frere; du moins est-ce le seul motif raisonnable que l'on puisse attribuer à cette conception. Mais comment concilier ces horreurs dont Iphigénie est le ministre avec l'*humanité* qui est toujours dans sa bouche? Il nous semble que ce contraste est un des traits caractéristiques d'une époque où l'on étoit parvenu à faire adopter et réussir, en morale et en littérature, les disparates les plus monstrueuses.

Nous ne nous étendrons pas sur le rôle de Thoas, essentiellement vicieux au théâtre, où l'on ne peut souffrir la lâcheté unie à la barbarie la plus atroce. L'auteur a eu l'art de ne le présenter que rarement aux yeux des spectateurs. Le dénouement est un coup de théâtre mal préparé; mais l'exécution a de l'effet, parceque l'intérêt pour Oreste et pour Pylade a été porté au plus haut degré dans le troisieme et dans le quatrieme acte.

FIN DE L'EXAMEN D'IPHIGÉNIE EN TAURIDE.

CALISTE,

TRAGÉDIE

DE COLARDEAU,

Représentée, pour la premiere fois, le 12 novembre 1760.

NOTICE

SUR COLARDEAU.

Charles-Pierre Colardeau naquit à Janville dans l'Orléanois, le 12 octobre 1732. Orphelin à l'âge de treize ans, il fut confié à la tutele d'un oncle qui prit grand soin de son éducation. Cet oncle étoit curé de Pithiviers; il avoit du goût pour la littérature : sans s'être exercé dans aucun genre, il possédoit assez de connoissances pour juger les dispositions de son neveu; et, par un bonheur rare pour les jeunes poëtes, Colardeau n'éprouva de sa part presque aucune opposition lorsqu'il voulut entrer dans la carriere orageuse des lettres. Cependant le judicieux curé ne s'en rapporta pas inconsidérément au talent précoce que Colardeau montra pour la poésie, en sortant du college de Meun-sur-Loire, où il avoit été élevé; il l'envoya à Paris achever son éducation. Le célebre Rivard venoit d'introduire l'enseignement des mathématiques dans les colleges de l'université : ce fut sous ce professeur que Colardeau s'initia dans les sciences exactes, à l'étude desquelles il n'apportoit aucun goût, et dont il ne profita que médiocrement; mais un caractere plein de modestie et de douceur le portoit à se soumettre à toutes les volontés de son oncle.

Délivré de ce travail aride, il entra chez un procureur. L'état auquel ce noviciat le préparoit n'avoit pas plus d'attraits pour lui que la géométrie ; cependant il fit quelques efforts pour acquérir des connoissances dans la pratique. Malheureusement, la situation du procureur chez lequel il étoit placé concourut à accroître son dégoût : le cabinet de cet homme de loi étoit peu renommé ; les cliens n'étoient pas nombreux ; et les momens de loisir trop fréquens fournirent à Colardeau les moyens de suivre assidument les spectacles, et de cultiver son talent pour la poésie. Les troubles du parlement ayant à cette époque suspendu les travaux du palais, Colardeau revint chez son oncle. Le presbytere du curé de Pithiviers étoit dans une position charmante ; le calme qui régnoit dans cette solitude, l'aspect de la campagne, contribuerent à augmenter le goût du jeune homme pour les rêveries contemplatives. Afin de concilier ses travaux poétiques avec les goûts d'un ecclésiastique aussi pieux que respectable, il traduisit en vers quelques psaumes et quelques cantiques. L'exemple de Racine et de J.-B. Rousseau, qui, en traitant ces sujets sublimes, avoient porté notre poésie lyrique à son plus haut degré de perfection, encourageoit Colardeau à marcher sur leurs traces : mais son naturel tendre et mélancolique ne convenoit pas à l'enthousiasme qui doit caractériser l'ode ; il étoit toujours ramené à des sentimens plus doux et plus conformes à ses penchans. Ces premiers essais n'ont jamais vu le jour.

Les parlemens rentrerent, et Colardeau, toujours plein de soumission pour son tuteur, tenta une seconde fois de suivre une carrière pour laquelle son dégoût redoubloit. Sans manquer à ses devoirs, il acheva dans l'étude d'un procureur une tragédie qu'il avoit commencée en secret dans le presbytere de son oncle. Le choix du sujet n'étoit pas heureux. L'erreur ordinaire des jeunes gens qui veulent faire des tragédies est de penser qu'une narration intéressante à la lecture peut être mise sur la scène avec succès. Le bel épisode d'Astarbé, dans Télémaque, est une des conceptions les plus fortes de cet admirable ouvrage : il offre avec la plus grande vérité le tableau de l'intérieur d'une cour corrompue; il peint les suites funestes des passions criminelles, et les remords, les craintes continuelles qui poursuivent toujours le coupable, même lorsqu'un pouvoir absolu semble le mettre à l'abri des rigueurs de la justice humaine. Cependant, les beautés que l'on admire dans cet épisode ne sont pas dramatiques : en effet, quels personnages à présenter aux yeux des spectateurs, qu'un tyran aussi lâche que cruel, qui n'a pas même dans le crime l'énergie des grandes passions; qu'une courtisane qui, par une prostitution publique, est parvenue à partager le pouvoir de ce monstre? Colardeau, en traitant ce sujet, a fait ses efforts pour adoucir l'horreur que doit inspirer Astarbé; il suppose que cette femme, prête à être unie à un amant dont elle étoit éprise, a été enlevée par Pygmalion, et qu'il l'a forcée à l'épouser. Contrainte à partager le sort du tyran, elle est devenue aussi barbare que lui; cette idée est exprimée par de fort beaux vers :

Quel hymen! le cruel, dans sa rage jalouse,
Venoit d'empoisonner sa malheureuse épouse;
Et dans ce jour encor, son frere infortuné,
Si cher à nos autels, mourut assassiné.
Orcan, il m'inspira la fureur qui m'anime;
Et, dans ses bras sanglans, je respirai le crime:
Assise à ses côtés sur le trône des rois,
Je devins politique et barbare à la fois:
Enfin que te dirai-je? A ses destins unie,
Le cruel m'infecta de son fatal génie.
Je voulus l'en punir; mais pour mieux le frapper,
Il étoit soupçonneux, il fallut le tromper :
On m'aimoit; et bientôt au vain talent de plaire
J'ajoutai l'artifice; il étoit nécessaire;
Et, sans te rappeler ces intrigues de cour,

Fruits de l'ambition plutôt que de l'amour,
Je pris sur le tyran cet ascendant suprême
Que donne la beauté sur les souverains même :
J'obtins tout, je régnai sur son peuple et sur lui.

La peinture de ce caractere est d'une belle couleur; mais les développemens peuvent-ils plaire au spectateur? La profonde corruption d'Astarbé, l'absence des remords, n'offrent aucun résultat moral ou pathétique. Les rôles foibles de Narbal et de Bacazar, l'amour épisodique de ce dernier pour une princesse de la cour de Pygmalion, sont loin de racheter les défauts des deux principaux caracteres.

Les comédiens reçurent cette piece avec enthousiasme; les beautés du style leur fermerent les yeux sur le vice de la combinaison : le jeune poëte fit des lectures dans plusieurs sociétés; sa jeunesse, sa modestie lui assurerent par-tout des triomphes. Tant d'encouragemens flatteurs le déciderent à renoncer à la carriere du barreau, afin de se livrer entièrement à son goût pour la poésie. Son oncle eut l'indulgence de ne pas le contrarier : il vit que le penchant de Colardeau étoit trop décidé pour que l'on pût le combattre avec succès : d'ailleurs, son goût l'éclairant sur les talens de son pupille, il eut la consolation d'entrevoir que s'il ne s'élevoit pas au premier rang, il ne descendroit pas du moins dans la foule des poëtes médiocres.

Un grand attentat commis sur la personne de Louis XV retarda la représentation d'Astarbé; on craignit quelques applications : des changemens furent demandés au poëte, qui aima mieux attendre une époque plus favorable que de s'exposer à mutiler sa piece.

Pendant ce délai qui fut de plus de trois années, Colardeau, impatient de se produire, eut le bonheur de trouver un sujet d'ouvrage parfaitement conforme à son caractere et à son genre de talent. Nous avons dit qu'il étoit tendre et mélancolique : réservé et timide avec les femmes pour lesquelles il avoit le penchant le plus vif, et dont il fut souvent trompé, il excella à peindre l'amour malheureux. Héloïse et Abaylard, ces amans célebres qui dans un siecle barbare ornerent leur esprit de toutes les connoissances que l'on pouvoit acquérir à cette époque, et dont les malheurs, le repentir, firent excuser les premieres erreurs, enflammerent l'imagination de Colardeau, et lui fournirent le sujet de la plus belle héroïde qui ait été faite dans notre langue : doué d'un talent très-distingué pour peindre les détails d'un tableau, le poëte, peu inventif, n'auroit pu que très-difficilement en composer l'ensemble; il imita Pope, et quelquefois il surpassa son modele. Cet ouvrage est presque aussi connu que nos chefs-d'œuvre de poésie; il est peu de jeunes gens qui n'en aient dévoré la lecture, et qui n'en aient gravé dans leur mémoire plusieurs passages. Lorsqu'on est parvenu à un âge où l'on juge avec moins de partialité ces sortes d'ouvrages, lorsque les passions ont perdu une partie de leur influence sur les décisions de notre goût, on remarque quelques défauts dans cette fameuse épître : les transitions n'y sont pas heureuses; il y regne un certain désordre qui paroît moins l'effet de l'amour violent d'Héloïse que de la négligence du poëte; un petit nombre de pensées et d'expressions se ressentent des défauts de l'école de Dorat avec lequel Colardeau étoit lié : c'est avec peine que l'on voit dans ce morceau, où regne le sentiment le plus naturel et le plus tendre, des idées peu conformes au caractere et à la situation d'Héloïse. Nous n'en citerons qu'un exemple :

Quels mortels plus heureux que deux jeunes amans
Réunis par leur goût et par leurs sentimens;
Que les ris et les jeux, que le penchant rassemble,
Qui pensent à la fois, qui s'expriment ensemble,
Qui confondent la joie au sein de leurs plaisirs,
Qui, jouissant toujours, ont toujours des desirs!

Leurs cœurs, toujours remplis, n'éprouvent point de vide;
La douce illusion à leur bonheur préside :
Dans une coupe d'or, ils boivent à longs traits
L'oubli de tous les maux et des biens imparfaits.

Nous n'avons pas besoin de faire remarquer que les *ris et les jeux* ne devoient pas se trouver dans ce passage, et qu'Héloïse fait de l'amour heureux un tableau qui n'a jamais pu être tracé par une femme.

La douce élégance qui regne dans la Lettre d'Héloïse à Abaylard, la peinture vraie d'une passion pleine d'intérêt, quoique sans espoir, une teinte mélancolique répandue sur tout l'ouvrage, suppléent à ce qui peut lui manquer en régularité et en coloris local. Remarquons à cette occasion que Colardeau n'a point fait cet abus de la *mélancolie* que l'on reproche avec raison à plusieurs écrivains modernes : elle n'est point fausse et affectée; il l'a représentée d'après l'idée que M. de La Harpe en a donnée dans ces deux vers :

Sa peine et ses plaisirs ne sont connus que d'elle :
A ses chagrins, qu'elle aime, elle est toujours fidele.

La lettre d'Armide à Renaud, qui suivit immédiatement celle d'Héloïse, fut loin d'avoir le même succès. Colardeau avoit rendu ses lecteurs difficiles, et le sujet étoit beaucoup moins heureux. Quelle différence en effet entre Héloïse cherchant à vaincre au pied des autels une passion qui dans son cœur lutte contre Dieu même, et l'enchanteresse Armide dont rien ne peut faire excuser l'amour plus violent que tendre !

La tragédie d'Astarbé fut enfin représentée. Elle obtint quelque succès; mais on ne put excuser en faveur du style pur et élégant les défauts de combinaison que nous avons déja fait remarquer. Colardeau cependant ne se découragea point : plus propre à imiter qu'à produire, il puisa dans le théâtre anglois une piece dont le sujet avoit de l'intérêt et du mouvement. Les haines héréditaires des premieres familles dans les républiques d'Italie pouvoient donner lieu à des tableaux qui n'avoient point encore été présentés sur notre théâtre : cette combinaison nouvelle, que l'on a souvent imitée depuis, se trouve très-bien développée dans la tragédie de Caliste, qui eut peu de succès dans la nouveauté, mais que l'on a souvent remise.

Les imitations, le genre descriptif, convenoient plus au talent de Colardeau que l'art dramatique, qui exige dans le poëte de grandes ressources d'invention. Son caractere lui avoit inspiré beaucoup de goût pour les Nuits d'Young, que Le Tourneur venoit de traduire. Ces poëmes, qui n'ont aucun plan, qui sont remplis de vaines déclamations, et dans lesquels les mêmes idées reviennent sans cesse, avoient obtenu un grand succès à cette époque où le genre *sentimental* étoit en faveur. Colardeau sacrifia à la mode, et traduisit en vers les deux premieres nuits. Quoiqu'elles présentassent de très beaux détails, la monotonie qui se fait plus sentir dans la poésie que dans la prose, empêcha de les lire, et détermina le traducteur à abandonner son entreprise. Son penchant pour l'imitation le porta à mettre en vers le Temple de Gnide. Ce roman échappé à Montesquieu présente des détails très favorables à la poésie : Colardeau en les amplifiant leur a donné un charme dont la prose ne peut approcher; mais l'original offre aussi quelques unes de ces idées profondes dont on ne peut altérer la précision sans les dénaturer : c'est l'écueil que le poëte n'a pu surmonter. On peut se convaincre de la vérité de cette observation si l'on compare le tableau des mœurs des Sybarites tracé en prose par Montesquieu, et les vers de son imitateur. Les hommes de Prométhée, petit poëme imité d'un morceau de prose de M. de Querlon, fournit à Colardeau les moyens d'exercer son talent pour le genre descriptif. Ce poëme, très agréable dans quelques détails, n'est pas conduit avec assez d'art; les sentimens, très inférieurs aux descriptions, offrent des idées trop peu suivies, et des vers où la justesse est sacrifiée à des cliquetis de mots; défaut essentiel de l'école de Dorat, que Colardeau, qui lui étoit si supérieur, n'auroit jamais dû imiter ni consulter. L'ouvrage où ce poëte déploya avec le plus d'avantage le talent qui lui étoit propre est l'Epître de Duhamel : on y voit cet amour vrai de la campagne, que Colardeau conserva toujours. Quelques détails didactiques peuvent être comparés à tout ce que nous avons de meilleur dans ce genre; on en jugera par le morceau suivant :

Si jadis tes aïeux parerent ta maison
Des bizarres beautés d'un gothique écusson,
Dans tes jardins, par-tout, je vois que ton génie
L'orna plus sagement des travaux d'Uranie.
Ici, sur un pivot vers le nord entraîné,
L'aimant cherche à mes yeux son point déterminé;
Là, de l'antique Hermès le minéral fluide
S'éleve, au gré de l'air, plus sec ou plus humide;
Ici, par la liqueur un tube coloré
De la température indique le degré;
Là, du haut de tes toits, incliné vers la terre,
Un long fil électrique écarte le tonnerre;
Plus loin, la cucurbite, à l'aide du fourneau,
De légeres vapeurs mouille son chapiteau :
Le regne végétal, analysé par elle,
Offre à l'œil curieux tous les sucs qu'il recele;

Et plus haut je vois l'ombre, errante sur un mur,
Faire marcher le temps d'un pas égal et sûr.

La tirade suivante est dirigée contre la secte prétendue philosophique qui réduisoit tout à une froide analyse, et qui s'étoit réservée exclusivement la distribution des palmes littéraires :

Des remparts de Paris fuyons le vain tumulte.
Quel besoin m'y rappelle, et qu'y voir aujourd'hui ?
Le mérite oublié, le talent sans appui ;
L'aimable poésie à jamais exilée,
Aux traits du bel esprit sans pudeur immolée ;
Une froide analyse à la place du goût ;
La raison qui desseche et décompose tout ;
Des écrivains du jour le style énigmatique,
Du contraste des mots le choc antithétique ;
Un faste sans éclat, un vernis sans couleur,
Des surfaces sans fond, des éclairs sans chaleur ;
La gloire des beaux-arts, ou souillée ou perdue,
Et leur palme flétrie à l'intrigue vendue.

La santé de Colardeau, toujours foible, ne lui promettoit pas une longue carriere. Vers la fin de sa vie il fit des démarches pour être admis à l'académie françoise : sa modestie, sa douceur, avoient désarmé ses envieux et ses ennemis, et ses talens distingués le rendoient digne de la place qu'il sollicitoit. A la mort du duc de Saint-Aignan il fut nommé ; mais son état de souffrance ne lui permit pas d'aller prendre séance, et il mourut avant d'avoir pu jouir de son triomphe. M. Marmontel donne, du caractere de ce poëte, une idée justifiée par tous ceux qui l'ont connu : « La délicatesse en étoit l'essence, dit « l'académicien; trop foible pour être violemment « agité sans douleur, il chérissoit les émotions dou- « ces. Il est des poëtes à qui l'aspect des majestueuses « horreurs de la nature, le bruit des vagues, la chûte des « torrens, le mugissement des tempêtes, tiennent lieu « d'inspiration : le génie de M. Colardeau étoit ami « du calme, il se plaisoit dans la solitude; mais il vou- « loit qu'elle fût riante, ou doucement mélancolique. « Le chant des oiseaux étoit pour lui une harmonie « délicieuse; il passoit des nuits à l'entendre : *Ecoute*, « disoit-il à son ami qui veilloit avec lui, *écoute*; « *que la voix du rossignol est pure! que les accens* « *en sont mélodieux! ainsi devroient être mes vers*. « Le chantre du printemps étoit le seul rival dont il « se permît d'être envieux. Il ne sentoit point pour « la gloire cette passion fougueuse, inquiete et ja- « louse, qui ne souffre point de partage; mais il vou- « loit jouir en paix des faveurs qu'elle lui accordoit. « *La critique*, disoit-il, *me fait tant de mal, que je* « *n'aurai jamais la cruauté de l'exercer contre per-* « *sonne*. »

Colardeau laissa en mourant une comédie qui a été imprimée dans ses œuvres completes : il avoit eu la sagesse de ne point la livrer aux hasards de la représentation. Cette piece est entièrement dans le genre des comédies de Dorat : nul caractere tracé fortement, nulle situation dramatique; tout se réduit à un persiflage qui pourroit être agréable dans une épître, mais qui n'a rien de théâtral. Quelques vers sont tournés avec grace; telle est cette image de la joie d'un financier :

Ce petit financier, dans sa courte épaisseur,
Etouffoit de plaisir... Sa figure étoit bonne :
Le rire s'exprimoit dans toute sa personne.

Colardeau avoit commencé une traduction en vers de la Jérusalem délivrée : instruit que Watelet s'occupoit du même travail, quelques jours avant sa mort, il eut la générosité de brûler ce qu'il en avoit fait.

Ce poëte mourut en 1776.

A SON ALTESSE

MONSEIGNEUR

LE PRINCE DE TURENNE,

GRAND-CHAMBELLAN DE FRANCE EN SURVIVANCE.

MONSEIGNEUR,

Ce n'est point à la protection, c'est à l'amitié dont vous honorez les lettres et les arts que vous m'avez permis de rendre hommage. La foiblesse et les défauts de mon ouvrage prouveront avec quelle facilité vous daignez accueillir les talens. Votre modestie prescrit des bornes à ma reconnoissance. Je ne louerai point vos ancêtres, la renommée s'en est chargée avant moi; je ne vous louerai point, tous ceux à qui vous voulez bien permettre de lire dans votre ame m'ont prévenu :

je dirai seulement que tout ce qui est honnête a des droits sur votre cœur, et que les talens trouvent en vous un ami qui les encourage sans que la grandeur les humilie.

Je sens, MONSEIGNEUR, *qu'une faveur aussi précieuse que la vôtre, et que j'ai si peu méritée, est une leçon pour moi plutôt qu'une récompense. Heureux, si mes efforts et des productions plus dignes de votre suffrage justifient quelque jour les bontés dont vous m'honorez!*

Je suis, avec le plus profond respect, de votre Altesse,

MONSEIGNEUR,

Le très humble et très obéissant serviteur,

COLARDEAU.

CALISTE,

TRAGÉDIE.

ACTEURS.

SCIOLTO, sénateur génois.
CALISTE, fille de Sciolto.
LOTHARIO, amant de Caliste.
ALTAMONT, rival de Lothario.
MONTALDE, ami de Lothario.
LUCILE, confidente de Caliste.
FIESQUE, } personnages muets attachés à
DORIA, } Sciolto.
UN GÉNOIS.
SUITE DE SCIOLTO.
SUITE DE LOTHARIO.

La scene est à Gênes, dans le palais de Sciolto.

CALISTE,

TRAGÉDIE.

ACTE PREMIER.

SCENE PREMIERE.

LOTHARIO, MONTALDE.

LOTHARIO.

Montalde est étonné de suivre avant l'aurore
Le fier Lothario dans des murs qu'il abhorre.
Sorti depuis deux ans de ce séjour fatal,
J'y déteste un tyran, j'y déteste un rival;
Mais mon persécuteur, malgré moi, m'y rappelle:
Peut-être il me prépare une injure nouvelle.
Sciolto, sur l'avis qu'il doit me déclarer
Un ordre glorieux dont on veut m'honorer,
Chez lui-même en ces lieux m'oblige de l'attendre;
Du palais de Frégose il doit bientôt s'y rendre.
Lui chez Frégose! Ami, quel seroit son dessein?
Quoi! de ce sénateur l'orgueil républicain
A ramper sous le doge auroit pu se réduire?

Ah! puisqu'il s'humilie, il veut encor me nuire!

MONTALDE.

Du plus grand des Génois respecte les vertus :
Ingrat Lothario, ne te souvient-il plus
Que ce même mortel, objet de ta colere,
Eleva ton enfance et te servit de pere?
Sa fille, de ses jours l'espoir et le bonheur,
De plus doux sentimens n'a point rempli son cœur.

LOTHARIO.

Caliste!

MONTALDE.

Eh bien! ton ame encor plus inhumaine
Confond-elle aujourd'hui Caliste dans sa haine?

LOTHARIO.

Montalde, que dis-tu? Qui? moi!... moi la haïr!
Son pere fut injuste.... il osa me trahir :
De ma haine pour lui Caliste est séparée;
Autant que je le hais Caliste est adorée.
D'un tyran déguisé ne vante plus les dons ;
Sa main les infecta des plus cruels poisons :
Gênes vit ma jeunesse, errante en son enceinte,
Languir près des tombeaux de ma famille éteinte.
Crois-moi, de Sciolto la trompeuse amitié
M'accueillit par orgueil et non pas par pitié :
Ses bienfaits, sur mes jours versés avec mesure,
Pour ce cœur né jaloux n'ont été qu'une injure;
Entre Altamont et moi ses dons mal divisés
Prévenoient mon rival et m'étoient refusés.
Tu le sais ; ce mortel, sûr de la préférence,
M'opposa de tout temps sa fiere concurrence.

Sans parler des honneurs qu'il usurpa sur moi,
Caliste, dont l'amour m'avoit donné la foi,
Caliste à ce rival alloit être enchaînée;
Déja de leur hymen on pressoit la journée:
Jour cruel! jour affreux que prévint ma fureur,
Rappelle-toi ces temps de révolte et d'horreur:
Dans nos remparts alors mes secretes intrigues
Rallumerent le feu des complots et des ligues;
Le pere d'Altamont, par ce glaive égorgé,
Paya le désespoir de mon cœur outragé,
Et de l'hymen du fils la pompe suspendue
En appareil de mort fut changée à ma vue.

MONTALDE.

Des malheureux Génois tel est le triste sort;
Le foible est abattu sous les coups du plus fort;
Et, parmi les horreurs du tumulte anarchique,
Tout pouvoir est sacré lorsqu'il est tyrannique.
J'ai vu nos citoyens, dans nos murs embrasés,
L'un sur l'autre expirans, l'un par l'autre écrasés;
Mais, hélas! j'ignorois qu'en ces jours de carnage
Altamont immolé l'eût été par ta rage.
Quoi! dans les flancs glacés d'un timide vieillard,
Ta main dénaturée enfonça le poignard?
Tigre, qui dans la nuit dévores tes victimes,
Tu n'as d'autre vertu que de cacher tes crimes!
Que dis-je? tes fureurs s'empressent d'éclater;
Le frein le plus sacré ne peut les arrêter.
Déja, foulant aux pieds des lois que tu dédaignes,
Tu traînes après toi, sous d'horribles enseignes,
Cet amas d'étrangers et de brigands obscurs

Que Gênes à regret recele dans ses murs ;
Voilà de quels soutiens appuyant ton suffrage
Des rangs et des honneurs tu regles le partage :
C'est par toi que Frégose, envahissant l'état,
Ceint la tiare au temple, et préside au sénat ;
Tyran, dont la grandeur, par le crime usurpée,
Profane l'encensoir, déshonore l'épée.
Nous voyons chaque jour les plus grands des Génois
Opprimés, exilés ou proscrits par vos lois.
C'en est trop : si ton bras, lâchement homicide,
Etend sur Sciolto la rage qui le guide,
Ton aspect désormais est horrible pour moi :
Je ne suis plus l'ami d'un monstre tel que toi.

LOTHARIO.

Ces reproches amers n'ont rien qui m'épouvante :
Des crimes de ma main cette image effrayante,
Ces concurrens punis, et ce sang, et ces morts,
Rien, quand je suis vengé, n'excite mes remords :
Peins-moi plutôt, peins-moi Caliste dans les larmes,
Du deuil le plus lugubre enveloppant ses charmes ;
Peins-moi son désespoir, mes forfaits, ses vertus ;
Peins-moi Caliste enfin que je ne verrai plus ;
Dis-moi que, furieux et contraire à moi-même,
Indignement jaloux, j'ai perdu ce que j'aime :
C'est par l'amour qu'il faut intimider mon cœur ;
C'est par l'amour enfin que je me fais horreur.
Caliste !... Ah ! dieux !

MONTALDE.

Quels cris échappent de ta bouche !

L'amour, dans ses chagrins, prend-il ce ton farouche?
Ah! tu me fais frémir!

LOTHARIO.

Frémis de mes transports,
De mon désordre affreux, du crime et des remords.
Plût au ciel que mon bras, bornant sa violence,
Eût pu dans le carnage assouvir ma vengeance!
Mais ce cœur, né sensible autant qu'infortuné,
Dévoré par l'amour, de rage empoisonné,
A-t-il pu s'arrêter dans le juste équilibre
Où se repose une ame indifférente et libre?
C'est peu d'avoir éteint dans le sang et les pleurs
Les flambeaux d'un hymen rompu par mes fureurs.
Craignant de perdre encore une amante adorée,
Malgré tous mes sermens, malgré sa foi jurée,
Je courus vers Caliste... A l'aspect du courroux
Qui peignoit dans mes yeux mes sentimens jaloux,
Voyant encor ma main de meurtre dégouttante,
La victime à mes pieds interdite, expirante,
Tombe sans mouvement... O transports criminels!
Dieux! il est donc des cœurs que l'amour rend cruels!
De ce lâche attentat mon ame est obsédée;
Tout m'en rappelle ici l'épouvantable idée.
Sortons.

MONTALDE.

Quel crime? Arrête.

LOTHARIO.

Au nom de l'amitié,
Par respect pour Caliste, et pour moi par pitié,
N'arrache point l'aveu de ce honteux mystere :

Ah! laisse-moi du moins la gloire de le taire!
Si même, malgré moi, mon trouble en a parlé,
Frappe: tu dois la mort à qui l'a révélé.

MONTALDE.

Eh bien! Lothario, que la nuit la plus sombre
Enveloppe à jamais ton secret dans son ombre;
En faveur d'un ami ne trahis point l'amour.
Mais les cœurs offensés le sont-ils sans retour?
Aux genoux de Caliste, aux genoux de son pere,
Va, cours désavouer ton injuste colere:
Amant respectueux et digne de leur choix,
Sur eux, sur leurs bontés, va reprendre tes droits.

LOTHARIO.

Moi, porter à leurs pieds mes remords pour hommage!
Caliste!... après le vœu de punir mon outrage,
Après l'ordre éternel de fuir loin de ses yeux,
Des imprécations chargerent ses adieux;
Tout ce qu'un grand courroux peut répandre d'injures,
Tout ce que l'on peut dire à des amans parjures,
Les reproches, les cris, les larmes, les refus,
Regrets d'avoir aimé, sermens de n'aimer plus,
Caliste employa tout; et ses douleurs funestes
Dévouerent ma tête aux vengeances célestes.
Ah! du moins sauvons-lui mon aspect odieux!
C'est son pere, en un mot, que j'attends en ces lieux.
Il ignore un amour détesté par sa fille:
Mes feux, toujours cachés au sein de sa famille,
Dans l'ombre et le silence avec soin renfermés,
Ne brillerent qu'aux yeux qui les ont allumés.
Mais cependant, ami, que prévoir et que craindre?

Que me veut Sciolto? Lasse de se contraindre,
Caliste, abandonnée aux cris du désespoir,
A-t-elle révélé l'attentat le plus noir?
Ah! peut-être Altamont, ce rival que j'abhorre,
Au temple de l'Hymen l'appelle-t-il encore?
Ce doute est trop affreux! quel que soit mon malheur,
Allons, que Sciolto m'en découvre l'horreur.

SCENE II.

SCIOLTO, LOTHARIO, MONTALDE.

LOTHARIO.

Injurieux mortel, dont l'aspect m'importune,
Viens-tu m'apprendre ici toute mon infortune?
Caliste a-t-elle mis le glaive dans tes mains?
Parle; il faut éclairer la nuit de mes destins.

SCIOLTO.

Ma fille, vertueuse autant qu'elle m'est chere,
Tremblante pour les jours de son malheureux pere,
Frémit épouvantée au bruit de ta fureur;
Barbare! ton nom seul la remplit de terreur.
Oui, si je consultois sa tendresse alarmée,
Ta mort auroit vengé ma famille opprimée;
Mais, tout impur qu'il est, ton sang est à l'état,
Et dans le citoyen je pardonne à l'ingrat.
Gênes veut à sa gloire employer ton courage:
De la guerre sous moi tu fis l'apprentissage;
Je ne te parle point de tant d'autres vertus
Dont tu reçus l'exemple, et qu'enfin tu n'as plus;

Graces à l'ascendant de ton destin funeste,
Ton cœur est né féroce, et la valeur te reste.
Au nom de la patrie et de ton souverain,
Du glaive de l'état je viens armer ta main.
Ce peuple méprisé, ce perfide insulaire,
Ennemi des Génois dont il est tributaire,
Le Corse qui, cédant à la nécessité,
Nous vendit tant de fois sa foible liberté,
A l'abri des rochers de son isle sauvage
Vient de briser encor les fers de l'esclavage:
Gênes, pour le punir, demande ton appui;
La flotte est préparée, et l'on part aujourd'hui.

LOTHARIO.

A cet illustre emploi je n'eusse osé prétendre:
Je le croyois promis à l'orgueil de ton gendre;
Sans doute qu'à ce titre en secret destiné,
Altamont n'attend plus que l'instant fortuné.
Pourquoi lui dérober l'honneur d'une victoire?
Ce mortel, autrefois si jaloux de ma gloire,
Aux genoux de Caliste est-il moins généreux?
Ne sait-il plus enfin que lui vanter ses feux?

SCIOLTO.

Pourquoi renouveler nos disputes cruelles?
Acceptes-tu l'honneur de vaincre des rebelles?
Décide, ou ce jour même, au défaut de ton bras,
Le héros que tu hais va venger nos états.

LOTHARIO.

A ce mot j'obéis; mais l'ordre qu'on m'impose
Ne peut être scellé qu'au palais de Frégose,
Et j'y cours.

SCENE III.

SCIOLTO, LOTHARIO, MONTALDE, LUCILE.

LUCILE.

O terreur! ô pere infortuné!

SCIOLTO.

Pourquoi ces cris plaintifs et ce front consterné?
Que voulez-vous, Lucile?

LUCILE.

A peine à la lumiere
Caliste vient d'ouvrir sa timide paupiere,
Que ses gémissemens élancés vers les cieux...
(*voyant Lothario.*)
Venez, seigneur... Quel monstre épouvante mes yeux!

LOTHARIO.

Ah! Lucile, écoutez. O désespoir! ô rage!
On me flatte, on m'appelle, et ma présence outrage!
Achevez et comblez le désordre où je suis :
Caliste, est-il bien vrai, succombe à ses ennuis?

SCIOLTO.

Que t'importent, cruel, les maux de ma famille?

LOTHARIO.

Que m'importe, grands dieux!

SCIOLTO.

Retournez vers ma fille,
Lucile; dites-lui, pour calmer ses douleurs,
Que mes embrassemens vont essuyer ses pleurs.
(*Lucile sort.*)

(*à Lothario.*)
Allez... Toi, cours au port.

LOTHARIO.

Ah! je dois fuir, sans doute;
Caliste me déteste, et je pars... Mais écoute :
Si de tes derniers ans le cours t'est précieux,
Ne précipite point un hymen odieux;
Attends le jour auguste où mes mains fortunées
Tourneront vers ces bords nos poupes couronnées,
Ou que ce même ami, qui doit suivre mes pas,
A ta fille vengée annonce mon trépas.

SCIOLTO.

Quel intérêt....

LOTHARIO.

Connois ce funeste mystere :
Je l'aime; tu ne vis qu'autant qu'elle m'est chere :
Tremble qu'à mon retour, amant fier et jaloux,
Je n'immole avec toi deux perfides époux.
Adieu.

SCENE IV.

SCIOLTO.

Quel jour affreux a passé dans mon ame!
Il brûle pour Caliste, et j'ignorois sa flamme!
A-t-il un seul instant humilié son cœur?
L'aveu de son amour est un cri de fureur;
Mais ce front paternel, sous les rides de l'âge,
De ses coupables feux ne ressent point l'outrage.

Caliste le déteste, et cent fois son courroux
Voulut sur le perfide appesantir mes coups.
Oui, je dois le punir : il y va de ma gloire.
Quoi! j'allois m'enchaîner au char de sa victoire?
Ah! changeons mes desseins. Banni de nos climats,
Qu'on l'entraîne à l'exil et non plus aux combats :
Sachons mettre à profit l'ambition d'un traître.
Lothario, Frégose, et l'esclave et le maître,
Ennemis de l'état sous des noms différens,
Connoîtront aujourd'hui si je hais les tyrans.

SCENE V.

SCIOLTO, ALTAMONT, FIESQUE, DORIA, ET AUTRES GÉNOIS.

ALTAMONT.

Protecteur d'Altamont, ô mon auguste pere!
Il luit enfin ce jour si lent pour ma colere,
Ce jour où par l'honneur mon courage excité
Au sénat avili rendra sa majesté :
Ordonnez, disposez.

SCIOLTO.

Héros, l'espoir de Gênes,
Craignons en les brisant d'ensanglanter nos chaînes.
Tout nous seconde, amis. Ce farouche oppresseur,
Du trône et de l'autel profane usurpateur,
Frégose, pour punir des peuples infideles,
Fait sortir de nos ports ses légions cruelles.
L'affreux Lothario, son invincible appui,

Sous le même prétexte est éloigné de lui.
Doria, sur la flotte accompagnez le traître;
Ecartez-le à jamais des murs qui l'ont vu naître :
Les chefs de nos vaisseaux, instruits de mes desseins,
Contre ce fier mortel seconderont vos mains.
Cet ordre est rigoureux, mais il est nécessaire.
Un outrage nouveau, que mon orgueil doit taire,
Force enfin ma justice à bannir cet ingrat :
Je le plains, mais je sauve et ma gloire et l'état.

ALTAMONT.

La peine de l'exil suffit-elle à ses crimes?
Qu'il périsse, ou craignons d'être un jour ses victimes.
Sans vos ménagemens, sans vos ordres sacrés,
J'allois plonger ce fer dans ses flancs abhorrés.
Des murs de ce palais il repassoit l'enceinte;
Sur son front menaçant l'audace étoit empreinte :
Je ne sais; mais seigneur, j'ai cru voir sur ses pas
Les mânes paternels qui me tendoient les bras.
Qu'on accuse aisément un mortel qu'on déteste!
Mon pere, enveloppé dans un piege funeste,
Par un bras inconnu mourut assassiné.
Je hais Lothario, lui seul est soupçonné.
Ah! seigneur! ah! pourquoi le soustraire à ma rage?
Pourquoi la politique où suffit le courage?
Commandez; ce colosse appesanti sur nous,
Renversé, dispersé, périra sous mes coups;
Et Frégose, avec lui couché sur la poussiere,
N'osera plus ici lever sa tête altiere.

SCIOLTO.

Non, mon fils. Apprenez des desseins importans;

Connoissez mes motifs et les malheurs des temps.
Gênes, toujours esclave et toujours divisée,
Quitta, reprit cent fois sa chaîne mal brisée.
Nos murs tumultueux renferment dans leur sein
Une noblesse, un peuple indociles au frein;
Deux partis opposés, qui des droits de l'épée
Soutiennent tour-à-tour leur puissance usurpée;
Mais qui, d'un œil jaloux l'un par l'autre observés,
Sont souvent abattus aussitôt qu'élevés.
Les nobles, décorés des plus superbes titres,
Sous des noms différens ont été les arbitres :
Les ducs anéantis, les comtes ont régné;
Mais bientôt de ses fers le Génois indigné
Osa se révolter, osa se rendre libre,
Entre les grands et lui mit un juste équilibre,
Créa pour leur orgueil l'honneur du consulat,
Et fit asseoir près d'eux ses tribuns au sénat.
Heureux jours, Altamont, où les aigles romaines
Sembloient revivre encor pour s'envoler vers Gênes;
Où, des débris fumans du trône des Césars,
Nos aïeux construisoient d'invincibles remparts!
Hélas! tout fut détruit; et les guerres civiles
D'un feu plus dévorant consumerent nos villes.
Lasse des longs débats et du peuple et des grands,
Gênes à ses voisins mendia des tyrans;
Et l'on vit dans nos murs le François et l'Ibere
Etablir tour-à-tour leur puissance étrangere;
Mais tous, pour gouverner l'impétueux Génois,
Apporterent ici d'insuffisantes lois;
Enfin, parmi les cris, le meurtre et le ravage,

Un doge fut élu dans des jours de carnage.
De ce titre funeste un prêtre est revêtu.
Sur les débris épars de son siege abattu
Relevons le sénat et l'antique tribune.
Mais pourquoi des combats éprouver la fortune?
Malheureux le vengeur entouré de tombeaux,
Qui porte chez les siens le glaive et les flambeaux!
N'allons point, ô mon fils! au milieu des ruines,
Rappeler les horreurs des guerres intestines:
Vide de légions, Gênes peut aujourd'hui
Rejeter sans effort un tyran sans appui;
Enfin, pour mieux tromper sa prudence étonnée,
De ma fille avec vous célébrons l'hyménée,
Et que ces nœuds si chers, préparés par l'amour,
De notre liberté consacrent le retour.

ALTAMONT.

O mon pere! attendons des momens plus propices;
Formons ces nœuds sacrés sous de plus doux auspices:
Non, non, n'attachez point le sort de deux amans
A la fatalité de ces grands changemens.
Que vous dirai-je, enfin? Caliste, que j'adore,
Caliste à mon bonheur ne consent point encore,
Mon pere; et ses beaux yeux, dans les larmes noyés,
Détournent loin de moi leurs regards effrayés.

SCIOLTO.

Depuis le jour funeste où le destin contraire
Me ravit une épouse, à ma fille une mere,
Il est vrai qu'aux ennuis son cœur abandonné
Sous les lois d'un époux a craint d'être enchaîné;
Mais enfin j'ai mes droits: ma volonté suprême

Obtint hier l'aveu d'une fille qui m'aime.
Tandis que ma prudence, au sein de ce rempart,
Du fier Lothario va presser le départ,
Allez ; de votre amante apaisez les alarmes.
Cet heureux jour, mon fils, n'est point fait pour les larmes.

FIN DU PREMIER ACTE.

ACTE II.

SCENE PREMIERE.

CALISTE, ALTAMONT, LUCILE.

ALTAMONT.

Eh quoi! belle Caliste, et mes soins et mes vœux,
Mes respects si long-temps opposés à mes feux,
L'intérêt de l'état, l'autorité d'un pere,
Rien ne peut m'obtenir un aveu nécessaire?
Cependant pour l'hymen les autels sont parés;
Le jour luit tout : est prêt, hélas! et vous pleurez!

CALISTE.

Non, non; je n'irai point, épouse infortunée,
Serrer en frémissant les nœuds de l'hyménée;
Sur la foi de mes pleurs approuvez mes refus.
Altamont, j'ai rendu justice à vos vertus;
Nul mortel à mes yeux ne parut plus aimable;
Mais telles sont les lois du destin qui m'accable,
Que même par honneur, insensible à vos soins,
Je dois trahir vos feux ou vous estimer moins.

ALTAMONT.

Qu'entends-je? Savez-vous quels desseins on prépare?

CALISTE.

Périssent les autels et leur pompe barbare!
Je maudis le moment où le sort en courroux
Viendra vous accabler du nom de mon époux :
Ah! si l'amour pour moi vous intéresse encore,
Cet amour que je crains, mon désespoir l'implore.
Mon pere commandoit; hier j'ai tout promis :
Mais je vois de plus près l'hymen dont je frémis;
Je cede à mes terreurs. Par pitié pour vous-même,
Changez l'ordre émané d'un mortel qui vous aime;
Qu'entre Caliste et vous tous liens soient rompus :
Allez, priez, pressez, et ne me voyez plus.

ALTAMONT.

Quoi! madame, ce nœud si pur, si légitime...

CALISTE.

S'il m'unit avec vous, est la chaîne du crime.
Les horreurs du sommeil, les présages du jour,
Sur ce fatal hymen m'alarment tour-à-tour :
Cette nuit même encor, du sein de la poussiere
J'ai vu sortir, seigneur, l'ombre de votre pere:
« Suis-moi, » m'a-t-elle dit... J'hésite, mais son bras
Vers le temple aussitôt précipite mes pas :
J'y monte avec effroi; j'entre... ô trouble! ô surprise!
Sur l'autel renversé la mort étoit assise.
Je n'ai point de l'hymen vu briller les flambeaux:
C'étoient ces feux obscurs destinés aux tombeaux;
Une lampe lugubre et des torches funebres
Mêloient un jour horrible à d'horribles ténebres.
J'avance; et, tout-à-coup devenu plus cruel,
Le fantôme indigné m'écarte de l'autel ;

Ses menaces, ses cris, du temple m'ont chassée,
Et vous-même, seigneur, vous m'avez repoussée.
La peur hâtoit mes pas incertains, égarés :
A peine je sortois des portiques sacrés,
Le tonnerre a grondé; les voûtes ébranlées,
Sur mille malheureux soudain sont écroulées;
Et le choc imprévu de leurs vastes débris
Du plus affreux réveil a frappé mes esprits.

ALTAMONT.

Jamais la politique à ma tendresse unie
Du pouvoir paternel n'arma la tyrannie :
Altamont ne sait point l'art d'usurper les cœurs;
Il ne s'est plaint qu'à vous de toutes vos rigueurs.
Il est vrai, je croyois que mes soins, ma constance,
Avoient de vos mépris forcé la résistance;
Et quand le temple est prêt, je ne m'attendois pas
Qu'un obstacle nouveau dût enchaîner vos pas.
D'un plus beau feu sans doute en secret prévenue,
Vous...

CALISTE.

Caliste, seigneur, vous est-elle connue?
Altamont ne peut-il, sans les interpréter,
Souscrire à des refus qu'il devroit respecter?
Cédez à des motifs que ma vertu doit taire.
Ah! ce n'est pas à vous d'en percer le mystere!
Ils sont affreux.

ALTAMONT.

Sortez du trouble où je vous voi;
Caliste, éclaircissez...

CALISTE.

Altamont, laissez-moi.

ALTAMONT.

Quel prix de mon amour!

SCENE II.

CALISTE, LUCILE.

CALISTE.

Il faut hâter ma perte,
Lucile : c'en est fait; ma honte est découverte.
On n'avoit point encor soupçonné mes douleurs;
A la mort d'une mere on imputoit mes pleurs :
Tout est connu, te dis-je; et si ma prévoyance
A la voix d'Altamont n'eût imposé silence,
Il accusoit mon cœur pour un autre enflammé;
Lothario sans doute alloit être nommé.
Cent fois dans mes transports ton bras m'a désarmée;
Sous mes pas fugitifs la tombe s'est fermée :
Tu vois quel est le fruit de tes cruels secours;
Au mépris, à la honte, on condamne mes jours.

LUCILE.

Pourquoi du sein de l'ombre et de la solitude,
Traîner ici le poids de votre inquiétude?
Pourquoi vous refuser aux soins de ma pitié?
Si vous en eussiez cru les vœux de l'amitié,
Au fond de ce palais renfermant vos alarmes,
On n'eût point en ces lieux interrogé vos larmes.

CALISTE.

Sais-je où le désespoir précipite mes pas?
On presse mon hymen, ou plutôt mon trépas;
L'instant fatal approche... eh quoi! devois-je attendre
Qu'au fond de ma retraite on osât me surprendre,
Que mon époux, mon pere, ardens à m'y chercher,
Les flambeaux à la main, vinssent m'en arracher?
Qu'auroit pu leur répondre une femme éperdue,
Le front couvert de honte, à leurs pieds confondue?
Caliste, de ses pleurs les baignant tour-à-tour,
N'auroit su que maudire et l'hymen et l'amour.
Malheureuse, où traîner une vie importune?
Où fuir, et dans quels lieux cacher mon infortune?
Que ne puis-je, Lucile, au bout de l'univers
Habiter des rochers, des antres, des déserts!
Là, de mon lâche amant expier les outrages,
N'entendre autour de moi que le bruit des orages,
Ne voir, à la clarté d'un ciel chargé de feux,
Que des monstres sanglans, que des spectres hideux,
Des mânes, des tombeaux, ou quelque infortunée
Aux larmes, comme moi, par l'amour condamnée!
Lothario, voilà le fruit de tes forfaits,
Les remords que j'éprouve, et les vœux que je fais!

LUCILE.

Les remords!... Ah! pourquoi vous imputer son crime?
L'audace avilit-elle une vertu sublime?
Non, madame; un perfide, au gré de son ardeur,
Ne peut dans son amante anéantir l'honneur:
L'honneur est dans notre ame; et, quoi qu'on entreprenne,
C'est avec notre aveu qu'il faut qu'on l'y surprenne:

Quand un cœur noble et pur par la force est vaincu,
Sa défaite devient un titre de vertu.

CALISTE.

Le ciel m'en est témoin; l'ennemi de ma gloire
Ne peut s'enorgueillir d'une injuste victoire:
Le triomphe odieux, surpris par sa fureur,
Fut celui d'un tyran et non pas d'un vainqueur;
Mais je mourrai, Lucile, et sans doute l'envie
Répandra ses poisons sur le cours de ma vie.
D'un sexe qu'on adore injurieux destin!
On se fait de nos maux un plaisir inhumain:
Ce monde séducteur, qui nous vantoit nos charmes,
Empoisonne bientôt la source de nos larmes;
Et, satisfait de voir nos fronts humiliés,
Il profane l'encens qu'il brûloit à nos pieds.
Lucile, c'est à toi de conter ma disgrace,
De venger ma vertu des transports de l'audace:
Dis que Lothario, dans ces murs élevé,
A la main de Caliste en secret réservé,
Dévoila tout-à-coup son affreux caractere,
Qu'il outragea la fille, et poursuivit le pere;
Ne dissimule point que son cœur déguisé
Fut cher (et j'en rougis) à mon cœur abusé.
Dans quel temps, par quel art le fourbe m'a trompée!
De soins respectueux sa tendresse occupée,
L'égal empressement et de plaire et d'aimer,
Les sermens si flatteurs de toujours m'estimer,
Ma mere, qui, près d'elle élevant notre enfance,
De nos premiers penchans approuvoit l'innocence,
Entre l'ingrat et moi les nœuds les plus sacrés,

Les droits de la vertu, toujours si révérés;
Tout m'abusoit, Lucile; et mon ame charmée
S'abandonnoit sans crainte au plaisir d'être aimée.

LUCILE.

Que l'hymen aujourd'hui par des liens plus doux...

CALISTE.

Quoi! porter mes affronts pour dot à mon époux!
Dans le sein des vertus la fortune ennemie
Aura marqué mes jours du sceau de l'infamie;
Et moi, j'ajouterois, par des nœuds pleins d'horreur,
Au crime involontaire un crime de mon cœur!
De tant de maux, Lucile, amassés sur ma tête,
Le plus cruel sans doute est l'hymen qu'on apprête.

LUCILE.

Eh bien! je l'avouerai, moi-même j'en frémis;
Mais un pere commande, et vous avez promis.

CALISTE.

Hélas! tu le connois; sévere en ses tendresses,
De l'amour et du sang il n'a point les foiblesses:
En vain j'ai devant lui fait parler mes douleurs;
Sa fiere volonté résistoit à mes pleurs:
Hier même, à travers un silence farouche,
Le nom de mon perfide est sorti de sa bouche.
A ce nom menaçant, j'ai pâli, j'ai cédé:
Un refus m'eût trahie, et j'ai tout accordé.

LUCILE.

Cent fois vous m'avez lu la lettre attendrissante
Que vous remit, madame, une mere expirante;
Vous aviez dans son ame épanché vos malheurs:
Elle en prévit dès-lors la suite et les horreurs.

A son superbe époux cette lettre adressée,
Pour le fléchir un jour en vos mains fut laissée :
Montrez-lui cet écrit garant de vos vertus;
La nature a ses droits.

CALISTE.

Espoir que je n'ai plus!
La nature, crois-moi, dans le sein d'une mere
Jette un cri plus plaintif que dans celui d'un pere.
Eh! comment annoncer au plus fier des mortels
Qu'on a chargé mon front d'opprobres éternels?
Vengeant, à cet aveu, l'honneur de sa famille,
Du crime de l'amant il puniroit sa fille :
Que dis-je? Ce n'est pas sa fureur que je crains :
Puisse mon trépas seul ensanglanter ses mains!
Je tremble de porter dans son ame abattue
Ce desir de la mort, ce poison qui me tue;
Je crains son désespoir à ma douleur égal,
Et son courroux vengeur à lui-même fatal.

LUCILE.

Sans doute il est affreux, sans avoir part au crime,
D'en avouer la honte à ceux que l'on estime;
Mais enfin le temps presse, et bientôt sur ses pas
Sciolto... Vous pleurez!... Vous ne m'écoutez pas!

CALISTE.

Des apprêts de l'hymen déja l'on m'environne;
Aux feux de son rival un traître m'abandonne.
Mais ne m'as-tu pas dit que ce monstre odieux
Tantôt par sa présence a profané ces lieux?
Dans ce séjour de pleurs quel motif le ramene?
Est-ce le repentir... ou l'amour... ou la haine?

Si jaloux... lui jaloux!... il le fut, mais, hélas!
Du faste des honneurs qu'il ne méritoit pas.
Cependant à quel but a-t-il revu mon pere?
S'il avoit de ma honte éclairci le mystere?
Voilà ce que je crains, ce que je veux savoir.
Quoi! sentir mille maux, et toujours en prévoir!

SCENE III.

SCIOLTO, CALISTE, LUCILE.

SCIOLTO.

Au pied de nos autels, ma fille, il faut me suivre.
Le sombre désespoir où ton ame se livre,
Le refus d'un hymen consacré par mon choix,
Tes vains retardemens, le trouble où je te vois,
Tout m'offense.

CALISTE.

Seigneur!

SCIOLTO.

D'où naissent tes alarmes?

CALISTE.

Ces apprêts... cet hymen... pardonnez à mes larmes!

SCIOLTO.

Quel secret! quelle horreur que je ne conçois pas!
Altamont éperdu s'est jeté dans mes bras;
Il vient de m'implorer pour toi contre lui-même;
Il consent de te perdre, et cependant il t'aime!
Je suis trop indigné d'essuyer ces refus:
Viens.

CALISTE.

Quoi! vous ordonnez...

SCIOLTO.

Ne me résiste plus.

CALISTE.

Non, non; j'ose embrasser les genoux de mon pere:
Malgré votre courroux, Caliste vous est chere;
C'est de vous, c'est pour vous que j'ai reçu le jour;
Quel bienfait, s'il n'est point un gage de l'amour!
Oui, seigneur, vous m'aimez! Pour émouvoir votre ame,
Ce sont les droits du sang que ma douleur réclame.
Caliste n'a jamais, indocile à vos lois,
En faveur d'un amant combattu votre choix:
Ce n'est point Altamont, c'est l'hymen que j'abhorre.
Qui? moi me séparer d'un pere que j'adore!
De vos nobles destins ne me détachez pas;
Mon pere, je vivrai, je mourrai dans vos bras;
Que m'importe un époux et le reste du monde?

SCIOLTO.

Leve-toi... sors enfin de ta douleur profonde.
Va, je t'aime toujours... Mais vois si ma bonté
Doit, au gré de tes pleurs, changer ma volonté.
Un monstre, dans ces murs, opprime ma vieillesse;
Non content de trahir, de punir ma tendresse,
Sa haine, enveloppant l'état dans ses forfaits,
A vendu la patrie aux tyrans que je hais.
Ma fille, tu frémis! Lothario...

CALISTE.

Ce traître!

On dit qu'à vos regards il vient de reparoître.

L'ingrat! que vouloit-il?... Ah! mon pere! combien
Mon cœur a redouté ce fatal entretien!

SCIOLTO.

A l'oubli de mes dons il ajoute l'outrage;
Il t'aime.

CALISTE.

Lui!... L'amour s'unit-il à la rage?
Ah! qu'importe, après tout? Dans les cœurs corrompus
L'amour même, l'amour est un crime de plus.
Qu'il meure! Punissez et ses feux et sa haine;
Vengez l'état et vous.

SCIOLTO.

Loin de nous on l'entraîne:
J'ai marqué son exil au bout de l'univers.
Aux Corses mutinés il croit porter des fers;
Il va partir... il part.

CALISTE.

Tombe sur moi la foudre!
Il part!... vous l'ordonnez... il a pu s'y résoudre!

SCIOLTO.

Qu'entends-je? Me trompé-je? Où s'égarent tes vœux?

CALISTE.

Ce n'est pas son exil, c'est sa mort que je veux;
Qu'il périsse!... A ma honte, à la vôtre, il respire!
Du fond de ses déserts il peut encor vous nuire:
Chaque instant de sa vie est un instant d'horreur.

SCIOLTO.

Réserve à nos tyrans cette noble fureur.
O ma chere Caliste! ô toi, l'espoir de Gêne!
Poursuis, ma fille, et prends l'ame d'une Romaine,

L'ame de ces héros, de ces grands citoyens,
La gloire de nos murs, mes aïeux et les tiens.
Sais-tu que dans ce jour tombe la tyrannie,
Que d'un doge odieux l'ambition punie
Va voir dans nos remparts triompher le sénat,
Et remettre en nos mains les rênes de l'état?
De notre liberté ton hymen est le gage;
Nous brisons aujourd'hui le joug de l'esclavage:
Déja même Altamont, pour prix de sa vertu,
Du rang de sénateur vient d'être revêtu.
Fiesque, Doria, ces fils de la patrie,
Voilà les conjurés que l'honneur t'associe:
Marche d'un pas superbe à côté des héros;
Sois mon sang, sois ma fille, et viens finir nos maux.

CALISTE.

Jour affreux!

SCIOLTO.

Dans une heure aux autels on s'assemble;
Ton hymen célébré, le fer brille.

CALISTE.

Je tremble!

SCIOLTO.

On court dans leurs palais enchaîner nos tyrans.

CALISTE.

Ainsi du bien public mes malheurs sont garans.
Ah! sans doute il manquoit à l'hymen qu'on apprête
Le sanglant appareil de cette horrible fête!
Dieux! parmi les combats, les flammes, les débris...
Vous me glacez d'effroi!

SCIOLTO.

Tu sauves ton pays.
J'ai souffert jusqu'ici tes pleurs, ta résistance ;
Mais j'attends plus de zele et plus d'obéissance;
Il y va de ta gloire, il y va de tes jours :
Je suis las de souffrir ces éternels retours;
Enfin, parmi les soins dont mon ame est remplie,
Songe que les plus grands sont ceux de la patrie,
Et qu'un républicain qui se livre à ta foi,
Si tu trahis l'état, le vengera sur toi.
Je te laisse y penser : dans une heure on t'appelle.

SCENE IV.

CALISTE, LUCILE.

CALISTE.

Dans une heure, Lucile! ô disgrace cruelle!

LUCILE.

Madame, désormais quels affronts craignez-vous?
Lothario banni fuit loin de votre époux.

CALISTE.

Nos nœuds en seront-ils moins souillés par le crime?
Va, cet exil ajoute au malheur qui m'opprime;
Il semble que mes pas, d'écueils environnés,
Dans des pieges nouveaux soient sans cesse entraînés.
Quels sont donc ces projets de haine et de vengeance?
On s'arme dans le temple; on attend ma présence :
C'est moi qui dois guider un peuple d'assassins!
Pompe digne en effet de l'hymen que je crains!

Viens : il est des momens où notre ame égarée
Veut mériter les maux dont elle est déchirée.
Je ne sais qui m'arrête... Ah ! ce fatal départ...
Mais s'il étoit encore au sein de ce rempart ?

LUCILE.

Madame, quel projet ! dieux ! et qu'osez-vous dire ?

CALISTE.

Je rougis des transports que le malheur m'inspire ;
Mais l'innocence est-elle encore en mon pouvoir ?
Allons, Lucile, allons ; suivons mon désespoir.

FIN DU SECOND ACTE.

ACTE III.

SCENE PREMIERE.

CALISTE, MONTALDE.

CALISTE.

NON, je ne puis souffrir le départ du perfide.
Ne me demandez point quel intérêt me guide;
Ce monstre malgré moi préside à mes destins :
Qu'il demeure.... il le faut.

MONTALDE.

Madame, que je crains...

CALISTE.

Il fuit!

MONTALDE.

Déja la voile aux vents abandonnée....
Mais de quel soin votre ame est-elle importunée?
Ah! que Lothario quitte à jamais ces bords!
Cruel dans ses forfaits, il l'est dans ses remords.

CALISTE.

Quel discours!

MONTALDE.

Pardonnez... votre vertu... son crime...

CALISTE.

J'entends; il a comblé le malheur qui m'opprime!
De son lâche triomphe il a semé le bruit!
On ose m'en parler! Montalde en est instruit!
Ah! du moins, inconnue au milieu de mes peines,
Je cachois dans la nuit la honte de mes chaînes;
Mais qu'un monstre aux affronts dont il put m'accabler
Ajoute encor celui d'oser les révéler,
Qu'il veuille que Caliste, en spectacle livrée,
Aux yeux du monde entier vive déshonorée,
Qu'il m'oblige à souffrir, dans ces momens d'horreurs,
L'offensante pitié du témoin de mes pleurs :
C'en est trop! je succombe à cet excès d'injure!

MONTALDE.

Le repentir....

CALISTE.

N'est point dans son ame parjure.
O ciel! et sur nos bords j'allois le retenir!
Non, non; je m'abandonne à mon triste avenir.
Ah! tout cede au tourment de le voir, de l'entendre!
Qu'eût-il fait, après tout, et qu'en pouvois-je attendre?
Sa haine et son amour ont d'égales fureurs.
Oui, qu'il fuie et me livre à toutes mes douleurs :
Le regret n'a point part au courroux qui m'anime;
Il est affreux d'aimer ceux que l'on mésestime.

MONTALDE.

Lothario....

CALISTE.

Qu'il parte.... Il est un ciel vengeur!
Sur ces mers, où déja l'entraînoit son malheur,

Que son vaisseau, brisé par l'effort des orages,
Le laisse sans secours éloigné des rivages!
Que d'écueils en écueils, de rochers en rochers
Sa mort se multiplie ainsi que ses dangers,
Et qu'enfin le tonnerre, ouvrant le sein des ondes,
Le consume englouti sous leurs vagues profondes!
Vous, foible et digne ami du tyran que je hais,
Vous m'avez fait rougir... ne me voyez jamais!

MONTALDE.

Respectons sa douleur.

SCENE II.

CALISTE.

Cruelle destinée!
Je suis donc sans retour à tes lois enchaînée!
Du gouffre de mes maux de quel côté sortir?
Quoi! par-tout des forfaits! par-tout le repentir!
Dans le temple, où m'entraîne un pere inexorable,
Il faut m'humilier sous le joug qui m'accable;
Il faut à mon pays sacrifier l'honneur!
Tout, jusqu'à la vertu, coûte un crime à mon cœur!
D'un sexe impérieux esclaves que nous sommes,
Dépendrons-nous toujours du caprice des hommes?
Dans eux les noms sacrés et de pere et d'époux
Nous cachent des tyrans, ou des maîtres jaloux;
Heureuses cependant lorsque notre imprudence
Des titres de l'amour n'accroît point leur puissance!

Ces fiers adorateurs, ces superbes mortels,
Sous le faux nom d'amans sont encor plus cruels.

SCENE III.

CALISTE, LUCILE.

CALISTE.

Qu'a-t-on dit? que sais-tu? n'est-il plus d'espérance?

LUCILE.

Madame, le temps fuit, et le moment s'avance.

CALISTE.

Altamont et mon pere?

LUCILE.

Ils sortent de ces lieux;
Le courage et l'amour éclatent dans leurs yeux.

CALISTE.

Marchons donc aux autels où m'attend l'infamie,
Et là chargeons le ciel des horreurs de ma vie.

SCENE IV.

CALISTE, LOTHARIO, MONTALDE, LUCILE.

LOTHARIO.

Non, je ne reçois point ces barbares adieux.
(*à Montalde qui se retire.*)
Ami, veille sur nous.

CALISTE.

Où suis-je? hélas!

LOTHARIO.

Tes yeux
Ne peuvent soutenir ma funeste présence:
Au ciel épouvanté tu demandes vengeance;
Mais je viens te l'offrir.

CALISTE.

Lucile, soutiens-moi.

LOTHARIO, *présentant un poignard à Caliste.*

Prends ce fer vengeur, frappe et calme ton effroi.

CALISTE.

C'est moi qui veux la mort, moi qui vis méprisable :
Cruel! Montalde sait...

LOTHARIO.

Que je suis seul coupable.
Toi, mourir!... Si je fus et barbare et jaloux,
Si la peur de te perdre égara mon courroux,
Tremble! n'augmente point le trouble où je me livre.
Ton cœur est innocent, il est pur : tu dois vivre;
Tu le dois, je le veux.

CALISTE.

Hélas! ces tristes jours,
Dont ta flamme odieuse empoisonna le cours,
A de nouveaux périls tu les livres encore.
Mon pere...

LOTHARIO.

Le barbare! ah! combien je l'abhorre!
A mes vrais sentimens garde-toi d'imputer
Les coupables excès où j'ai pu m'emporter.
Ton pere!... va, sans lui l'amour t'eût respectée:
Sur l'heureux Altamont sa faveur arrêtée,

Son choix, qui du perfide autorisoit les vœux,
L'aspect de mon rival, son audace, ses feux,
Tout frappa mes esprits d'une fureur soudaine:
Le crime de l'amour fut commis par la haine.
Ne crois pas que je veuille excuser mes transports;
Tremblant, désespéré, suivi de ses remords,
L'amant impétueux qui te plaint, qui t'outrage,
Frémit à tes genoux de douleur et de rage:
Tu le connois; pardonne, et crains de l'irriter.

CALISTE.

Le refus de la mort peut seul m'épouvanter:
Ah! si de la pitié la voix plaintive et tendre
A ton ame inflexible eût pu se faire entendre,
Ton bras auroit fini mes jours infortunés,
Mes lamentables jours au mépris destinés!
Tant d'affronts, tant de maux, n'ont-ils pu te suffire?
Penses-tu m'émouvoir, penses-tu me séduire
Par ces larmes, ces cris, ces vains emportemens,
Prestige accoutumé des vulgaires amans?
C'est en vain que ta rage, au comble parvenue,
Sous le nom de remords se déguise à ma vue;
Au travers de ce voile, utile à tes fureurs,
Je lis tes noirs chagrins, tes honteuses douleurs,
Barbare! qui peut-être, en implorant ta grace,
Gémis de ma vertu plus que de ton audace:
Né fourbe, né cruel, nourri dans les forfaits,
Tu respires ma honte, et ne m'aimas jamais.

LOTHARIO.

Je ne t'ai point aimée!... arrête! cette injure
Mêle trop d'amertume aux regrets d'un parjure:

Amant audacieux, sans honneur et sans foi,
J'ai mérité ce titre, et je l'attends de toi;
Mais nier mon amour, désavouer ma flamme,
Croire ton infortune étrangere à mon ame,
Quand je remplis ces lieux des cris du repentir,
Quand je sens tous les maux qu'un mortel peut sentir;
Ne voir dans mes douleurs que des peines légeres,
Dans des larmes de sang voir des pleurs volontaires:
C'en est trop! tu m'as fait, par ces nouveaux transports,
Souffrir plus que mon crime et plus que mes remords.

CALISTE.

Fuis donc, et loin de moi remplis ta destinée.
Pars.

LOTHARIO.

Ah! qu'ordonnes-tu?

CALISTE.

Laisse une infortunée:
Je me livre à mon sort, je t'abandonne au tien;
Fuis, dis-je... Je rougis de ce lâche entretien.

LOTHARIO.

Quel trouble!

CALISTE.

Je m'arrache au crime où tu m'entraînes.
De ton fatal aspect purge les murs de Gênes;
Crains mon pere, crains-moi, ne revois point ces lieux;
Va, pars, meurs: je mourrai; voilà tous mes adieux.

LOTHARIO.

Je ne te quitte point. A ces cris, à ces larmes,
A la mort dont les traits défigurent tes charmes,
J'entrevois des malheurs que tu veux me cacher:

Ton ame dans mon sein n'ose les épancher;
Mais j'en crois ce courroux, ces plaintes, ces menaces.
Mes yeux plus éclairés s'ouvrent sur tes disgraces:
Sciolto... son nom seul glace mes sens d'effroi!
Que fait-il, et d'où vient qu'il s'éloigne de moi?
Peut-être, t'accablant du poids de sa colere...
Ah! je cours me venger!

CALISTE.

Et de qui?

LOTHARIO.

De ton pere.
Tu pleures! Ah! pardonne au trouble où tu me vois!
Malheureux, je menace et supplie à la fois;
Indigne de t'aimer, je sens que je t'adore:
Je redoute un rival, ou plutôt je l'abhorre.
Dans ce désordre affreux retiens ici mes pas:
Que sais-je? je craindrois d'ensanglanter mon bras.
Eh bien! ose venger l'amour et la nature!
Caliste, que ce fer, teint du sang d'un parjure,
Atteste au monde entier mes remords, tes vertus:
Préviens un furieux qui ne se connoît plus.

CALISTE.

N'en doute point, ingrat, j'ai desiré ta perte:
A mes vœux empressés les mortels l'ont offerte;
Le ciel moins équitable a pu la négliger;
Que dis-je? il m'intéresse à ton propre danger.
Je n'envisage, hélas! dans ma triste vengeance,
Qu'un malheur plus certain, des maux sans espérance;
Et, libre d'obtenir ta fuite ou ton trépas,
Mon cœur intimidé ne les accepte pas.

Tout se présente à moi sous un aspect barbare:
Ces armes... ces soldats... ces vaisseaux qu'on prépare...
Dans le piege où tu cours mes pas embarrassés...
Que sais-je? mes sanglots doivent t'en dire assez.
Quelle femme jamais fut plus infortunée!
De quels liens affreux m'as-tu donc enchaînée?
L'instant qui doit les rompre est horrible pour moi.

LOTHARIO.

Quel étrange discours! acheve, explique-toi:
Ces mots interrompus...

CALISTE.

Dans ma douleur extrême,
Sais-je ce que je dis? Je m'ignore moi-même.

LOTHARIO.

Ah! détermine...

CALISTE.

Eh bien! je n'ai plus qu'un espoir,
D'autant plus incertain qu'il est en ton pouvoir;
Voudras-tu le remplir?

LOTHARIO.

O doute qui m'offense!
Quel est-il? Parle, et cede à mon impatience;
Commande, exige tout.

CALISTE.

Abaisse ta fierté;
Viens aux genoux d'un maître et d'un pere irrité;
Suis mes pas, tu le dois: viens m'épargner un crime;
Mais jure...

LOTHARIO.

Que dis-tu? Le tyran qui m'opprime

Me verroit à ses pieds baisser un front soumis!

CALISTE.

Quoi! tu peux balancer?

LOTHARIO.

Il est vrai, je frémis;
Mais tu le veux...je cours...Quel crime!..Ah! le perfide!
Que lui dirai-je, hélas!

CALISTE.

Laisse à ma voix timide,
Laisse à mes cris plaintifs le soin de l'attendrir :
Va, ce n'est pas à toi de vouloir le fléchir,
Malheureux, qui, t'armant des bienfaits de mon pere,
Ravis à son amour la fille la plus chere.
Dissimule ta haine, et du moins à ses yeux
Affecte les respects dont tu trompas mes feux.

LOTHARIO.

A quel abaissement l'amour va me réduire!
Ta bouche me l'ordonne, et je dois y souscrire;
Mais après cet effort sur mon orgueil, sur moi,
Puis-je implorer ma grace et l'obtenir de toi?

CALISTE.

Qu'oses-tu demander? Dans ta fureur extrême
Ne m'as-tu pas rendue indigne de toi-même?
Méprisable à tes yeux, aux yeux de l'univers,
J'irai loin de ces murs, dans l'ombre des déserts,
Ensevelir ma vie, et ton crime, et ma honte :
Heureuse si le ciel, par la mort la plus prompte,
Retranche, au gré des vœux de ce cœur opprimé,
Les jours où je te hais et ceux où je t'aimai!
Mais le temps presse, viens.

LOTHARIO.

Oui, je te suis.

SCENE V.

CALISTE, LOTHARIO, MONTALDE.

MONTALDE.

Arrête!
Au fer des assassins vas-tu porter ta tête?
De gardes, de soldats ce palais est rempli:
Je te sauve à regret.

LOTHARIO.

Mon sort est accompli;
Je péris trop heureux.

MONTALDE.

Eh! quoi? loin de te plaindre...

LOTHARIO.

Va, ma mort est trop belle, et je ne puis la craindre.
Caliste, il est donc vrai, tu plaignois mes malheurs?
Ton pere veut ma tête, et tu verses des pleurs!

CALISTE.

Qu'entends-je? jour affreux!

LOTHARIO.

Qu'il vienne et me punisse:
Je mourrai... tu vivras... on nous rendra justice.

SCENE VI.

CALISTE, LOTHARIO, MONTALDE,
UN GÉNOIS DE LA SUITE DE SCIOLTO.

LE GÉNOIS.

(*à Caliste.*) (*apercevant Lothario.*)
Madame... Vous, seigneur, tranquille en ce palais!
Doria sur la flotte, accusant vos délais,
Se plaint d'une lenteur qui l'enchaîne au rivage :
On vous attend; volez.

LOTHARIO.

Quel étonnant langage!

LE GÉNOIS, *à Caliste.*

Vous, madame, aux autels allez joindre un époux.

CALISTE.

Malheureux, qu'as-tu dit?

LE GÉNOIS.

Altamont...

CALISTE.

Laisse-nous.

(*à Lothario.*)
Eh bien! tout est connu! Tu vois ma destinée!

LOTHARIO.

De cet indigne hymen la pompe est ordonnée!

CALISTE.

De ton funeste amour voilà quels sont les fruits :
Heureuse cependant si ta haine...

LOTHARIO.

Poursuis,

Ou plutôt cours, ingrate, aux autels du parjure :
Va, tu n'entendras plus ni plainte ni murmure.
(*après un silence.*)
C'est donc à ce dessein qu'on pressoit mon départ?
La fête commençoit, et je fuyois trop tard;
On craignoit que mes mains, vengeant tes perfidies,
Ne troublassent le cours de ces noces impies.
A ces coupables nœuds ton cœur a consenti!
Le temple... tout est prêt... Que ne suis-je parti!
Non, non, je ne veux point rompre cet hyménée;
Va rejoindre l'époux à qui tu t'es donnée :
Ma juste inimitié se ranime aujourd'hui;
Que ta honte me venge, et retombe sur lui!

CALISTE.

Oui, j'embrasse en mourant l'écueil où je me brise :
Je vois qu'en vains efforts mon désespoir s'épuise;
Je vois tous les malheurs dont tu vas m'accabler.
O ciel! quel vain prestige avoit pu m'aveugler!
A ces lâches transports il eût fallu m'attendre.
Je frémis à ta vue, et frémis de t'entendre.
N'importe, viens au temple; et là, d'un œil serein,
Observe si mon cœur suit le don de ma main.

LOTHARIO.

Moi, souffrir cet hymen! tu l'esperes peut-être?
Tu me hais... Mais enfin je veux punir un traître;
Si jamais à l'amour un plaisir fut égal,
Je le sens, c'est celui d'immoler son rival,
D'arracher de son cœur le cœur de son amante :
Ah! je vais le goûter! et ma rage contente
Dans ce jour de terreur ne suspendra ses coups

Qu'après avoir uni ton pere à ton époux.

CALISTE.

Barbare!

LOTHARIO.

C'en est fait.

SCENE VII.

SCIOLTO, CALISTE, LOTHARIO, MONTALDE, GARDES.

SCIOLTO, *à Lothario.*

Toi dans ces murs, perfide!
Viens-tu pour m'y braver? Quelle fureur te guide?
Au palais des tyrans porte tes pas impurs;
Ou plutôt vers le port...

LOTHARIO.

Je reste dans nos murs;
Tremble!

SCENE VIII.

SCIOLTO, CALISTE, LUCILE, GARDES.

SCIOLTO.

Parle : à tes yeux quel motif le ramene?

CALISTE.

Ne connoissez-vous pas son amour et sa haine?
Caliste à vos projets cesse de s'opposer;
Mon pere, de ma main vous pouvez disposer.
Lothario vous brave, et sa rage égarée

Ose encor menacer votre tête sacrée :
Donnez, seigneur, donnez ou retenez ma foi ;
Songez à vous sauver ; vengez-vous, vengez-moi.

SCENE IX.

SCIOLTO, GARDES.

SCIOLTO.

Que dois-je présumer ? ô pere déplorable !
Quoi ! mon sang ! quoi ! ma fille !... elle seroit coupable !
Tant de soins, tant d'amour n'auroient... Ciel !

SCENE X.

SCIOLTO, ALTAMONT, GARDES.

SCIOLTO.

Ah ! mon fils,
Lothario demeure, et nous sommes trahis !

ALTAMONT.

Je le sais ; mais Caliste, à vos ordres soumise,
Va nous suivre aux autels, et tout nous favorise :
Les traîtres périront.

SCIOLTO.

Il n'y faut plus penser.

ALTAMONT.

A d'illustres desseins pourquoi donc renoncer ?
Un ennemi de plus, si foible dans sa haine,
De vos vastes projets doit-il rompre la chaîne ?
Ah ! qu'il reste en ces lieux : je sens que mon courroux

S'irrite, impatient de lui porter mes coups.
Du mépris des tyrans donnons l'exemple au monde :
Un peuple libre et fier dans ces murs nous seconde ;
Fiesque et Doria commandent dans le port ;
Nos heureux conjurés sont les maîtres du fort ;
Enfin n'avons-nous pas, pour venger la patrie,
Ces braves habitans des monts de Ligurie,
Qui, du haut des rochers cultivés par leurs mains,
Fondent sur les tyrans et changent nos destins ?

SCIOLTO.

Oui, j'embrasse un parti cruel, mais nécessaire.
De nos desseins peut-être on connoît le mystere ;
Peut-être à nos tyrans sont-ils sacrifiés ?
Dans des temps orageux ces murs fortifiés,
Du moins à leur abri, nous permettront d'attendre,
Un peuple de vengeurs armé pour nous défendre.
Au temple et dans ces lieux disposez mes soldats :
Mon fils, puisqu'il le faut, soyons prêts aux combats.

FIN DU TROISIEME ACTE.

ACTE IV.

SCENE PREMIERE.

LUCILE.

O TRIOMPHE du crime! ô jour épouvantable!
Plus d'honneur, plus de gloire, et Caliste est coupable!
Caliste est dans le temple; elle-même a voulu
L'hymen que rejetoit son cœur irrésolu.
Tantôt, malgré mes pleurs, inflexible et sévere,
Sa vertu résistoit aux volontés d'un pere;
Et lorsque Sciolto veut révoquer ses lois,
Elle exige des nœuds dédaignés tant de fois!
Mais pourquoi sa douleur, plus sombre et plus tranquille,
Vient-elle d'éloigner sa fidele Lucile?
Pourquoi ne puis-je au temple accompagner ses pas?
Ces apprêts de la mort, cet hymen, ces combats,
Caliste, qui peut-être, éperdue, égarée,
Saisit l'instant d'armer sa main désespérée;
Tout me remplit d'effroi... Seule dans ce palais,
Je frissonne... je cours, et ne sais où je vais.
Mais quel mortel ici fond et se précipite?
Vient-il mettre le comble au trouble qui m'agite?

SCENE II.

MONTALDE, LUCILE.

LUCILE.

Ah! Montalde!

MONTALDE.

Caliste est-elle dans ces lieux?
Parlez.

LUCILE.

Que voulez-vous?

MONTALDE.

Parlez, au nom des cieux!
Venez, guidez mes pas vers cette infortunée.

LUCILE.

Caliste est aux autels.

MONTALDE.

Non, non, plus d'hyménée.

LUCILE.

O ciel! se pourroit-il?...

MONTALDE.

Entendez-vous ces cris,
Ce choc tumultueux d'armes et de débris?
Caliste!... son malheur m'arrache encor des larmes!
Ah! si vous l'aviez vue, au milieu des alarmes,
Embrasser les autels pour l'hymen préparés,
Frapper, meurtrir son sein... Lucile, vous pleurez!
Oui, pleurez... voyez-la, victime involontaire,
Aux genoux d'Altamont, aux genoux de son pere,

Loin d'oser prononcer de coupables sermens,
Ne pousser que sanglots, que longs gémissemens;
Du torrent de ses pleurs leurs mains sont arrosées.
Du temple cependant les portes sont brisées :
Lothario paroît, suivi de ses vengeurs,
De ces mêmes brigands vendus à ses fureurs;
Il se fait jour, il entre au fond du sanctuaire :
Mon criminel ami, d'une main sanguinaire,
Saisit Caliste aux yeux du pontife en courroux.
Que d'affreuses clameurs! que d'effroyables coups!
Sciolto, qui sans doute avoit prévu l'orage,
Menace, et donne enfin le signal du carnage.
Des antres du trépas, de ces noirs souterrains,
Où la mort sous le marbre enferme les humains,
Soulevant tout à coup ces tombes révérées,
Sortent des légions au combat préparées.
Figurez-vous Caliste au milieu des poignards,
Le front pâle, l'œil sombre, et les cheveux épars,
Courir et s'élancer, se jeter pour barriere
Entre Lothario, son époux et son pere,
Retenir tour-à-tour leurs bras ensanglantés,
S'écrier en pleurant : « Arrêtez! arrêtez!
« C'est Caliste, c'est moi qu'il faut qu'on sacrifie!
« Moi qui vous trahis tous, qui déteste la vie! »
On répond à ses cris par ces cris différens :
« Vive la liberté! périssent les tyrans! »
Frégose alors, Frégose, en prêtre sacrilege,
Vient souiller du lieu saint l'auguste privilege.
Le beau-pere, le gendre et son cruel rival,
Gêne entiere combat dans ce moment fatal.

LUCILE.

Au milieu des horreurs de ce trouble funeste,
Que fait Caliste?... Hélas! que m'importe le reste?

MONTALDE.

Et voilà le motif qui m'amene en ces lieux;
J'ai cru que ce palais l'offriroit à mes yeux.
Pendant ces mouvemens, du temple elle est sortie :
Lothario suivoit sa marche appesantie;
Peut-être épioit-il l'instant de l'enlever.

SCENE III.

LOTHARIO, CALISTE, MONTALDE, LUCILE.

(*Lothario poursuit Caliste, et l'arrête lorsqu'elle est vers le milieu de la scene. Montalde s'oppose aux efforts de Lothario.*)

MONTALDE.

Arrête!

LOTHARIO, *furieux.*

Laisse-moi!

MONTALDE.

Non, je veux t'observer.

LUCILE.

Courons vers Sciolto.

CALISTE, *se jetant dans un fauteuil.*

Suis-je assez confondue?
Quoi! tu poursuis encore une femme éperdue,
Monstre! sors de ces lieux.

LOTHARIO.

Non, ne l'espere pas :
La vengeance et l'amour m'attachent sur tes pas :
De ton hymen ici je veux laver l'outrage.

CALISTE.

Eh bien! venge-toi, frappe, épuise enfin ta rage!

LOTHARIO.

Je dédaigne tes cris, perfide! tu n'as plus
Cet empire usurpé par tes fausses vertus,
Ce pouvoir inconnu, cet ascendant suprême
Que mon cœur étonné te donnoit sur lui-même.
Je viens de t'arracher des bras de ton époux :
Le crime désormais est égal entre nous.
Tu perds, par ton hymen, le droit de me confondre;
Je t'accuse à mon tour, c'est à toi de répondre.

CALISTE.

Quoi! j'étois réservée à ce comble d'horreur!
Du moins, en l'arrachant, n'avilis point mon cœur.
Tu m'accuses, barbare! et, si l'on veut t'en croire,
J'ai cherché dans l'hymen mon bonheur et ma gloire :
Moi-même de ces nœuds je formai le tissu.
Tigre, que les rochers dans leurs flancs ont conçu,
Ne pouvois-tu tantôt lire ma résistance
Dans mes pleurs, dans mes cris, même dans mon silence?
Juge si cet hymen me remplissoit d'effroi.
Cruel! j'ai souhaité qu'il fût rompu par toi,
Par toi, qui, n'inspirant ni l'amour ni l'estime,
Aux vertus d'Altamont n'oppose que ton crime,
Qui n'as sur ton rival que l'avantage affreux
D'avoir trompé le cœur qu'il voulut rendre heureux.

Ta haine pour mon pere, inflexible, obstinée,
Aux pieds de nos autels malgré moi m'a traînée :
J'ai cru que Sciolto, poursuivant ses desseins,
T'uniroit aux tyrans combattus par ses mains;
J'ai cru que, dans le trouble où Gênes est plongée,
Je serois aisément ou perdue ou vengée.
Le ciel anéantit et l'un et l'autre espoir :
Je vis encore, et vis soumise à ton pouvoir,
Non que de mon hymen la honte prévenue
Te rende désormais plus coupable à ma vue.
Mais que t'a fait mon pere, et pourquoi ta fureur
L'a-t-elle environné du glaive destructeur?
Hélas! il ignoroit que tes feux sacrileges
Avoient sur Altamont de honteux privileges!
Des tyrans qu'il combat ne deviens-tu l'appui
Que pour l'assassiner et me perdre avec lui?
J'espérois...

LOTHARIO.

Connois donc le pouvoir de tes larmes :
Cette ville est en proie au tumulte des armes.
On attaque, on repousse : une égale valeur
Ne laisse aucun parti ni vaincu, ni vainqueur.
La victoire, étendant ses ailes incertaines,
Plane sans se fixer sur les remparts de Gênes :
Je puis seul décider des destins de l'état,
Favoriser le doge, ou servir le sénat;
Un signal, un seul mot échappé de ma bouche
Pourroit... N'irrite point un mortel né farouche;
Et si de Sciolto tu veux sauver les jours,
Viens, suis-moi.

CALISTE.

Dans quels lieux? Parle, acheve, et j'y cours.

LOTHARIO.

A ces mêmes autels, parés pour mon injure,
Viens me jurer la foi que mon amour te jure;
Viens m'unir à ton sort par un nœud solennel,
M'épouser, en un mot.

CALISTE.

T'épouser! toi, cruel!

LOTHARIO.

Ton pere à ce prix seul obtiendra la victoire.

CALISTE.

Un triomphe à ce prix seroit acquis sans gloire;
Il m'en désavoueroit.

LOTHARIO.

Ingrate! que dis-tu?

CALISTE.

Je ne me pare point d'un faste de vertu.
Voici l'affreux moment où tu dois me connoître:
Perfide, je t'aimai, j'en rougis; mais peut-être
Le ciel attachoit-il le bonheur de mes jours
A celui de te plaire et de t'aimer toujours:
Mais tu sais quel affront j'ai reçu de ta rage...
Et ma main deviendroit le prix de cet outrage!
Dût ton bras ou la foudre ensanglanter ces lieux;
Dût Caliste elle-même, en ce jour odieux,
Sur les restes fumans de sa famille entiere,
Mourir de mille morts et mourir la derniere,
J'ose ici t'annoncer ma haine et mes refus.
Qui me put avilir ne m'estimeroit plus,

Et, dans les longs dégoûts d'un bonheur légitime,
Rougiroit d'un hymen précédé par le crime.
Rien n'égale l'horreur de m'unir avec toi.

MONTALDE.

A quels titres peux-tu redemander sa foi?
Les tiens ne sont fondés que sur la violence,
Malheureux, qui toujours opprimant l'innocence,
Crois par des attentats justifier tes droits,
Qui places sous ses yeux, pour contraindre son choix,
Près des flambeaux d'hymen la torche funéraire,
Et mets encore à prix la tête de son pere!

LOTHARIO.

La cruelle! ses vœux vont être satisfaits :
Pour la premiere fois je sens que je la hais.
S'il lui restoit encor quelques droits sur mon ame,
C'est dans des flots de sang que j'éteindrai ma flamme :
Je vais punir...

CALISTE.

Eh bien! par mes funestes jours,
De tes assassinats commence ici le cours!
De mon pere irrité sauve-moi les approches;
Epargne-moi ses cris, ses plaintes, ses reproches;
Ses reproches affreux d'avoir trahi pour toi
Le secret de l'état, sa tendresse et ma foi.
Le poids de l'infortune entraîne vers le crime
L'ame la plus constante et la plus magnanime :
Mets un terme aux tourmens de mon cœur éperdu!
Je tombe à tes genoux; que mon sang répandu...

SCENE IV.

SCIOLTO, CALISTE, LOTHARIO, MONTALDE, LUCILE.

SCIOLTO.

Lucile, il n'est plus temps!... Que vois-je? quoi! ma fille
Aux pieds de ce barbare avilit sa famille!
Quel spectacle d'horreur s'offre encore à mes yeux!

CALISTE.

Mon pere!

SCIOLTO.

Fuis, perfide! et fuis loin de ces lieux;
Tu m'as trahi!

CALISTE.

Mon pere!

SCIOLTO.

Ote-toi de ma vue.

CALISTE.

Ne désespérez point votre fille éperdue.

SCIOLTO.

Tu m'as trahi, te dis-je, et le doge a vaincu;
Frégose enfin l'emporte.

LOTHARIO.

Il triomphe, dis-tu?

SCIOLTO.

Va de ce vil tyran partager la victoire:
Il triomphe, il est vrai, mais sans honneur, sans gloire;
Ministre audacieux, du haut de ses autels

Il inspire la crainte aux timides mortels :
Le fourbe tonne au nom du Dieu qui le condamne;
A l'abri d'un pouvoir moins sacré que profane,
Ce monstre fait servir à son ambition
Les dehors imposans de la religion.
Le crédule Génois tremble sous l'anathême :
J'ai vu ce peuple esclave, ennemi de lui-même,
Quitter mes étendards, revoler dans les fers,
Adorer à genoux le tyran que tu sers.
Va, cours, vole, te dis-je... Et toi, fille infidele,
Dévoile à mes regards la vérité cruelle;
Apprends-moi des forfaits que j'ai dû soupçonner :
Vaincu, trahi par toi, rien ne peut m'étonner.

LOTHARIO.

Caliste!

CALISTE.

Puisqu'il faut que mon sort s'éclaircisse,
Que la honte du moins soit ton premier supplice.
Vous, mon pere, croyez qu'il en coûte à mon cœur
Pour porter le flambeau dans cette nuit d'horreur,
Pour ouvrir à vos yeux l'impénétrable abîme
Où j'ai caché long-temps les outrages du crime;
Mais il le faut... Hélas! mon silence a produit
Les maux accumulés dont la foule nous suit!
Cette lettre fatale...

(elle tire de son sein la lettre dont il est question au second acte, et dont le contenu est indiqué.)

LOTHARIO.

Arrête!

CALISTE.

Non, perfide!
De ton sort et du mien que ce moment décide.
Seigneur, dans cet écrit mes malheurs sont tracés.

SCIOLTO.

Donne... Quoi! tu frémis!

CALISTE.

Vous-même, frémissez!

SCIOLTO.

Je reconnois les traits d'une épouse adorée.
(il lit.)

LOTHARIO.

A quel emportement ta douleur s'est livrée!

CALISTE.

O terre, entr'ouvre-toi! que ton obscurité
Me dérobe aux regards d'un pere épouvanté!
Ah! Lucile! où fuir?

SCIOLTO, *tirant son épée, et s'élançant vers Lothario.*

Frappe, ou donne-moi ta vie!

LOTHARIO, *tirant aussi son épée.*

Fier et foible ennemi, que prétend ta furie?

SCIOLTO.

Frappe, te dis-je, ou meurs.

CALISTE, *se jetant entre son pere et Lothario.*

Arrêtez, inhumains!
Ah! tournez contre moi vos parricides mains!
(elle tombe évanouie dans un fauteuil.)
Je succombe à mes maux.

SCIOLTO.

Que ce palais s'embrase!
De ces murs écroulés que la chûte m'écrase!
O ma fille!... ce nom ne fait plus naître en moi
Que d'affreux sentimens de douleur et d'effroi.
Lâche, tu m'as rendu le plus malheureux pere!

LOTHARIO.

L'un et l'autre étouffons une aveugle colere:
Sans m'excuser ici sur ta propre fureur,
Je m'offre à réparer mon crime et ton malheur.
Ah! du moins prends pitié de ta fille expirante!
Qu'un lien plus heureux...

SCIOLTO.

Quoi! ta bouche insolente
Ose attester des droits acquis par des forfaits!
Va, tu peux me haïr autant que je te hais:
Ce cœur sait mieux que toi ce que l'honneur commande;
Ce n'est point ton hymen que ma gloire demande,
C'est ta mort: entre nous il n'est que ce traité.
Si la loi des tyrans, si la nécessité
Entraînoit aux autels ma fille infortunée,
N'en doute point, cruel, ma main déterminée,
Sur le marbre du temple orné pour vous unir,
Immoleroit Caliste, et sauroit t'en punir.
Va, l'honneur offensé ne veut que des victimes.

LOTHARIO.

N'impute donc qu'à toi ton opprobre et mes crimes.
J'allois finir tes maux, et je vais les combler;
Tu demandes du sang, et le sang va couler.
Que dis-je? Je connois ton orgueil inflexible;

Lui seul en ces instans rend ton ame sensible.
Eh bien! pour te punir, il faut t'humilier.
J'avois caché ta honte, il faut la publier;
Je veux que mon rival de tes bienfaits rougisse,
Et qu'immolé pour toi, lui-même te maudisse.

SCENE V.

SCIOLTO, CALISTE, *évanouie*, LUCILE.

SCIOLTO.

Quoi! le barbare encore insulte à ma douleur!
Où va-t-il? Je frémis!... Dieu puissant, Dieu vengeur,
Veille sur Altamont, et punis le coupable!
Cher et fatal objet, ô fille déplorable,
Caliste! je devrois dans ce fatal moment
Où son cœur oppressé se ferme au sentiment,
Je devrois... Quoi! faut-il m'armer pour son supplice?
Epargne-moi, grand Dieu! ce sanglant sacrifice;
Ou si l'ordre éternel le réserve à mon bras,
Donne-moi des vertus que je ne connois pas.

CALISTE.

Où suis-je, et quelle voix me rappelle à la vie?
O mon pere, est-ce vous?

SCIOLTO.

Ton funeste génie
Nous abandonne au glaive; et je crains qu'égorgé...

SCENE VI.

SCIOLTO, ALTAMONT, *entrant l'épée à la main*, CALISTE, LUCILE.

ALTAMONT.

Nature, amour, honneur, enfin tout est vengé.

CALISTE.

O ciel! Lothario...

ALTAMONT.

Je triomphe, il expire.
Ah! de quels attentats sa voix vient de m'instruire!
Ma trop juste fureur le cherchoit dans ces lieux;
Je l'aperçois... le crime étoit peint dans ses yeux :
Je fonds sur le perfide, et lui-même il s'élance;
J'ai plongé dans son sein le fer de la vengeance :
Il ne lui reste plus dans les bras de la mort
Que le poids des forfaits, et l'horreur du remord.

SCIOLTO, *regardant Caliste, et voulant pénétrer ses sentimens.*

Tu pleures! tu le plains!

CALISTE.

Vous observez mes larmes,
Barbares... Laissez-moi me saisir de ces armes.
(*elle se jette sur l'épée d'Altamont qui s'oppose à ses efforts.*)
Ah! finissez les maux à mes jours attachés!
Je l'aimois!

SCIOLTO.

Quel aveu!

CALISTE.

C'est vous qui l'arrachez.
N'en doutez point, cruels, sans votre tyrannie,
Sans l'hymen dont j'ai dû craindre l'ignominie,
Mon malheureux amour, combattu par l'honneur,
Alloit s'anéantir au sein de ma douleur :
L'ombre de la retraite environnoit ma vie :
Dans son obscurité vous m'avez poursuivie.
On m'a rendue au jour; et mes yeux effrayés
N'ont vu qu'un vaste abyme entr'ouvert sous mes pieds.
A l'opprobre, aux affronts, j'ai préféré le crime;
J'ai trahi vos desseins... frappez votre victime :
Sachez, s'il faut encore exciter vos fureurs,
Qu'à Lothario seul je donne ici des pleurs.
Il n'est plus! soit amour, soit la honte de vivre,
Dans la nuit du tombeau Caliste veut le suivre.
(*elle sort.*)

SCIOLTO.

Oui, sans doute, et c'est là que je dois vous unir.
Mais il faut disposer ton cœur au repentir;
Va, j'en sais un moyen.

SCENE VII.

SCIOLTO, ALTAMONT, LE GÉNOIS.

SCIOLTO, *au Génois.*

Quel trouble vous égare?

LE GÉNOIS.

A forcer le palais le doge se prépare;
Lui-même aux assiégeans prescrit l'ordre fatal,
Et de Lothario le nom sert de signal :
On l'appelle à grands cris.

SCIOLTO.

Oui, je vais le leur rendre,
Mais sanglant, tel enfin qu'ils auroient dû l'attendre.
Malheureux! nos vengeurs vont recevoir des fers!
Nos fronts, chargés du joug, d'opprobres sont couverts!
Fille ingrate, c'est toi qui combles nos murailles
De ruines, de feux, d'horribles funérailles!
Ta tête en répondra.

ALTAMONT.

Quoi! vous pourriez, seigneur....

SCIOLTO.

Les droits les plus sacrés sont les droits de l'honneur.
La nuit vient, et déja ses épaisses ténebres
Enveloppent ces lieux de leurs voiles funebres;
De l'ombre et du silence empruntons le secours :
Au fond de ce palais, à l'abri de nos tours,
Vendons à nos tyrans leur sanglante victoire;
Au sein de l'infamie expirons avec gloire.
Ce poignard dans mes flancs est prêt de s'enfoncer;
Mais ce n'est pas par moi que je dois commencer.
Allons.

ALTAMONT.

Où courez-vous? ô trop malheureux pere!

SCIOLTO.

Ah! je ne le suis plus! ce nom me désespere!

ALTAMONT.

Quels funestes desseins il me laisse entrevoir!
Volons : pour les sauver il me reste un espoir.

FIN DU QUATRIEME ACTE.

ACTE V.

Le théâtre est tendu de noir, et n'est que foiblement éclairé; une lampe pend au milieu : à l'un des côtés est une espece de lit funebre où est le corps de Lothario; de l'autre, on voit une table sur laquelle est une coupe empoisonnée.

SCENE PREMIERE.

CALISTE, LE GÉNOIS DE LA SUITE DE SCIOLTO.

CALISTE, *au Génois qui la conduit.*

ECLAIRCISSEZ mon sort, parlez; rien ne m'étonne :
(*le Génois sort.*)
Où me conduisez-vous?... Il fuit!... il m'abandonne!
(*Caliste, après avoir considéré l'horreur du lieu où elle se trouve.*)
Ces terribles objets dont mes sens sont frappés,
Des voiles de la mort ces murs enveloppés,
Ce lugubre flambeau, dont le jour pâle et sombre
Luit à peine et s'éteint dans l'épaisseur de l'ombre,
Ce sinistre appareil, le silence, la nuit,
Tout convient aux forfaits dont l'horreur me poursuit.
Qu'il est dur cependant que la main paternelle
Ait disposé pour moi cette pompe cruelle!

Ah! pour m'épouvanter, étoit-il donc besoin
Que de ces noirs apprêts mon œil fût le témoin?
Mon pere, accables-tu ta fille désolée?

(apercevant le tombeau de Lothario, et levant le voile qui le couvre.)

Mais, qu'entrevois-je encor? quel est ce mausolée?
Hélas! pour qui ce deuil, ces festons odieux?
Auroit-on préparé... Lothario! grands dieux!
Fantômes de la nuit, redoutables ténebres,
O spectres, qui traînez vos dépouilles funebres,
Des enfers avec vous dût sortir la terreur,
Jamais de cet objet vous n'atteindrez l'horreur!
Voyez-vous sur ce front, où se peignoit l'audace,
Cette pâleur livide, et ce froid qui le glace?
Est-ce là le mortel dont le fatal amour
Me coûte l'innocence, et la gloire et le jour?
De quel spectacle affreux me vois-je environnée!

(elle s'éloigne du tombeau, et se trouve près de la table sur laquelle est la coupe.)

Mais à qui cette coupe est-elle destinée?

(elle s'avance auprès de la table.)

Ah! c'est à moi sans doute... Il est temps que mon cœur
S'apprête au sacrifice exigé par l'honneur.
Dans le fond de mon ame osons porter la vue.
Mes malheurs, mes combats, ma honte inattendue,
Mes sentimens de haine, et ceux de ma pitié,
La pesanteur du joug où mon sort fut lié,
L'illusion, l'amour, mon hymen déplorable,
Mon infortune enfin me rend-elle coupable?
Oui, Caliste, tu l'es... Le sénat dispersé,

Dans son propre palais, Sciolto menacé,
Frégose, ce barbare égorgeant ses victimes,
Ton pays dans les fers; tremble : voilà tes crimes!
Viens donc, ô mort, entends mon lamentable cri!
(*elle porte la main à la coupe.*)
Viens; mes jours sont à toi!... Mon pere!

SCENE II.

SCIOLTO, CALISTE.

SCIOLTO.

La voici :
O soutien des héros, amour de la patrie,
Etouffe dans mon sein la nature attendrie!
Qu'un pere qui punit a besoin de vertu!

CALISTE.

Relevons à ses yeux mon courage abattu;
Qu'il reconnoisse en moi l'éclat de sa famille :
Soyons digne de lui.

SCIOLTO, *froidement.*

Tu fus jadis ma fille!

CALISTE.

Malheureux le moment où mon cœur égaré
Cessa de mériter ce nom doux et sacré!

SCIOLTO.

Sais-tu que dans la nuit, retenus par la crainte,
Nos tyrans, pour forcer cette fatale enceinte,
N'attendent que l'instant où dans l'obscurité
L'aurore répandra sa premiere clarté?

Sous nos murs démolis, sous nos tours embrasées,
Ils vont ensevelir nos têtes écrasées;
Ou, croyant te payer mes secrets découverts,
En vainqueurs dédaigneux te proposer des fers :
Le mépris ou la mort, voilà notre espérance.
J'oppose à nos destins une vaine prudence;
Altamont, loin de nous par son zele entraîné,
Peut-être en ces instans expire assassiné.
As-tu prévu ces maux?

CALISTE.

Ah! pourquoi me les peindre?
Je les ai tous causés : je vois ce qu'il faut craindre;
Et ma honte...

SCIOLTO.

La honte est un de ces malheurs
Que ne réparent point les regrets ni les pleurs;
Involontaire ou libre, apprends qu'on mésestime
Et celui qui la souffre et celui qui l'imprime.
Dis-moi, de tous les biens dispensés par le sort
Quel bien préferes-tu?

CALISTE.

L'honneur.

SCIOLTO.

Sans lui?

CALISTE.

La mort.

SCIOLTO.

J'applaudis à ton choix... Ainsi donc ton courage
De cette affreuse coupe a pressenti l'usage?

CALISTE.

Oui, mon pere; et sans vous ce bras déterminé
Eût versé dans mon sein le vase empoisonné.

SCIOLTO.

Sur les bords du cercueil l'humanité succombe;
L'œil mesure en tremblant l'abyme de la tombe :
Des lenteurs du poison le supplice à souffrir,
Le regret de la vie, et l'horreur de mourir;
Tout peut t'intimider.

CALISTE.

Eh bien! frappez vous-même;
Percez ce triste cœur qui vous craint, mais vous aime.

SCIOLTO.

Quand je compare, hélas! à des jours plus sereins
L'horreur de cette nuit et nos cruels destins,
Quand la pitié rappelle à ma triste mémoire
Le temps de tes vertus et celui de ma gloire,
Ce temps où ma fierté rendoit graces aux cieux
D'avoir transmis en toi le sang de mes aïeux,
Incertain, déchiré, je flotte et délibere;
Je n'ose te punir, et frémis d'être pere.
Tumultueux combat où d'une égale voix
La nature et l'honneur se disputent leurs droits!
Ma fille!... Ah! malheureux!

CALISTE.

Quoi! vous versez des larmes!

SCIOLTO.

Les traits du repentir, ta jeunesse, tes charmes,
Hélas! tout m'attendrit!

CALISTE.

La mort est mon espoir.

SCIOLTO, *portant la main à son poignard, et lui présentant la coupe en détournant les yeux.*

Eh bien! je vais... mais, non; tiens, prends, fais ton devoir.

CALISTE.

Ah! j'y consens!

SCIOLTO.

Arrête! ô nature! ô tendresse!
O ma chere Caliste, épargne ma foiblesse!
Hélas! je me croyois un cœur plus inhumain :
J'ai tenu la balance avec un bras d'airain;
Vengeur de mon pays, vengeur de ma famille,
En juge indifférent j'ai condamné ma fille :
Ma farouche vertu se borne à cet effort;
Mes yeux ne seront point les témoins de ta mort.

CALISTE.

Pourquoi me fuir? vos mains...

SCIOLTO.

Non, fille infortunée;
Que ta seule vertu regle ta destinée!
Le danger presse... entends ces cris sourds et confus.

CALISTE.

O mon pere!

SCIOLTO.

Je sors, et ne te verrai plus.
Adieu, Caliste, adieu!

CALISTE.

Suis-je encor votre fille?

SCIOLTO.

Oui, je t'aime toujours et te plains.

CALISTE.

Le fer brille,
Fuyez! de nos tyrans évitez le courroux.

SCIOLTO.

Je mourrai de ta mort, ou mourrai par leurs coups;
N'importe.

CALISTE.

Ayez pitié de ma douleur amere.

SCIOLTO.

Pour la derniere fois viens embrasser ton pere.

CALISTE, *en se jetant dans ses bras.*

O joie!... ô désespoir!

SCIOLTO.

Adieu!... je vais mourir!

SCENE III.

CALISTE.

Oui, je n'aspire plus qu'au moment de périr.
Mais quelle solitude enferme la victime!
Hélas! le remords seul accompagne le crime!
Le plus vil des humains au terme de ses jours
Voit d'autres malheureux lui prêter des secours;
Et moi, seule en ces murs, tremblante et consternée,
De l'univers entier je meurs abandonnée!
Le souffle de ma vie est prêt à s'exhaler;
(*regardant le tombeau de Lothario.*)
Et c'est sur ce tombeau que mon sang doit couler!

L'autel est après tout digne du sacrifice!
Non, non, la mort pour moi ne peut être un supplice.
(elle prend la coupe.)
Que sais-je? en préparant ces poisons destructeurs,
Peut-être que mon pere y mêla quelques pleurs :
Ah! cette douce idée affermit mon courage!
(elle boit le poison, et dit après un silence :)
C'en est fait, et la mort est enfin mon partage.
Déja d'un voile épais mes yeux sont obscurcis :
Où vais-je? où reposer mes pas appesantis?
Où me traîner?... Je cede... et ma force succombe.
(en s'égarant elle est arrivée au pied du tombeau, où elle se précipite.)
Mais où suis-je?... Ah! grands dieux! au pied de cette tombe!
Infortuné mortel, que je n'ose nommer,
Dont j'ai plaint le trépas... que mon cœur put aimer,
Au fond de ton cercueil tu triomphes encore :
Plus coupable que moi, c'est toi que je déplore!

SCENE IV.

CALISTE, LUCILE.

LUCILE.

O pere impitoyable autant que malheureux!
(s'élançant vers Caliste.)
Ah! madame!

CALISTE.

Il est fait ce sacrifice affreux.
Lucile, arrache-moi de ce tombeau funeste

Mourir près de mon pere est l'espoir qui me reste.

LUCILE.

Il n'est plus.

CALISTE.

Il n'est plus !

LUCILE.

Vainqueur de nos tyrans,
Altamont l'eût sauvé du fer des assiégeans;
Le fidele Altamont venoit couvert de gloire,
Partager avec lui les fruits de sa victoire,
Et suivi des héros, les soutiens de l'état,
Triomphant et vengé le conduire au sénat :
Mais l'auteur de vos jours a craint de vous survivre;
Il a cherché la mort.

CALISTE.

Mon ame va le suivre.
Honore ma mémoire en plaignant mes malheurs :
Victime de l'amour, de la vertu... je meurs.

FIN DE CALISTE.

EXAMEN

DE CALISTE.

CETTE tragédie offrit, pour la premiere fois, sur notre scene l'imitation fidele d'une piece angloise. M. de Voltaire, en adoptant quelques conceptions générales de Shakespear, les avoit introduites avec art dans deux de ses ouvrages, les avoit embellies, et ne s'étoit point écarté des convenances et des regles suivies par Corneille et par Racine. Colardeau voulut essayer davantage : entraîné par le faux système de quelques écrivains modernes qui trouvoient de la monotonie et de l'uniformité dans nos chefs-d'œuvre dramatiques, il peignit, d'après Rowe, toutes les fureurs, toutes les violences d'une passion criminelle; sans garder aucun ménagement, il offrit à des spectateurs habitués à une extrême décence de mœurs dans la tragédie, le tableau d'une femme déshonorée par un scélérat, qu'elle a encore la foiblesse d'aimer après son crime. Cet exemple de secouer le frein que la délicatesse de nos grands poëtes avoit mis aux écarts de l'imagination et au délire des passions, ne fut que trop imité par la suite; et, comme il arrive toujours, les imitateurs de Colardeau pousserent beaucoup plus loin que lui cette dangereuse innovation.

Comme ce genre, où la frénésie est substituée aux passions dramatiques, conserve encore quelques partisans, nous allons, en examinant les rôles principaux de la tragédie de Caliste, chercher si ce sujet peut par lui-même inspirer un grand intérêt, abstraction faite des convenances que l'auteur a sacrifiées.

Lothario, noble Génois, a été élevé chez le sénateur Sciolto : devenu amoureux de Caliste, dont il est aimé, il apprend que son pere la destine à Altamont ; furieux de cette préférence, il surprend la fille de son bienfaiteur, il la viole, et il se jette dans la faction opposée à Sciolto. Caliste confie sa honte à une mere dont elle éprouve l'indulgence, qui meurt peu de temps après, et qui laisse un écrit par lequel elle justifie sa fille en accusant Lothario. Sciolto forme une conspiration contre la faction de ses ennemis : il est essentiel, pour le succès de l'entreprise, d'éloigner Lothario, l'un de ses plus redoutables adversaires ; il lui fait donner le commandement d'une armée destinée à soumettre les Corses. Caliste, instruite que Lothario va partir, et prête à recevoir un autre époux de la main de son pere, se livre au plus affreux désespoir : l'amour qu'elle témoigne pour Lothario blesse toutes les lois de la décence et de la vraisemblance. A supposer même qu'elle conserve au fond de son cœur quelque penchant pour ce monstre, doit-elle se l'avouer à elle-même ? doit-elle en parler à son amie ? Après un pareil aveu, peut-elle, malgré son repentir, inspirer de l'intérêt ?

Cependant Lothario ne part point ; il se présente aux yeux de Caliste, qui frémit à cette horrible entrevue. Loin de chercher à l'apaiser, il l'outrage encore : ce n'est point sa passion pour elle qui l'a emporté au plus criminel excès, c'est sa haine pour Sciolto :

A mes vrais sentimens garde-toi d'imputer
Les coupables excès où j'ai pu m'emporter.
Ton pere!... va, sans lui l'amour t'eût respectée :
Sur l'heureux Altamont sa faveur arrêtée,
Son choix, qui du perfide autorisoit les vœux,
L aspect de mon rival, son audace, ses feux,

Tout frappa mes esprits d'une fureur soudaine :
Le crime de l'amour fut commis par la haine.

Cette excuse est un raffinement de scélératesse indigne de la tragédie : cependant la trop foible Caliste propose encore à Lothario de fléchir son pere. Sciolto force sa fille à le suivre à l'autel; Lothario entre dans l'église à main armée, saisit Caliste, et la ramene dans son palais; là, il lui fait les reproches les plus cruels et les plus injustes, et il veut qu'elle l'épouse sur-le-champ à ces mêmes autels d'où il vient de l'arracher. Caliste lui répond avec une dignité trop rare dans tout son rôle :

Dût ton bras ou la foudre ensanglanter ces lieux,
Dût Caliste elle-même en ce jour odieux,
Sur les restes fumans de sa famille entiere,
Mourir de mille morts, et mourir la derniere,
J'ose ici t'annoncer ma haine et mes refus.
Qui me peut avilir ne m'estimeroit plus,
Et, dans les longs dégoûts d'un bonheur légitime,
Rougiroit d'un hymen précédé par le crime.
Rien n'égale l'horreur de m'unir avec toi.

Ce morceau est un des plus beaux du rôle de Caliste; les sentimens en sont nobles et vrais, et il est très convenable à la situation.

Sciolto surprend sa fille avec Lothario : elle répond aux reproches qu'il lui fait, en lui montrant la lettre de sa mere, qui révele sa honte. Cette scene est la plus révoltante de la piece. Est-il possible qu'une femme, en présence de tant de témoins, dévoile un pareil secret? Ce sont de ces objets que le poëte doit cacher aux yeux du spectateur; d'ailleurs quelle sera la suite de cette révélation? Une haine plus forte entre les deux partis, et peut-être la mort de Lothario et de Sciolto. Le dénouement de la piece est pénible, sans être pathétique. On voit que, dans cet ouvrage, tout est forcé, hors de nature, et que la beauté soutenue du style peut seule faire excuser les vices de la combinaison.

On pourra nous demander les raisons qui nous ont décidés à admettre dans ce recueil une piece si défectueuse : le suffrage constant du public, toutes les fois qu'elle a été remise, a dû nous déterminer, indépendamment des motifs que nous aurions pu avoir pour la rejeter; ensuite elle est, comme nous l'avons dit, la premiere et la meilleure piece qui ait été faite dans ce genre; et, sous ce rapport, elle fait époque dans l'histoire du théâtre françois : elle présente d'ailleurs de très beaux détails de poésie, que les amateurs liront toujours avec plaisir; de ce nombre, sont le tableau du gouvernement génois, où l'auteur a su présenter en raccourci tous les malheurs des discordes civiles, et la scene du cinquieme acte, où Sciolto condamne sa fille à mort.

FIN DE L'EXAMEN DE CALISTE.

TABLE DES PIECES

CONTENUES

DANS LE TROISIEME VOLUME.

FIN DU TROISIEME VOLUME.

www.ingramcontent.com/pod-product-compliance
Lightning Source LLC
Chambersburg PA
CBHW061038030726
47504CB00002B/422
* 9 7 8 2 0 1 3 5 9 4 3 4 9 *